全民

全新!GEPT
單字大全
Vocabulary

初級&中級

全MP3一次下載

http://booknews.com.tw/mp3/9789864542871.htm

全 MP3 一次下載為 zip 壓縮檔，部分智慧型手機需安裝解壓縮程式方可開啟，iOS 系統請升級至 iOS 13 以上。

此為大型檔案，建議使用 WIFI 連線下載，以免占用流量，並確認連線狀況，以利下載順暢。

使用説明
INTRODUCTION

01 常考主題分類

按最常出現的 12 大主題分類單字，相關主題單字一次學會。

02 核心單字美式發音＋中文字義＋英文例句 MP3

搭配音檔邊聽邊唸，加深印象、幫助記憶。

03 補充主題單字相關實用片語

特別收錄最常出現在題目中的相關主題單字片語及慣用語，讓語意理解題變成送分題！

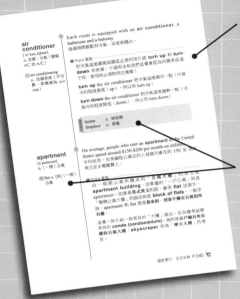

04 | 出題重點詳細解說

詳細解說常考文法、片語、慣用語、相似字義辨析及使用方法，考點剖析深入又好懂！

05 | 相關單字一次囊括

一併提供衍生字、同義字、反義字及聯想單字，觸類旁通更有效率。

06 | 清楚標示單字分級

所屬級數清楚標示，方便精準學習並提前預習較難字彙與表達。

07 | 貼近考題內容的例句

搭配貼近出題趨勢並模擬測驗內容的例句，讀例句就像在練習單字題！

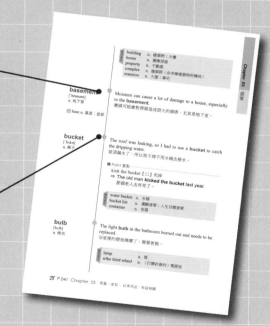

08 貼近實際測驗的練習題

除了字義配對，特別設計貼近實際測驗單字題的練習題，讓考生培養作答手感。

09 一併收錄主題分類單字

一併收錄全民英檢官方字庫內的相關主題單字，學習無遺漏、認字更輕鬆！

10 方便好查的單字索引

複習時搭配索引，快速找出想看的內容，不只提升效率、更有效果！

飲食
物、飲料、用餐相關

Ch01.mp3

堅強的人
不同、無從比較的人事物

11 | 學習音檔使用說明

多版本 MP3 學習音檔,純正美式口音,邊聽邊學、加深印象最有效!

★本書收錄下列版本學習 MP3

1. 核心單字英中對照
先唸一次核心單字的英文發音,再唸一次中文字義。

2. 英文例句
每個核心單字搭配的英文例句都唸一次。

3. 核心單字英中對照＋英文例句
先唸一次核心單字的英文發音及中文字義,再接英文例句。

4. 主題分類單字英中對照
先唸一次分類單字的英文發音,再唸一次中文字義。

5. 主題單字相關實用片語
各主題相關實用片語的英文發音及中文意義各唸一次。

考生可以按照個人學習需求,選擇最適合自己的學習方式,提升學習效率。道地美式發音,清楚易學,配合書中音標標記,一邊看一邊開口跟著唸,不只看得懂,更能聽懂並且開口說!

★本書標示說明

㋜ 初級 | ㊥ 中級 | v. 動詞 | n. 名詞 | adj. 形容詞 | adv. 副詞 |

prep. 介系詞 | phr. 片語 | ㊐ 衍生詞 | ㊂ 同義詞 | ㊃ 反義詞 |

[英] 英式英文 | [美] 美式英文 | 【口】口語說法

目錄
CONTENTS

飲食
食物、飲料、用餐相關

Ch01.mp3

主題單字相關實用片語

a tough cookie	意志堅強的人
apples and oranges	截然不同、無從比較的人事物
as easy as pie	非常容易
bread and butter	謀生的職業；謀生之道
butter sb up	拍（某人的）馬屁
chew the fat	閒聊
couch potato	喜歡窩在沙發上看電視的人
eat like a bird	食量極小；小鳥胃
eat like a horse	食量極大
go bananas	抓狂；發瘋
have a sweet tooth	（某人）喜歡吃甜食
have egg on your face	丟臉；出糗
hot potato	燙手山芋
like two peas in a pod	（外觀）非常相像
not my cup of tea	對（某人事物）沒有興趣
pie in the sky	不太可能實現的計畫
small potatoes	微不足道的人事物
spill the beans	洩漏秘密
top banana	一個群體中最重要的人物
walk on eggs/eggshells	小心翼翼地做事

alcohol

[`ælkə͵hɔl]
n. 酒；酒精

衍 alcoholic adj.含酒精的；酗酒的 n. 酒鬼

There was a high level of **alcohol** in his blood at the time of the accident.
在事故發生時，他血液中的酒精濃度很高。

❶ Point 重點 ⋯⋯⋯⋯⋯⋯⋯⋯⋯⋯⋯⋯⋯⋯⋯⋯⋯⋯⋯⋯⋯⋯⋯⋯⋯⋯⋯⋯
alcohol 當作「酒」時為**不可數名詞**，後面不加 -s。
⇨ Don't drink too much **alcohol**. 不要喝太多酒。

聯想單字	liquor	n. 泛指各種酒類；烈酒
	soft drink	n. 不含酒精的飲料
	hard drink	n. 含酒精的飲料

appetite

[`æpə͵taɪt]
n. 胃口；食慾

衍 appetizer n. 開胃菜
appetizing adj. 開胃的

Lately, I'm having trouble controlling my **appetite**.
最近我很難控制我的食慾。

❶ Point 重點 ⋯⋯⋯⋯⋯⋯⋯⋯⋯⋯⋯⋯⋯⋯⋯⋯⋯⋯⋯⋯⋯⋯⋯⋯⋯⋯⋯⋯
appetite 經常與表示「有／無」的表達方式一起使用。
⇨ lose one's **appetite**（某人）沒胃口
have an **appetite** for... 想吃～

bakery

[`bekərɪ]
n. 烘焙坊

衍 bake v. 烘焙（麵包等）

The **bakery** opened in 1946 and is best known for its whole-wheat bread.
這家烘焙坊在 1946 年開幕，且以全麥麵包最為知名。

聯想單字	bread	n. 麵包
	biscuit	n. [美] 小麵包；[英] 餅乾
	flour	n. 麵粉
	dough	n. 麵糰
	pasta	n. （用來做義大利麵食的）麵糰；義大利麵食

bar

[bɑr]
n. 棒；條；酒吧
v. 阻擋；禁止

衍 barcode n. 條碼

（初）

Guests can enjoy an alcoholic beverage made in the restaurant **bar**.
賓客可以享用餐廳酒吧製作的酒精飲品。

If a player receives a red card, they are **barred** from playing in the competition.
球員如果收到紅牌，就會被禁賽。

❶ Point 重點 ·····
behind bars 坐牢；被關
⇒ If you continue to steal, you will end up **behind bars**. 如果你繼續偷東西，最後就會去坐牢。

聯想單字		
pub	n.	傳統酒吧（public house 的簡稱）
club	n.	夜店；俱樂部

---

buffet

[buˋfe]
n. 自助餐

（初）

Buffets are a great choice for those who want multiple options and to have a healthy meal.
對那些想要多種選擇和享用健康餐點的人來說，自助餐是一個不錯的選擇。

聯想單字		
restaurant	n.	餐廳
bistro	n.	法式餐酒館
café	n.	簡餐餐廳；咖啡廳
cafeteria	n.	食堂；學生或員工餐廳
all-you-can-eat	adj.	吃到飽的

---

crispy

[ˋkrɪspɪ]
adj.（口感）酥脆的

衍 crisp adj. 酥脆的；
（蔬果等）鮮脆的

（中）

How do you like your bacon? **Crispy** or chewy?
你想要哪種培根？酥脆的還是有嚼勁的？

聯想單字		
chewy	adj.	有嚼勁的
creamy	adj.	像奶油般口感綿密的
fluffy	adj.	蓬鬆的
juicy	adj.	多汁的

dairy

[ˋdɛrɪ]
adj. 乳製的;乳品的
n. 乳製品店;乳品業

My husband is allergic to **dairy** products, so he often uses soy as a replacement.
我丈夫對乳製品過敏,所以他經常用大豆來當作替代品。

He ran a **dairy** farm in a nearby village that had 200 cows.
他在附近的村莊經營一間乳牛牧場,那裡有 200 頭乳牛。

❶ Point 重點 ···
dairy 和 diary 在拼法上很相似,但意義卻完全不同,**dairy** 是「**乳製的**」,而 **diary** 則是「**日記**」的意思,使用時必須特別注意。

digestion

[daɪˋdʒɛstʃən]
n. 消化(食物等);
領悟

反 indigestion n. 消化
不良

衍 digest v. 消化(食物等);領悟
digestive adj. 消化的;有助消化的

Fiber is essential for **digestion** and for keeping the digestive system in balance.
纖維對於消化和維持消化系統平衡來說至關重要。

聯想單字		
stomach	n.	胃
digestive system	n.	消化系統

dine

[daɪn]
v. 進餐;用餐

衍 dinner n.
晚餐;晚宴

If you'd rather **dine** in your hotel room, you can take advantage of the hotel's in-room pizza delivery service.
如果你比較想在飯店房間內用餐,可以利用飯店提供的客房外送披薩服務。

❶ Point 重點 ···
wine and dine sb 以盛宴款待某人
dine in 在家吃飯
dine out 出外用餐

dish

[dɪʃ]
n. 盤子；菜餚

初

That **dish** is too shallow to serve soup in.
那個盤子太淺了，沒辦法裝湯。

❶ Point 重點 ·······························
do/wash the dishes 洗碗

聯想單字		
bowl	n.	碗
plate	n.	淺盤
tableware	n.	餐具
dishwasher	n.	洗碗機
side dish	n.	附餐；配菜

edible

[ˋɛdəbl]
adj.（安全上）可食用的

同 eatable adj.（味道上）可以吃的

反 non-edible adj. 不可食用的

中

All of the decorations on the gingerbread house are **edible**.
薑餅屋上的所有裝飾都是可食用的。

flavor

[ˋflevɚ]
[英] flavour
n. 味道，風味，口味
v. 給～調味

中

Through innovation and creativity, the owner has developed new **flavors** to appeal to more customers.
店主運用創新和創意開發出了新口味，以吸引更多的顧客。

I **flavored** the chicken with seasoned salt and garlic powder.
我用調味鹽和大蒜粉來調味雞肉。

❶ Point 重點 ·······························
be flavored with... 被用～調味

聯想單字		
taste	n.	（食物吃起來的）味道；滋味
aroma	n.	香味，香氣

grain

[gren]

n. 穀物；細粒

We mostly grow wheat and a few other **grains** on our farm.

我們農場裡主要是種植小麥和其他一些穀物。

聯想單字		
wheat	n.	小麥
cereal	n.	穀類加工食品；麥片

greasy

[ˋgrizɪ]

adj. 油膩的；諂媚的

衍 grease n. 油脂

I'm trying to avoid **greasy** and fatty foods at the moment.

我目前正試著要避開油膩和高脂的食物。

聯想單字		
fatty	adj.	肥胖的；油膩的
oily	adj.	油性的；油膩的；油腔滑調的

grocery

[ˋgrosərɪ]

n. 食品雜貨店；食品雜貨（恆複數）

It is difficult for a small **grocery** store to compete with a supermarket.

小型雜貨店很難和超市競爭。

聯想單字		
market	n.	市場；菜市場
supermarket	n.	超市
convenience store	n.	便利商店
pharmacy	n.	藥局

kettle

[ˋkɛtl]

n. 水壺，茶壺

My mother boiled some water in the **kettle** to make tea.

我母親用水壺燒了一些水來泡茶。

聯想單字		
pot	n.	壺；鍋
stove	n.	（烹飪用）爐子；（取暖用）暖爐
pan	n.	平底鍋
cooker	n.	廚具

liquor

['lɪkɚ]

[英] spirits

n. 酒;烈酒

◑

He drinks beer and wine, but he doesn't drink any hard **liquor**.

他會喝啤酒和葡萄酒,但他不喝烈酒。

❶ Point 重點 ··

當 liquor 指「**烈酒類型**」時是**可數名詞**,後面可以加上字尾 -s。

⇨ Each room had bottles of wine and water as well as various **liquors**.

每間房間都有紅酒、水和各種烈酒。

聯想單字	alcohol	n. 酒;酒精
	beer	n. 啤酒
	wine	n. 葡萄酒
	cocktail	n. 雞尾酒

loaf

[lof]

n. (一條/一塊) 麵包

初

Half a **loaf** is better than no bread.

半條麵包總比完全沒有好。(沒魚蝦也好)

❶ Point 重點 ··

「一條麵包」的說法是 a **loaf** of bread,如果是兩條以上的情況,則 loaf 必須改成複數形態的 **loaves**。

⇨ I bought five **loaves** of bread.

我買了五條麵包。

聯想單字	toast	n. 吐司
	sandwich	n. 三明治
	bun	n. 小圓麵包
	scone	n. 司康
	pancake	n. 鬆餅,薄煎餅
	waffle	n. 鬆餅

meal

[mil]

n. 餐;一頓飯

(初) If you eat three good **meals** a day, you're less likely to snack on biscuits and crisps.

如果你每天都有好好吃三餐,那就比較不會去吃餅乾和洋芋片之類的零食。

聯想單字	breakfast	n.	早餐
	lunch	n.	午餐
	brunch	n.	早午餐
	dinner	n.	晚餐(豐盛的正餐);晚宴
	supper	n.	晚餐(簡單吃的晚餐)

meat

[mit]

n. 肉

(初) The crisis has led to price rises in basic foodstuffs, such as **meat**, cheese, and sugar.

這場危機導致基本食品的價格上漲,像是肉類、乳酪和糖等。

❶ Point 重點 ··

meat 是**肉類的統稱**,所以是**不可數名詞**,前面通常會以 **a slice of...**(一片~)、**a piece of...**(一塊~)等表示數量單位的片語來表達。

⇨ **a slice of** meat 一片肉
a piece of meat 一塊肉
a chunk of meat 一大塊肉
tons of meat 非常多肉

聯想單字	beef	n.	牛肉
	chicken	n.	雞肉
	fish	n.	魚肉
	lamb	n.	羊肉
	pork	n.	豬肉

menu

[`mɛnju]

n. 菜單;電腦選單

(初) The restaurant has a large **menu** of about 50 items.

這間餐廳菜單上的東西很多,大概有 50 種品項。

聯想單字	recipe	n.	食譜
	restaurant	n.	餐廳

nut

[nʌt]

n. 堅果，果仁；～迷

衍 nuts adj. [俚] 瘋狂
的；狂熱的

⊕ **Nuts** are high in protein and good for one's health.

堅果富含蛋白質且有益健康。

❶ Point 重點 ···

nut 當名詞時是「堅果」的意思，不過若在後面**加上 -s**，
則會變成形容詞的「**瘋狂的**」意思。例如常見的片語 **go
nuts（瘋掉；大發雷霆）**中的 nuts 就是這個用法。

⇨ If Dad knows that you broke the window, he's
going to **go nuts**.

如果爸爸知道你打破窗戶，他一定會大發雷霆。

聯想單字		
kernel	n.	（果殼內的）果仁
peanut	n.	花生
cashew	n.	腰果
almond	n.	杏仁

recipe

[`rɛsəpɪ]

n. 食譜；訣竅

⊕ She was finding it hard to follow the **recipe** and wished
she hadn't invited her friends over for dinner.

她發現要照著食譜來做菜很難，想著要是沒有邀請她朋友來
吃晚餐就好了。

聯想單字		
ingredient	n.	（料理用的）食材；原料；因素
cookbook	n.	食譜書
formula	n.	配方；公式

restaurant

[`rɛstərənt]

n. 餐廳

初 An extra 10% was added to the **restaurant** bill for
service.

餐廳帳單上多加了一成的服務費。

聯想單字		
reserve	v.	預約
book	v.	預訂
table	n.	餐桌；桌位
chef	n.	主廚；廚師
serve	v.	供應（餐點等）；服務

roast

[rost]

v.（在烤箱裡）炙烤

n. 烤肉

adj. 炙烤的

They **roasted** a chunk of meat for his birthday party.
他們為他的生日派對烤了一大塊肉。

We'll have some **roast** for dinner tonight.
我們今天晚餐會吃一些烤肉。

The menu usually includes turkey, ham or **roast** beef, and many side dishes, such as potatoes.
菜單通常包括火雞、火腿或烤牛肉，還有許多附餐，例如馬鈴薯。

聯想單字	bake	v.	烘焙（麵包等）
	grill	v.	（在網架上）燒烤
	boil	v.	水煮
	steam	v.	蒸
	stew	v.	燉
	barbeque	n.	戶外燒烤聚會

salty

[`sɔltɪ]

adj. 鹹的；有鹽分的

衍 salt n. 鹽巴

You should try to get out of the habit of eating too many **salty** snacks.
你應該要試著改掉吃太多鹹零食的習慣。

聯想單字	sour	adj.	酸的
	sweet	adj.	甜的
	bitter	adj.	苦的
	spicy	adj.	辣的

sauce

[sɔs]

n. 調味料；醬汁

v. 給～加調味料

Some people like to add hot **sauce** to everything.
有些人喜歡把所有東西都加上辣椒醬。

He **sauced** the fish with lemon juice.
他用檸檬汁來調味這條魚。

聯想單字	ketchup	n.	番茄醬
	mayonnaise	n.	美乃滋
	mustard	n.	黃芥末醬
	syrup	n.	糖漿
	chili sauce	n.	辣椒醬（＝ hot sauce）
	soy sauce	n.	醬油
	dressing	n.	沙拉醬料

seafood

[`si͵fud]
n. 海鮮

The fish market at the dock offers a large range of freshly-caught **seafood**.
碼頭的魚市場提供各式各樣的新鮮漁獲。

❶ Point 重點 ……………………………………………………………
seafood 是「海鮮類」的統稱，也就是**集合名詞**，因此是**不可數名詞**。

聯想單字	shrimp	n.	蝦子
	tuna	n.	鮪魚
	salmon	n.	鮭魚
	crab	n.	螃蟹
	squid	n.	魷魚
	octopus	n.	章魚

season

[`sizn̩]
v. 給～調味
n. 季節

衍 seasoning
n. 調味料

This roasted broccoli is **seasoned** with garlic powder and onion powder.
這道烤花椰菜用了大蒜粉和洋蔥粉來調味。

May is the month when the tourist **season** in Greece really kicks off.
五月是希臘旅遊旺季真正開始的月份。

❶ Point 重點 ……………………………………………………………
be seasoned with... 用～調味

soybean

['sɔɪ,bin]

n. 大豆

 You can get many nutrients from nuts and **soybeans**.
你可以從堅果和大豆上得到許多營養。

聯想單字		
soybean milk	n.	豆漿
soybean oil	n.	大豆沙拉油

spicy

[`spaɪsɪ]

adj. 辛辣的；有加辛
香料的

衍 spice n. 辛香料，
　調味料；少許
　v. 加香料於～

 I have a preference for sweet foods over **spicy** ones.
比起辣的食物，我更喜歡甜食。

聯想單字		
sour	adj.	酸的
sweet	adj.	甜的
bitter	adj.	苦的
salty	adj.	鹹的

tray

[tre]

n. 托盤

 He put a **tray** of garlic bread into the oven, and the smell filled the room.
他把一托盤的大蒜麵包放進了烤箱，然後整個房間充滿著味道。

❶ Point 重點 ··
　a tray of... 一托盤的～

聯想單字		
bowl	n.	碗
plate	n.	（較淺的）盤子
dish	n.	（較深的）盤子
tableware	n.	餐具

vegetarian

[ˌvɛdʒəˋtɛrɪən]
n. 素食者
adj. 素食的

衍 vegetable n. 蔬菜
vegetarianism
n. 素食主義

 Whether you're a **vegetarian** or not, losing weight can be a challenge.
無論你是不是吃素的人，減肥都可能會是一項挑戰。

This is a Chinese-style **vegetarian** meal, prepared and cooked with no meat, fish or dairy products included.
這是一道中式的素食餐點，備料和烹飪調上不含肉類、魚類或乳製品。

vitamin

[ˋvaɪtəmɪn]
n. 維他命，維生素

⊕ Oranges and lemons are high in **Vitamin** C, which boosts the body's immune system.
橘子和檸檬富含維生素 C，有助於增強身體的免疫系統。

聯想單字		
nutrient	n.	營養物
mineral	n.	礦物質

wheat

[hwit]
n. 小麥

⊕ **Wheat** turns a golden color when it is ready for harvesting.
小麥在可以收成時會變成金黃色。

wine

[waɪn]
n. 葡萄酒

 We have a little **wine** when we have something to celebrate.
當我們有事要慶祝時，我們會喝一點葡萄酒。

❶ Point 重點 ···
wine 是**不可數名詞**，用法和 tea 或 water 等字相似，也可以在前面加上 **a glass of...**（一杯～）或 **a bottle of...**（一瓶～）來表達。

聯想單字		
drunk	adj.	酒醉的
drunk driving	n.	酒駕
grape	n.	葡萄
vinegar	n.	醋

冊	apron	[`eprən]	n. 圍裙；工作裙
冊	bacon	[`bekən]	n. 培根
初	bean	[bin]	n. 豆子；豆莢
冊	berry	[`bɛrɪ]	n. 莓果
冊	brownie	[`braʊnɪ]	n. 布朗尼
冊	burger	[`bɝgɚ]	n. 漢堡（= hamburger）
初	cherry	[`tʃɛrɪ]	n. 櫻桃
初	coconut	[`kokə,nət]	n. 椰子
冊	cooker	[`kʊkɚ]	n. 炊具，廚具
冊	cooking	[`kʊkɪŋ]	adj. 烹調用的 n. 烹調
冊	cucumber	[`kjukəmbɚ]	n. 小黃瓜
冊	cupboard	[`kʌbɚd]	n. 櫥櫃
初	food	[fud]	n. 食物
初	fruit	[frut]	n. 水果
冊	garlic	[`gɑrlɪk]	n. 大蒜，蒜頭
冊	ginger	[`dʒɪndʒɚ]	n. 薑
冊	grapefruit	[`grep,frut]	n. 葡萄柚
冊	gum	[gʌm]	n. 口香糖
冊	hay	[he]	n.（做飼料用的）乾草
初	ice	[aɪs]	n. 冰

⊕	jelly	[ˈdʒɛlɪ]	n. 果凍；果醬
⊕	juicy	[ˈdʒusɪ]	adj. 多汁的
⊕	lemonade	[ˌlɛmənˈed]	n. 檸檬水
⊕	lobster	[ˈlɑbstɚ]	n. 龍蝦
⊕	lychee	[ˈlaɪtʃi]	n. 荔枝
⊕	milkshake	[ˌmɪlkˈʃek]	n. 奶昔
⊕	mushroom	[ˈmʌʃrʊm]	n. 蘑菇 v. 如雨後春筍般地出現
⊕	pancake	[ˈpænˌkek]	n. 鬆餅，薄煎餅
⊕	pea	[pi]	n. 豌豆
⊕	peanut	[ˈpiˌnʌt]	n. 花生，花生米
⊕	pearl	[pɝl]	n. 珍珠 adj. 外表或顏色像珍珠的
⊕	pie	[paɪ]	n. 派
⊕	pudding	[ˈpʊdɪŋ]	n. 布丁
⊕	raisin	[ˈrezən]	n. 葡萄乾
⊕	sausage	[ˈsɔsɪdʒ]	n. 香腸，臘腸
⊕	spinach	[ˈspɪnɪtʃ]	n. 菠菜
⊕	syrup	[ˈsɪrəp]	n. 糖漿
⊕	wok	[wɑk]	n. 中式炒鍋
⊕	yogurt	[ˈjogɚt]	n. 優格
⊕	yolk	[jok]	n. 蛋黃

Chapter 01 Quiz Time

一、請填入正確的對應單字。

01. 乳製的；乳品業　　　（　　）

02. 味道，風味，口味　　（　　）

03. 食譜；訣竅　　　　　（　　）

04. 酒；烈酒　　　　　　（　　）

05. 油膩的；諂媚的　　　（　　）

| A. flavor | B. greasy | C. dairy | D. liquor | E. recipe |

二、請選出正確的答案。

01. Despite the measures taken, the number of children abusing _____ and drugs remains considerable.

    A. vitamin
    B. alcohol
    C. nut
    D. seafood

02. When he said he was becoming a _____ , his parents were worried he wouldn't get enough protein in his diet.

    A. bar
    B. kettle
    C. wheat
    D. vegetarian

03. Although these apples look not so red and nice, they are still _____ .

    A. edible
    B. dairy
    C. salty
    D. spicy

04. She knew that milkshakes had a bad effect on her _____ , but she just couldn't resist ordering one.

    A. tray
    B. meal
    C. digestion
    D. grain

05. By adding more protein to your diet, you can better control your _____ and lose excess weight.

    A. wine
    B. soybean
    C. grocery
    D. appetite

Chapter
02

衣物

衣物、配件、
顏色、形容方式

Ch02.mp3

a wolf in sheep's clothing	披著羊皮的狼
at the drop of a hat	毫不猶豫地；立刻
cut from the same cloth	非常相似
dressed to kill	穿著時尚搶眼
fit like a glove	非常適合；非常合身
go over/through sth with a fine-tooth comb	仔細檢查（某事物）
hats off to sb	向（某人）致敬；向（某人）表示感謝
have a card up your sleeve	留有王牌
have deep pockets	財力雄厚，口袋很深
(hit) below the belt	用卑劣的手段攻擊別人
hot under the collar	怒氣沖沖，氣得臉紅脖子粗
in one's birthday suit	沒穿衣服，裸體
keep one's shirt on	沉住氣，保持冷靜
keep sth under your hat	保密
lose one's shirt	某人（因賭博而）輸得精光
pull one's socks up	加把勁；振作努力
put one's thinking cap on	認真思考，動腦筋
put oneself in sb's shoes	將心比心，換位思考
tighten your belt	省吃儉用，勒緊褲帶
wear/have one's heart on one's sleeve	流露自己的情感；喜怒形於色

bracelet

[`breslɪt]

n. 手鐲，手鍊

The **bracelet** is made with fine Italian leather.
這條手鍊是由品質良好的義大利皮革製成的。

聯想單字				
necklace	n. 項鍊	ring	n. 戒指
earring	n. 耳環	bangle	n. 手鐲，手環

briefcase

[`brif͵kes]

n. 公事包

The man held his **briefcase** over his head because he forgot his umbrella.
那個男人把公事包舉到頭上，因為他忘了帶傘。

❶ Point 重點 ···
live out of a suitcase 成天在外奔波；居無定所
⇨ With all of her upcoming conferences, she will be **living out of a suitcase** for the next few months.
因為接下來的那堆會議，她接下來的幾個月都會在四處奔波了。

聯想單字		
suitcase	n.	小型旅行箱；行李箱
baggage	n.	[美] 行李的統稱（不可數）
luggage	n.	[英] 行李的統稱（不可數）
backpack	n.	背包
backpacker	n.	背包客
handbag	n.	（女用）手提包

clothe

[kloð]

v. 給～穿衣

衍 clothes
n. 衣服；服裝（恆複數）
clothing
n. 衣物的總稱（集合名詞不可數）

She was **clothed** all in white, from head to toe.
她從頭到腳都穿白色。

❶ Point 重點 ···
講到「穿衣服」，雖然中文基本上都用「穿」這個字來表達，不過在英文裡其實會因為使用情境而有不同的表達方式。

put on：表示穿上或戴上的「**動作**」。
⇨ It is very cold today so please **put on** a coat to keep warm.
今天非常冷，所以請把大衣穿上來保暖。

wear：表示身上穿著或戴著的「**狀態**」。
⇨ He always **wears** a shirt and tie.
　他總是穿著襯衫、打著領帶。

dress：穿著如制服、正裝等的**特定服裝**，或是要**幫別人**（**通常是為小孩子**）**著裝**時，都會使用 dress。
⇨ Although she is not in the fashion industry, she always **dresses** fashionably.
　雖然她不在時尚圈工作，但她的穿著總是很時尚。

try on：「**試穿**」的動作。
⇨ Customers are allowed to **try on** clothes and shoes in stores.
　顧客可以在店內試穿衣服和鞋子。

聯想單字		
dress up	phr.	盛裝打扮
overdress	v.	過度打扮
outfit	n.	（全套的）外衣，服裝

collar
[`kɑlɚ]
n. 衣領；項圈

⊕ The term blue-**collar** usually refers to people who work in jobs that involve manual labor.
藍領一詞通常是指從事勞力工作的人。

❶ Point 重點 ······
除了例句裡用來指稱「**從事勞力工作**」的 **blue-collar**（藍領階級的）之外，英文中還有用來表達「**從事腦力工作**」的 **white-collar**（白領階級的），近來還出現了 **No Collar**（無領族）的說法，用來指「**雖有高學歷但無工作的人**」。

costume
[`kɑstjum]
n. 戲服，（主題性的）特殊服裝

⊕ At the carnival, the guests wore colorful **costumes** and masks.
在嘉年華會上，來賓們穿著五顏六色的服裝且戴著面具。

❶ Point 重點 ······
另一個和 costume 長得很像的字是 **custom**（**慣例；習俗；習慣**），小心不要搞混了。

聯想單字	costume drama	n.	古裝劇
	costume party	n.	化裝舞會
	mask	n.	面具
	dress	n.	連身裙；洋裝；禮服
	gown	n.	女式禮服；長袍

dresser

[`drɛsɚ]
n. 衣櫥；（有抽屜的）櫥櫃

衍 dress v. 給～穿衣；打扮

Her room was tiny, barely fitting a twin-sized bed and a small, wooden **dresser**.

她的房間很小，只能勉強放得下一張單人床和一個小的木製衣櫥。

❶ Point 重點 ·····

dress up	盛裝打扮
be dressed in＋顏色	身穿～色
dress code	著裝規定

聯想單字	closet	n.	衣櫃；衣帽間
	wardrobe	n.	衣櫃
	cabinet	n.	櫥櫃，儲物櫃
	cupboard	n.	壁櫥
	locker	n.	置物櫃

earring

[`ɪr͵rɪŋ]
adj. 耳環，耳飾

I can't wear these **earrings** because my ears aren't pierced.

我沒辦法戴耳環，因為我沒有穿耳洞。

❶ Point 重點 ·····

戴耳環的「戴」，要搭配的動詞是 **wear**（wear earrings），「戴上」的動作則可以用動詞片語 put on 來表達。

聯想單字	ring	n.	戒指
	earlobe	n.	耳垂
	piercing earrings	n.	穿式耳環
	clip-on earrings	n.	夾式耳環

fur

[fɝ]

n.（獸類的）毛皮；毛皮製品

In the 19th century, black bears were killed in enormous numbers because their **fur** was highly valued at that time.

在 19 世紀時，黑熊曾被大量殺害，因為牠們的毛皮在當時非常值錢。

聯想單字			
fur coat	n.	毛皮大衣
fur kid/child	n.	毛小孩（寵物）
cotton	n.	棉
leather	n.	皮革
silk	n.	蠶絲
linen	n.	亞麻布製品
nylon	n.	尼龍
wool	n.	羊毛
synthetic	n.	合成纖維

ivory

[ˋaɪvərɪ]

n. 象牙；象牙製品

Tens of thousands of elephants are killed for their **ivory** tusks every year.

每年有數以萬計的大象因牠們的象牙而被殺害。

❶ Point 重點 ·······················

ivory 當「**象牙本身**」時**不可數**，但字義作「**象牙製品**」時是**可數名詞**（複數形為 ivories）。

聯想單字		
ivory tower	n.	象牙塔
tickle the ivories	phr.	彈鋼琴

jewelry

[ˋdʒuəlrɪ]

n. [美] 珠寶；首飾（總稱）

衍 jewel n. 寶石

jewellery n. [英] 珠寶；首飾（總稱）

The thief broke the shop window and carried off **jewelry** worth thousands of pounds.

小偷打破了商店的櫥窗，搶走價值數千英鎊的珠寶。

❶ Point 重點 ·······················

戴首飾的「**戴**」要用 **wear**（wear jewelry），另外，因為 jewelry 指的是「**各式各樣珠寶的集合**」，所以若要表達「**一件金飾／銀飾**」，要說 **a piece of gold/silver jewelry**。

聯想單字			
jewelry shop	n.	珠寶店	
jewelry case/box	n.	珠寶盒	
accessory	n.	配件（總稱）	
diamond	n.	鑽石	
amber	n.	琥珀	
ruby	n.	紅寶石	
pearl	n.	珍珠	

laundry

[`lɔndrɪ]
n. 洗衣店；送洗的衣物

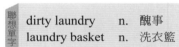

I have to see if there is a laundromat nearby that I can use to do my **laundry**.
我得看看附近有沒有可以讓我洗衣服的自助洗衣店。

❶ Point 重點 ··
「**洗衣服**」的說法是 **do the laundry**，而不是 wash the clothes。例句中出現的 **laundromat** 是「**自助洗衣店**」的美式說法，英式英文則是 **launderette**，其他常見的說法還有 **coin laundry**、**coin wash**、**self-service laundry** 等等。

聯想單字		
dirty laundry	n.	醜事
laundry basket	n.	洗衣籃

leather

[`lɛðɚ]
n. 皮革

衍 leathern adj.
皮革製的

Keep all **leather** away from direct sunlight because it may cause leather to change color or crack.
所有皮革都要避免陽光直曬，因為這樣可能會導致皮革變色或龜裂。

聯想單字		
leather jacket/coat	n.	皮衣
leather glove	n.	皮手套
genuine leather	n.	真皮

necklace

[`nɛklɪs]

n. 項鍊

The chain on the **necklace** broke when I put it on for the first time.

項鍊上的鍊子在我第一次戴上時就斷掉了。

聯想單字		
chain	n.	鏈條；一連串（+of）　v. 用鏈子拴住
pendant	n.	墜飾

overcoat

[`ovɚˌkot]

n. 長大衣（長度到膝蓋以下）

When entering a banquet hall, you should take off your **overcoat**, hat, scarf and gloves.

在進入宴會廳時，你應該要脫下大衣、帽子、圍巾和手套。

聯想單字		
coat	n.	外套，大衣
jacket	n.	短外套，夾克
trench coat	n.	風衣
fur coat	n.	皮草大衣
raincoat	n.	雨衣

pajamas

[pə`dʒæməs]

[英] **pyjamas**

n. 睡衣

No **pajama** party is complete without a pillow fight.

沒有枕頭大戰的睡衣派對就不完整了。

❶ Point 重點 ……………………………………………………

pajamas 的字尾一定要加上 **s**。

聯想單字		
cat's pajamas	n.	令人讚嘆的人或物
pajamas party	n.	睡衣派對
nightgown	n.	睡袍
underwear	n.	內衣

pants

[pænts]

n. 褲子（在英國是指「內褲」）

初

I've got a gorgeous, colorful, printed blouse that will match those **pants**.

我有一件漂亮的彩色印花上衣，可以搭那件褲子。

❶ Point 重點 ···

pants, jeans, trousers 永遠只能用複數，若要說「一條褲子」，就要說 **a pair of** pants。下面介紹一些很常見的俚語：

have ants in one's pants

（因憂慮）坐立不安；（因興奮）坐不住

這句俚語的字面翻譯是「某人的褲子裡面有螞蟻」，很傳神的表達了「沒辦法好好坐在椅子上」的感覺。

⇨ Most young children **have ants in their pants** and find it hard to sit still.

大部分的小朋友都很坐不住，很難好好坐著。

wear the pants 當家作主

傳統上來說，穿褲子的都是男性，女性則是穿裙子，然而有的女性也須身兼多職，扛起傳統上被視為男性應負的責任，這時就會說她是 wear the pants，而現在則**泛指「當家作主的行為」**。

⇨ The U.S. has already decided who gets to **wear the pants** in the White House for the next four years.

美國已決定未來四年的白宮是由誰當家作主了。

聯想單字		
shorts	n.	短褲
trousers	n.	褲子，長褲
jeans	n.	牛仔褲
leggings	n.	內搭褲
hot pants	n.	熱褲

purse

[pɝs]

n.（女用）錢包，
（女用）手提包

I made this lovely little leather **purse** on my own and got lots of compliments.

我自己做了這個可愛的小皮包，而且得到了很多稱讚。

❶ Point 重點 ⋯⋯⋯⋯⋯⋯⋯⋯⋯⋯⋯⋯⋯⋯⋯⋯⋯⋯⋯⋯⋯⋯⋯⋯

beyond one's purse 超出某人的財力

⇨ He had to refuse to buy it with regret since the price was **beyond his purse**.

因為價格超出了他的能力範圍，他只好遺憾地拒絕。

聯想單字	wallet	n.	皮夾

ribbon

[`rɪbən]

n. 緞帶，絲帶

When you wrap a gift with a **ribbon**, it looks far better and more attractive than without.

如果你用緞帶來包裝禮物，禮物就會看起來更棒、更吸引人。

聯想單字	yellow ribbon	n.	黃絲帶
	blue ribbon	n.	最高的榮譽（藍帶）
	ribbon cutting ceremony	n.	剪綵儀式

scarf

[skɑrf]

n. 圍巾

I knitted a **scarf** for my boyfriend as my Christmas gift to him.

我為我男朋友織了一條圍巾，當作是聖誕禮物。

❶ Point 重點 ⋯⋯⋯⋯⋯⋯⋯⋯⋯⋯⋯⋯⋯⋯⋯⋯⋯⋯⋯⋯⋯⋯⋯⋯

knit a scarf 織圍巾

聯想單字	headscarf	n.	頭巾
	silk scarf	n.	絲巾
	necktie	n.	領結
	hand warmer	n.	暖暖包

sleeve

[sliv]
n. 袖子

You'd better roll your **sleeves** up when washing your hands or they'll get wet.
洗手時最好把袖子捲起來，否則會弄濕。

❶ Point 重點 ··
roll up your sleeves (roll your sleeves up)
捲起袖子；準備行動
⇨ If you want to pass this exam, you need to **roll your sleeves up** and study.
如果你想通過考試，你必須捲起袖子來開始念書。

聯想單字		
short-sleeved	adj.	短袖
long-sleeved	adj.	長袖
sleeveless	adj.	無袖的
3/4 length sleeve	n.	七分袖

stocking

[`stɑkɪŋ]
n. 長襪

衍 stock n. 存貨
v. 庫存

A Christmas **stocking** is an empty sock or sock-shaped bag that children hang on Christmas Eve.
聖誕襪是孩子們在平安夜掛上的空襪子或襪子形狀的袋子。

❶ Point 重點 ··
stocking 通常都是**以複數形的 stockings 出現**，如果要講「一雙襪子」，可以說 **a pair of** stockings。

聯想單字		
sock	n.	短襪
toe socks	n.	五指襪
footwear	n.	鞋類的總稱

suit

[sut]
n. 套裝；訴訟
v. 合適；相稱

衍 suitable adj.
合適的

He doesn't fit the stereotype of a business man in a dark **suit** with a briefcase in hand.
他不符合那種身穿黑西裝、手拿公事包的商人刻板印象。

I feel that vibrant colors don't really **suit** me because they are too noticeable.
我覺得鮮豔的顏色不太適合我，因為它們太引人注目了。

聯想單字			
business suit	n.	西裝，商務套裝
swimsuit	n.	泳衣
diving suit	n.	潛水衣
protective suit	n.	防護衣
ski suit	n.	滑雪衣
Suit yourself!	phr.	隨便你！

sweater

[`swɛtɚ]

n. 毛衣

V-neck **sweaters** can be styled with anything, starting from denim cut-offs to pencil skirts and skinny jeans.
V 領毛衣可以和任何東西搭配，從牛仔短褲到鉛筆裙和緊身牛仔褲都沒問題。

聯想單字		
turtleneck (sweater)	n.	高領毛衣
hoodie	n.	帽 T
V-neck	n.	V 領的衣服
crew neck	n.	圓領的衣服

underwear

[`ʌndɚ͵wɛr]

n. 內衣褲（總稱）

The prisoner was ordered to strip down to his **underwear**.
囚犯被命令脫光衣物，只剩下內衣褲。

聯想單字		
bra	n.	胸罩
panties	n.	女性內褲
bikini	n.	比基尼泳裝
briefs	n.	男性三角褲
boxers	n.	男性四角褲

wallet

[`wɑlɪt]

n. 皮夾，錢包

I lost my **wallet** and need to cancel my debit and credit cards.
我把皮夾搞丟了，所以得去掛失我的簽帳卡和信用卡。

聯想單字		
digital/electronic wallet	n.	電子錢包

初	bag	[bæg]	n. 袋子
中	boot	[but]	n.（長筒）靴 v. 開機
中	brass	[bræs]	adj. 黃銅製的；黃銅色的 n. 黃銅
中	copper	[ˋkɑpɚ]	adj. 紅銅色的 n. 銅
中	glove	[glʌv]	n. 手套
初	handkerchief	[ˋhæŋkɚˏtʃɪf]	n. 手帕
初	hat	[hæt]	n. 帽子
初	jeans	[dʒinz]	n. 牛仔褲
中	lace	[les]	v. 用花邊等裝飾 n. 鞋帶；帶子；蕾絲
中	robe	[rob]	n. 長袍，罩袍
初	tie	[taɪ]	n. 領帶；綁繩 v. 繫；與～成平手
初	T-shirt	[ˋtiˏʃɝt]	n. T 恤
初	vest	[vɛst]	n. 背心
中	violet	[ˋvaɪəlɪt]	adj. 紫色的 n. 紫蘿蘭
初	watch	[wɑtʃ]	n. 錶

Chapter 02　Quiz Time

一、請填入正確的對應單字。

01. 象牙；象牙製品　　　　　　　　（　　）
02. 洗衣店；送洗的衣服　　　　　　（　　）
03. 袖子　　　　　　　　　　　　　（　　）
04. （女用）錢包；（女用）手提包　（　　）
05. 衣領；項圈　　　　　　　　　　（　　）

| A. laundry | B. collar | C. purse | D. ivory | E. sleeve |

二、請選出正確的答案。

01. The dress is simple, but you can pair it with some stunning _____ for evening wear.

    A. stocking
    B. jewelry
    C. underwear
    D. sleeve

02. He was dressed in a black _____ and black shoes and tie, as if he'd been at a funeral.

    A. suit
    B. pajamas
    C. wallet
    D. dresser

Answer （一）：01. D　　02. A　　03. E　　04. C　　05. B
　　　　（二）：01. B　　02. A　　03. D　　04. B　　05. C

翻譯　01. 這件洋裝很簡單，但你可以用一些光彩奪目的珠寶搭配，當作晚禮服來穿。
　　　02. 他穿了黑色的西裝、黑色的鞋子和領帶，就像他剛去了葬禮似的。
　　　03. 定期把皮鞋擦亮的這個程序對於讓皮鞋保持良好狀態來說非常重要。
　　　04. 她認為殺害動物來取得食物或毛皮是非常不道德的行為。
　　　05. 除了在化妝派對和遊行上，他從未見過有人穿得像她那樣。

03. A regular polishing routine is vital for keeping _____ shoes in good condition.
A. purse
B. sweater
C. laundry
D. leather

04. She believes that killing animals for food or _____ is completely immoral behavior.
A. bracelet
B. fur
C. scarf
D. ribbon

05. Other than at _____ parties and parades, he had never seen anyone dressed liked she was.
A. collar
B. ivory
C. costume
D. clothe

居家

房屋、家具、
日常用品、家庭相關

Ch03.mp3

主題單字相關實用片語

a flash in the pan	曇花一現
a watched pot never boils	心急吃不了熱豆腐（心急水不沸）
part of the furniture	習以為常的事；元老級人物
bring sth to the table	提供有益的某事物
bring the house down	表演博得滿堂彩
burn the candle at both ends	蠟燭兩頭燒
get on like a house on fire	一見如故；情投意合
go down the toilet	事情搞砸／完蛋了
have too much/a lot on one's plate	有太多／很多工作要做
house of cards	極易出問題的計畫（像紙牌搭成的房子一樣的不牢靠）
in the hot seat	處於尷尬或艱難的情境
light-bulb moment	靈光一閃
make yourself at home	當自己家，不用太拘謹
on the table	把計畫或想法納入考量
show someone the door	下逐客令，要求某人離開
storm in a teacup	小題大作；大驚小怪
take the chair	主持會議
turn the tables	扭轉局面；轉占上風
under the table	暗地裡；私底下
wet blanket	掃興的人

air conditioner

[`ɛr kən dɪʃənə]

n. 空調；冷氣（簡稱 AC 或 A/C）

衍 air conditioning
n. 空調系統（不可數，常簡稱為 air con）

中

Each room is equipped with an **air conditioner**, a bathroom and a balcony.
每個房間都配有冷氣、浴室和陽台。

❶ Point 重點 ···
把冷氣溫度調高或調低必須利用片語 **turn up** 和 **turn down** 來表達，不過用法和我們直覺會認為的調高低溫不同，使用時必須特別注意喔！

turn up the air conditioner 把冷氣溫度調冷一點（冷氣冷的程度提高（up），所以用 turn up）

turn down the air conditioner 把冷氣溫度調熱一點（冷氣冷的程度降低（down），所以用 turn down）

聯想單字		
heater	n.	暖氣機
fireplace	n.	壁爐

apartment

[ə`pɑrtmənt]

n.（一間）公寓

同 flat n. [英]（一間）公寓

初

On average, people who rent an **apartment** in the United States spend around $150-$200 per month on utilities.
平均而言，在美國租公寓住的人每個月會花約 150 至 200 美元在水電雜費上。

❶ Point 重點 ···
由一間間公寓所構成的「**公寓大樓**」的英文是 **apartment building**，而單獨的「一戶公寓」則是 apartment，如果是**英式英文**的話，會用 **flat** 這個字，「整棟公寓大樓」的說法則是 **block of flats**。一般來說，apartment 和 flat 都是**租來的**，**房客不擁有公寓的所有權**。

這邊一併介紹一些常見的「大樓」說法，在各種考試裡常見的 **condo (condominium)**，指的是**住戶擁有所有權的公寓大樓**，**skyscraper** 則是「**摩天大樓**」的意思。

聯想單字	building	n.	建築物；大樓
	house	n.	獨棟房屋
	property	n.	不動產
	complex	n.	建築群（由多棟建築物所構成）
	mansion	n.	大廈；豪宅

basement
[`besmənt]
n. 地下室

衍 base n. 基底；底部

初 Moisture can cause a lot of damage to a house, especially to the **basement**.
潮濕可能會對房屋造成很大的損害，尤其是地下室。

bucket
[`bʌkɪt]
n. 桶子

初 The roof was leaking, so I had to use a **bucket** to catch the dripping water.
屋頂漏水了，所以我不得不用水桶去接水。

❶ Point 重點 ···
kick the bucket【口】死掉
⇨ The old man **kicked the bucket** last year.
那個老人去年死了。

聯想單字	water bucket	n.	水桶
	bucket list	n.	遺願清單；人生目標清單
	container	n.	容器

bulb
[bʌlb]
n. 燈泡

中 The light **bulb** in the bathroom burned out and needs to be replaced.
浴室裡的燈泡燒壞了，需要更換。

聯想單字	lamp	n.	燈
	a/the third wheel	n.	（打擾約會的）電燈泡

calculator

[`kælkjə͵letɚ]
n. 計算機

衍 calculate v.
計算；估計
calculation n.
計算；盤算

 Students are not allowed to use a **calculator** during this exam and should do all of the calculations by hand.
學生在本次測驗中不能使用計算機，全部都只能手動計算。

❶ Point 重點 ··
在開口說「加、減、乘、除」等算式時，必須使用 **plus**（加）、**minus**（減）、**times**（乘）、**divided by**（除）、**equals**（等於）等動詞來表達。

chore

[tʃor]
n. 家務；雜務；例行瑣事

 Do you think that children should do **chores** around the house to earn their allowance?
你認為孩子們應該透過做家事來賺零用錢嗎？

❶ Point 重點 ··
chore 是可數名詞，後面通常都會加 s。

聯想單字		
housework	n.	家務
task	n.	任務；工作

fridge

[frɪdʒ]
n. 冰箱

同 refrigerator n. 冰箱

If there's any leftover food, put it in the **fridge** or it will spoil.
如果有剩餘的食物，請放入冰箱，不然會壞掉。

聯想單字	
freezer n.	（冰箱的）冷凍庫，冷凍櫃

furnish

[ˋfɝnɪʃ]
v. 配置家具；提供家具

衍 furniture n. 家具
furnished adj. 配有家具的
furnisher n. 家具商

Each apartment should be **furnished** with smoke detectors in the hall and kitchen.
在每間公寓的走廊和廚房裡都應配有煙霧探測器。

❶ Point 重點 ··
be furnished with...（房屋／房間）配有～
⇨ The living room **is furnished with** a three-seater sofa, a recliner, and a coffee table.
客廳配有三人座沙發、躺椅和茶几。

聯想單字		
armchair	n.	扶手椅
bookshelf	n.	書架；書櫃
sofa	n.	長沙發
couch	n.	沙發

garbage

[ˋgɑrbɪdʒ]
n. 垃圾；廢話（不可數）

Garbage disposal is a major problem in most cities around the world.
垃圾處理是世界上大部分城市的重大問題。

❶ Point 重點 ··
take out/dump the garbage 倒垃圾
⇨ In order to avoid the smell, we should **take out the garbage** every day.
為了避免產生異味，我們應該每天倒垃圾。

聯想單字		
garbage can	n.	垃圾桶
garbage truck	n.	垃圾車
rubbish	n.	垃圾（不可數）
trash	n.	垃圾（不可數）
waste	n.	廢棄物（不可數）
food waste	n.	廚餘

hallway

[ˋhɔlˏwe]
n. [美] 走廊；玄關

The **hallway** in the apartment is dark and has no lights.
公寓的走廊很黑，沒有燈光。

handle
[`hændl]
n. 把手
v. 對待；處理

同 deal with phr. 對
待；處理

The door is not locked; just turn the **handle** to open it.
門沒鎖，只要轉動把手就可以開了。

He suffers from anxiety and can't **handle** the stress of a high-pressure job.
他受焦慮症所苦，無法應對高壓工作帶來的壓力。

heater
[`hitɚ]
n. 暖氣機

衍 heat n. 熱度 v. 加熱
heating n. 暖氣

反 cooler n. 冷卻器

She turned on the **heater** in the hall to take the chill off.
她打開大廳裡的暖氣以去除寒意。

❶ Point 重點 ···
turn on/off the heater 打開／關閉暖氣

聯想單字
stove　n.（料理用的）爐子；（取暖用的）火爐

household
[`haʊs,hold]
n. 一家人；家戶；家庭
adj. 家庭的；家用的

Only one coupon can be used per **household**, so my wife has to wait until next time to use hers.
每一個家庭只能用一張優惠券，所以我太太要等到下次才能用。

Both a husband and wife should shoulder **household** expenses.
夫妻雙方都應該承擔家庭開支。

聯想單字
Household Certificate　n. 戶口名簿
household chores　　　n. 家事

housework

[ˋhaʊsˏwɝk]

n. 家事

Doing **housework** for at least 30 minutes a day can help reduce the risk of heart disease.

每天做至少 30 分鐘的家事可以幫助降低罹患心臟病的風險。

❶ Point 重點 ···

在英文裡「做家事」有兩種很常見的說法，第一個是 **doing housework**，特別要注意的是 **housework** 是不可數名詞，所以不可以加 **s**，另一個說法則是 **do/ perform household chores**，和 housework 不同，**可數的 chore 要加上 s**，來表達「做的家事不只一種」的語意。

housing

[ˋhaʊzɪŋ]

n. 住宅（總稱）；
住房供給

衍 house n. 房屋
　　v. 住；給～住

The lack of moderately-priced **housing** in this area has affected local business owners.

這一區缺乏價格適中的住宅，影響了當地的企業主。

❶ Point 重點 ···

house 當**動詞**時有「**提供住宿**」的意思。

⇒ There is some accommodation available in the city, but not enough to **house** all the refugees.

城裡有一些住宿設施可以住，但不足以容納所有的難民。

聯想單字		
accommodation	n.	住處
inn	n.	小旅館
hotel	n.	飯店
motel	n.	汽車旅館
residence	n.	居所，住宅
resident	n.	居民　adj. 居住的；常駐的
residential	adj.	住宅的；適合居住的

lobby

[`lɑbɪ]
n. 大廳，門廳
v. （對議員等）遊說

We were asked to gather in the **lobby** before going into the party.
在去派對之前，我們被要求在大廳集合。

The groups are **lobbying** for changes to the laws on drinking and driving.
這些團體正在遊說修改酒駕法。

❶ Point 重點 ···
在 lobby 後面常出現的介系詞有 **for**、**against** 和 **to**，當介系詞改變時，語意或使用方式也會隨之變化，一起來看看有什麼不同吧！

for：為某事遊說，後面接名詞事由
⇨ The hospital staff are **lobbying for** better healthcare facilities.
醫院員工正在為更好的照護設施進行遊說。

against：透過遊說反對某事，後面接反對事項
⇨ The tobacco industry **lobbied** hard **against** the laws.
香菸業者極力遊說反對這項法律。

to：為某事遊說，後面接動詞事由
⇨ Local residents **lobbied to** preserve the old houses.
當地居民為保護這些老房子而進行遊說。

聯想單字		
hall	n.	大廳；門廳；廳堂
hallway	n.	走廊；玄關
lounge	n.	休息室；會客廳

mansion

[`mænʃən]
n. 大廈；豪宅

The **mansion** became one of the most expensive properties in New York.
這棟豪宅成為紐約最昂貴的房地產之一。

oven

[`ʌvən]

n. 烤箱；爐

Next, put the onions in the **oven** and roast them for thirty minutes.

接著，將洋蔥放入烤箱內烤三十分鐘。

microwave oven	n.	微波爐
kitchenware	n.	廚房用具（總稱）
gas stove	n.	瓦斯爐
electric stove	n.	電磁爐

parent

[`pɛrənt]

n. 父母；母公司

Taking care of aging **parents** brings many challenges, and communication issues can make things difficult.

照顧年邁的父母會遇到很多挑戰，而溝通問題也可能會讓事情變得困難。

single parent family	n.	單親家庭
biological parents	n.	親生父母
adoptive parents	n.	養父母
grandparent	n.	祖父；祖母；祖父母（恆複數）
ancestor	n.	祖先

passage

[`pæsɪdʒ]

n. 走道，通道；通過

衍 pass v. 通過

　　passenger n. 乘客

Her office is on the right at the end of the **passage**.

她的辦公室在這條走道盡頭的右側。

razor

[`rezɚ]
n. 刮鬍刀，剃刀
v. 剃；用剃刀刮

I need to buy a **razor** today and get rid of the fuzz on my legs.
我今天需要買一把剃刀來除我的腿毛。

He **razored** his beard away carefully but still cut himself in a couple places.
他小心地將鬍子剃掉，但還是劃傷了幾個地方。

| 聯想單字 | blade | n. | 刀片 |
| | shave | v. | 剃（毛髮）；刮（鬍子）|

resident

[`rɛzədənt]
n. 居民
adj. 居住的；常駐的

衍 reside
　v. 居住
　residence
　n. 住所
　residential
　adj. 住宅的；適合居住的

The area is renowned for its outdoor surroundings, where **residents** can picnic, run and bike at several nearby parks.
該地區以其戶外環境聞名，居民可以在附近的幾個公園內野餐、跑步和騎腳踏車。

The **resident** DJs in that club work in rotation every day.
那個俱樂部裡的常駐 DJ 們每天都會輪班。

聯想單字	citizen	n.	市民
	occupant	n.	居住者；占有者
	tenant	n.	承租人，租客
	landlord	n.	房東
	migratory	adj.	遷徙的
	migration	n.	遷移
	move	v.	搬移；移動

scissors
[ˈsɪzɚz]
n. 剪刀

Those giant **scissors** are perfect for ribbon cutting ceremonies and grand opening celebrations.
那把巨大的剪刀非常適合用在剪綵儀式和盛大開幕的慶祝活動上。

❶ Point 重點 ·····
就和長褲有兩個褲管，所以 pant 要加上 -s 一樣，剪刀一定會有兩個刀片，所以原本的 scissor 必須加上 -s，「一把剪刀」的說法是 **a pair of** scissors。

sheet
[ʃit]
n. 一張（紙）；床單

The kid wore a white **sheet** as a ghost costume for Halloween.
那個小朋友披著白床單，當作是萬聖節的扮鬼裝扮。

聯想單字		
bedding	n.	寢具
mattress	n.	床墊
pillow	n.	枕頭
pillowcase	n.	枕頭套
bedspread	n.	床罩
comforter	n.	棉被

skyscraper
[ˈskaɪˌskrepɚ]
n. 摩天大樓

It is the largest restaurant in a **skyscraper** in London where we can overlook the city.
它是倫敦摩天大樓中最大的餐廳，在這裡我們可以俯瞰整個城市。

聯想單字		
tower	n.	塔
high-speed elevator	n.	高速電梯
view	n.	景色，景觀
observation deck	n.	觀景台

smartphone

[ˈsmɑrt.fon]

n. 智慧型手機

Smartphones represent an important part of modern life because they enable us to communicate all over the world.

智慧型手機代表了現代生活中很重要的一部分,因為它讓我們能與全世界進行交流。

聯想單字			
mobile device	n.	行動裝置
tablet	n.	平板電腦
graphics tablet	n.	繪圖板
e-reader	n.	電子閱讀器

story

[ˈstɔrɪ]

[英] storey

n. 樓層

When the 101-**story** building was constructed in 2004, it was the tallest building in the world.

在這棟有著 101 層的建築物於 2004 年建成時,它曾是世界上最高的建築物。

❶ Point 重點 ··

story 指的是「**建築物有幾層樓**」,而 **floor** 指的是「**在第幾樓**」,描述時必須使用**序數**,另外,歐洲(如英國)建築物的一**樓**叫做 **ground floor**,二樓才是 **first floor**,要特別注意喔!

⇒ I work on the 15th **floor** of a 25-**story** building.
　我在一棟有 25 層樓的大樓的 15 樓上班。

聯想單字		
floor	n.	(建築物的)層
stair	n.	階梯
staircase	n.	樓梯
elevator	n.	電梯
escalator	n.	手扶梯

tablet

[ˋtæblɪt]

n. 藥片；薄片；平板電腦

The doctor asked him to take two **tablets** of aspirin three times a day.
醫師要他一天吃三次阿斯匹靈，每次兩顆。

A **tablet** is a portable computer with a touchscreen interface and is typically smaller than a laptop but larger than a smartphone.
平板電腦是具有觸控螢幕介面的可攜式電腦，且一般比筆記型電腦要小，但比智慧型手機大。

tissue

[ˋtɪʃʊ]

n. 面紙；抽取式衛生紙；（動植物的）組織

He took out a **tissue** and blew his nose.
他拿出一張面紙擤了鼻涕。

The reason why we lose muscle **tissue** as we age is that we use our bodies less and less.
我們之所以會隨著年齡增長而失去肌肉組織，是因為我們越來越少使用身體了。

❶ Point 重點 ···
「一張衛生紙」的說法是 **a tissue**，「一盒衛生紙」則會用 **a box of tissues**。

聯想單字		
toilet roll/paper/tissue	n.	廁所衛生紙
kitchen towel/roll	n.	廚房紙巾
napkin	n.	餐巾紙
wipe	n.	濕紙巾
handkerchief	n.	手帕

⊕	basin	[`besn̩]	n. 臉盆；盆地
⊕	battery	[`bætərɪ]	n. 電池
⊕	broom	[brum]	n. 掃帚
初	calendar	[`kæləndɚ]	n. 日曆；月曆；行事曆
初	camera	[`kæmərə]	n. 照相機
初	candle	[`kændl̩]	n. 蠟燭
⊕	chimney	[`tʃɪmənɪ]	n. 煙囪
初	computer	[kəm`pjutɚ]	n. 電腦
⊕	cottage	[`kɑtɪdʒ]	n. 農舍；小屋
初	drawer	[`drɔɚ]	n. 抽屜
初	fan	[fæn]	n. 風扇；扇子；粉絲
初	fence	[fɛns]	n. 柵欄；籬笆
初	flashlight	[`flæʃˌlaɪt]	n. 手電筒
初	gas	[gæs]	n. 瓦斯；汽油
⊕	hut	[hʌt]	n.（簡單的）小屋
初	notebook	[`notˌbʊk]	n. 筆記本
⊕	quilt	[kwɪlt]	n. 薄被，被毯
初	radio	[`redɪˌo]	n. 收音機
⊕	rug	[rʌg]	n. 小地毯
⊕	shampoo	[ʃæm`pu]	n. 洗髮精 v.（用洗髮精）洗

初	stair	[stɛr]	n. 樓梯
中	tablecloth	[ˋtebḷˌklɔθ]	n. 桌布
中	televise	[ˋtɛləˌvaɪz]	v. 電視播送
中	toothpaste	[ˋtuθˌpest]	n. 牙膏
初	tub	[tʌb]	n. 浴缸
中	vase	[ves]	n. 花瓶
中	washing	[ˋwɑʃɪŋ]	n. 洗；洗滌；洗滌劑

Chapter 03 Quiz Time

一、請填入正確的對應單字。

01. 把手；對待；處理　　　（　　）
02. 面紙；（動植物的）組織　（　　）
03. 一家人；家戶；家庭的　（　　）
04. 一張（紙）；床單　　　（　　）
05. 房屋；住宅（總稱）　　（　　）

A. tissue　　　B. housing　　　C. household　　　D. handle　　　E. sheet

二、請選出正確的答案。

01. A candidate for president must be a _____ of the United States for at least 14 years.

    A. lobby
    B. parent
    C. calculator
    D. resident

02. The couple spent a lot of money on _____ their new house.

    A. housing
    B. furnishing
    C. handling
    D. razoring

03. Melisa and her husband both leave the house to work, so they share the _____ chores.

    A. household
    B. tablet
    C. bucket
    D. basement

04. Poor _____ and unemployment are the main problems of the city.

    A. hallway
    B. story
    C. housing
    D. mansion

05. He managed to make a curtain out of an old _____ .

    A. apartment
    B. bulb
    C. garbage
    D. sheet

Chapter 04

交通
交通工具、運輸方式

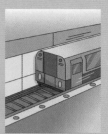

Ch04.mp3

all roads lead to Rome	條條大路通羅馬
backseat driver	愛指揮司機的乘客；多管閒事的人
be at a crossroads	處於關鍵時刻，在緊要關頭
be in the same boat	在同一艘船上 （常指身處相同的不利處境）
be up one's street	對（某人）的胃口；合（某人）的意
country mile	遙遠的距離
down the road/line/track	將來
hit the road	上路，出發
in the driving/driver's/seat	處於主導地位，握有主導權
lose one's train of thought	思路突然中斷
miss the boat	錯失良機
my way or the highway	不照我的方式做就不要做
on your bike	走開，滾開
put the cart before the horse	本末倒置；導因為果
reinvent the wheel	多此一舉；浪費時間做白工
rock the boat	惹麻煩；搗亂
run a mile	極不情願被牽涉其中
Sunday driver	車開太慢的人；開車不熟練的人
throw sb under the bus	出賣（某人）；讓（某人）背黑鍋
wheels within wheels	有隱情而錯綜複雜的事物

aboard

[ə`bord]

adv. 在船（飛機、列車）上；登上船（飛機、列車）

prep. 在（船、飛機、列車）上；登上（船、飛機、列車）

衍 board n. 木板；板子；董事會
v. 登上（船、火車或飛機）；寄宿

⊕

The captain and staff kindly welcomed us **aboard**.
機長和工作人員親切地歡迎我們登機。

Sharp objects can be stored in your checked baggage, but they are not allowed **aboard** the plane.
尖銳的物品可以存放在您的托運行李中，但不允許帶上飛機。

❶ Point 重點 ··

aboard = on board
aboard 這個字和 on board（在船、飛機或列車上）意思相同，board 是「板子」的意思，而**船的甲板或飛機和列車的過道都可以想成是一種 board**，所以 **on board** 就是「**在船（飛機或列車）上**」的意思。

aboard vs. **abroad**
abroad 是「**在國外；到國外**」的意思，**broad** 本身是「**寬廣**」的意思，在記憶的時候可以聯想「出國能讓視野變寬廣」，所以 abroad 就是「到國外」的意思。雖然 abroad 和 aboard 長得很像，但意思完全不同，小心不要搞混了哦～

⇨ Study **abroad** is a life-changing experience for many students.
對許多學生來說，出國留學是一項會改變人生的經歷。

access

[`æksɛs]

n. 進入；接近或使用權；通道，途徑

v. 存取（資料等）；使用；接近

衍 accessible adj. 可接近的；可進入的；可得到的
accessibility n. 易接觸性；易取用性

初

The main **access** to the building has been closed since construction began in late-February.
從工程在二月下旬開始到現在，通往大樓的主要通道就一直是關閉的。

The internet has changed the way we **access** information and has become a means of communication in our everyday lives.
網路改變了我們取得資訊的方式，並已成為我們日常生活中的一種交流途徑。

❶ Point 重點 ···

access 當**名詞**時後面常搭配 **to**，表示「**使用權；取得；通道**」。

⇨ The supervisor has **access to** all the files in the computer.

主管有權存取電腦中的所有檔案。

The only **access to** the house was a bumpy road.

通往這棟房子的唯一通道是一條崎嶇不平的路。

access 當**動詞**時，後面**可直接接上「獲得的事物（常指消息或資訊）」**。

⇨ **access** the database/website/page/information/system/files/document

存取（或讀取）資料庫／網站／頁面／資訊／系統／檔案／文件

另外，access 和表達「估算；估價」的動詞 assess 的拼法有點像，要留意它們在拼法上的不同，小心別搞混囉！

聯想單字		
entry	n.	進入；入口
entrance	n.	門口；入口
approach	n.	方法，門路；接近
accessible facilities	n.	無障礙設施

airline

[`ɛr͵laɪn]

n.（飛機的）航線；航空公司

（初）

The **airlines** all list on their websites what is not allowed aboard the plane.

航空公司都會在他們的網站上列出不允許帶上飛機的物品。

聯想單字		
budget airline	n.	廉價航空公司
aircraft	n.	航空器；飛機
aviation	n.	航空
one-way	adj.	單程的
round-trip	adj.	往返的；來回的
layover/transfer	n.	轉機

automobile

[ˋɔtəməˏbɪl]

n. 汽車

The company produces and sells metal parts and related machine components for **automobiles** and electric vehicles.

這間公司生產和銷售用於汽車和電動車的金屬零件和相關機械零件。

❶ Point 重點 ··

automobile 的字首 **auto-** 是 **self**（自身；自我）的意思，而 **mobile** 的意思是「可活動的，移動式的」，所以可以把 automobile 這個字想成「**可以自己移動的東西 → 汽車**」，這樣就好記多了。另外，口語上在講汽車的時候，常會簡化這個字，只講 auto。

聯想單字		
vehicle	n.	車輛；搭載工具
motorcycle	n.	機車
transportation	n.	運輸；運輸工具
automaker	n.	汽車製造商
automobile industry	n.	汽車業

avenue

[ˋævəˏnju]

n. 大道；方法

The village consists of a broad **avenue** lined with trees.

這座村莊有一條兩旁種滿樹木的寬廣大道。

❶ Point 重點 ··

這裡補充與地址相關的英文單字及表達方式，特別要注意的是，中文地址**寫成英文時要由小寫到大**，也就是要「**從門牌幾號寫到城市**」。

市：**city** → Taipei City 台北市
郡；縣：**county** → Nantou County 南投縣
區：**district**（常縮寫成 **Dist.**）
　　 → Zhongzheng Dist. 中正區
路：**road**（常縮寫成 **Rd.**）
　　 → Chongqing S. Rd. 重慶南路
街：**street**（常縮寫成 **St.**）→ Kunming St. 昆明街
段：**section**（常縮寫成 **Sec.**）→ Sec. 1 一段
巷：**lane**（常縮寫成 **Ln.**）→ Ln. 174 一七四巷
弄：**alley**（常縮寫成 **Aly.**）→ Aly. 23 二十三弄

聯想單字		
boulevard	n.	林蔭大道
path	n.	小徑；途徑
trail	n.	（荒野中的）小路

barrier
[ˋbærɪr]
n. 障礙物；柵欄；阻礙

衍 bar n. 障礙；限制
　　v. 阻攔；禁止

中

Lack of access to education could be a **barrier** to success.
缺少接受教育的機會可能會成為通往成功的阻礙。

❶ Point 重點 ⋯⋯⋯⋯⋯⋯⋯⋯⋯⋯⋯⋯⋯⋯⋯⋯⋯⋯
barrier 的前面可以搭配不同的動詞，例如：

break the barrier **突破**障礙
cross the barrier **跨越**障礙
overcome the barrier **克服**障礙

另外，barrier 的後面常會**接介系詞 to**，表示「**～的阻礙**」，如 **barriers to** employment（就業的阻礙）。

在英文裡常見的「**障礙**」，除了 barrier 之外還有 **obstacle**，雖然這兩者的意思很相似，但還是有著些微的差異，**obstacle 指的是「可以繞過或避開」的阻礙**，就像是賽道上出現的障礙物，可以在繞過之後立刻繼續往前；而 **barrier** 則像是一堵高牆，將前路全部堵了起來，因此**需要時間才能突破**，不然就是**得另尋他路**才能解決。

聯想單字		
trade barrier	n.	貿易障礙
language barrier	n.	語言隔閡
barrier-free	adj.	無障礙的

board
[bord]
n. 木板；板子；董事會
v. 登上（船、火車或飛機）；寄宿

初

The annual budget has to be approved by the **board** of directors beforehand.
年度預算須事先經董事會批准。

First class passengers are typically among the first to **board** the plane, followed by business class passengers.
頭等艙的乘客通常會在第一批先登機的人之中，接著是商務艙的乘客。

衍 aboard
　adv. 在船（飛機、
　列車）上；登上船
　（飛機、列車）
　prep. 在（船、飛
　機、列車）上；登
　上（船、飛機、列
　車）
　boarding
　n. 登機；登船

❶ Point 重點 ·····································
across the board 全面的
⇨ The company announced pay increases **across the board** for staff.
　公司宣布對員工全面加薪。

carriage
[`kærɪdʒ]
n. 運輸；火車車廂；
四輪馬車

衍 carry v. 運送；搬
　運；隨身攜帶

At the beginning of the 20th century, automobiles replaced **carriages** and computers replaced typewriters.
在 20 世紀初，汽車取代了馬車，而電腦取代了打字機。

❶ Point 重點 ·····································
carriage 的動詞 carry，後面可以直接加要搬運或攜帶的東西，例如 carry the boxes（搬箱子）、carry passengers（載運乘客）、carry money（帶錢）。

crossroad
[`krɔs͵rod]
n. 交叉路；十字路
口；轉折點

He is at a **crossroads** in his career and has to make a choice between his current job and a new job offer.
他正處於職涯的十字路口，必須在目前的工作和新的工作機會之間做出抉擇。

❶ Point 重點 ·····································
一般 crossroad 都是以**複數形**的樣子出現，所以在用的時候都會加上 s。另外，這裡例句中出現的 **at a/the crossroads**，字面意義就是「處於十字路口」，進而衍生出了**「面臨重大抉擇」**或**「處在緊要關頭」**的含意。

crossroad 和 intersection 都有十字路口的意思，但 crossroad 較常用來指鄉間小道上的交叉路，或是指心中出現的抽象十字路口；而 intersection 則通常是指都市裡大馬路的交叉路口。

depart

[dɪ`part]
v. 出發；離開

衍 departure n. 出發；
離開；出境

You can reserve a seat 48 hours before the plane is scheduled to **depart**.
您可以在飛機預定起飛前的 48 小時預訂座位。

❶ Point 重點 ⋯⋯⋯⋯⋯⋯⋯⋯⋯⋯⋯⋯⋯⋯⋯⋯⋯⋯⋯⋯⋯⋯
depart 後面常會接 **from**，表示要從某地點出發。
⇨ The train will **depart from** Platform 5.
火車將從 5 號月台發車。

聯想單字			
arrive	v.	到達
arrival	n.	到達；入境
departure time	n.	出發時間
departure hall	n.	出境大廳

destination

[ˌdɛstə`neʃən]
n. 目的地；終點

The Eiffel Tower has become a symbol of travel and a popular tourist **destination**.
艾菲爾鐵塔已成為旅行的一個象徵及熱門的旅遊目的地。

dock

[dɑk]
n. 碼頭
v. 使～停靠碼頭；進港

衍 docker n. 碼頭工人

The storm damaged the boat and the **dock**.
暴風雨摧毀了那艘船和碼頭。

The ship is **docked** in Miami and scheduled to depart Sunday evening.
這艘船停靠在邁阿密，預定於週日晚間啟程。

聯想單字		
anchor	n.	錨
harbor	n.	港灣；海港
port	n.	港市；港

fare

[fɛr]

n.（交通工具的）票價；車（或船）資

From today on, children aged 5 to 12 will be charged full **fare** for train rides instead of half.

從今天起，5 至 12 歲的兒童搭乘火車將被收取全額票價，而非半價。

❶ Point 重點 ··

在英文裡有著各種「費用」的說法，它們之間都有著微妙的差異，使用時必須特別注意。

fare：搭乘**交通工具**的費用
price：物品的「**標價**」或是付出的「**代價**」
charge：**費用**，名詞和動詞同形，**動詞用法**的使用頻率較高，後面會搭配 **for** 一起使用
fee：**報酬**，提供專業服務後所收取的費用或**手續費**
cost：耗費的「**成本**」或「**花費**」
expense：**開銷**，指實際支付的總額（常用複數形態）
rate：有價格區間的「**費率**」，如住宿費、月租費等
bill：帳單
tip：小費（名詞和動詞同形）
fine：罰款

聯想單字		
airfare	n.	飛機票價
pay	v.	支付
payment	n.	付款；支付款項

ferry

[`fɛrɪ]

n. 渡輪
v. 運送；用渡輪運送

Due to mechanical problems, the **ferry** service has been suspended this morning.

由於機械故障，渡輪今早暫停服務。

More than 150 vehicles were **ferried** across the river.

超過 150 輛的車被用渡輪運過了河。

❶ Point 重點 ··

ferry 通常是短時間的搭載，而 cruise 則是指長途旅行的巡航。

聯想單字		
boat	n.	小船
ship	n.	船艦
cruise	n.	乘船遊覽　v. 巡航，巡遊
cruise ship	n.	遊輪
warship	n.	軍艦
sailboat	n.	帆船
canoe	n.	獨木舟　v. 用獨木舟載運
lifeboat	n.	救生艇

freeway
[ˋfriˌwe]
n. 高速公路

Accidents on several **freeways** caused temporary traffic jams.
幾條高速公路上發生的事故造成了暫時性的交通堵塞。

聯想單字		
highway	n.	公路
expressway	n.	[美] 高速道路
motorway	n.	[英] 高速公路

helicopter
[ˋhɛlɪkɑptɚ]
n. 直升機
v. 用直升機運送

The man who slipped and badly hurt his ankle was ferried to a waiting ambulance by **helicopter**.
因滑倒而腳踝嚴重受傷的男子被用直升機送到了正在等候的救護車上。

The injured were **helicoptered** to a nearby hospital for treatment.
傷者被直升機送往附近的醫院接受治療。

聯想單字		
drone	n.	無人機
aircraft	n.	飛行器；飛機
space shuttle	n.	太空梭
space ship	n.	太空船
rocket	n.	火箭

lorry

[ˋlɔrɪ]

n. [英] 卡車；貨車

A **lorry** accidently shed its load of hundreds of cans of beer across a road, causing a problem for other drivers.

一輛卡車不小心將其裝載的數百罐啤酒散落到路上，對其他駕駛造成了麻煩。

聯想單字		
truck	n.	[美] 卡車
sedan	n.	轎車
van	n.	麵包車；廂型車
SUV	n.	休旅車
sports car	n.	跑車
taxi	n.	計程車
cab	n.	【口】計程車

motorcycle

[ˋmotɚ͵saɪkl̩]

n. （重型）機車，打檔機車

衍 motor n. 馬達
cycle n. 腳踏車
motorcyclist n. 機車騎士

In the future, the expressways may be opened to large **motorcycles** and heavy motorcycles.

未來高速公路可能會對大型和重型機車開放。

聯想單字		
scooter	n.	（輕型）機車
motorbike	n.	【口】（打檔）機車
heavy motorcycle	n.	重型機車

overpass

[͵ovɚˋpæs]

n. 天橋；高架橋

The city is planning to begin construction of an **overpass** at the intersection of this road in March.

該市正計劃在三月開始，於這條路的十字路口處蓋天橋。

❶ Point 重點 ···

overpass 這個字可以想成是由字首 **over-**（**超過；在～之上**）和 **pass**（**通過**）組合而成的字，也就是「在上方通過」的「天橋；高架橋」，另一方面，「在下方通過」的「**地下道**」的英文就是 **underpass**。

聯想單字	bridge	n.	橋梁
	underpass	n.	地下道
	sidewalk	n.	人行道
	pedestrian	n.	行人
	crosswalk	n.	行人穿越道，斑馬線
	cross the road/street	phr.	過馬路

parking

[`pɑrkɪŋ]

n. 停車；停車場

衍 park v. 停放車輛

⊕ Around the world, drivers deal with the daily struggle of finding a **parking** space.

全世界的駕駛每天都會面對到找停車位的辛苦。

聯想單字	parking lot	n.	停車場（多指露天或戶外停車場）
	parking garage	n.	停車場（多指地下或室內停車場）
	parking space	n.	停車位
	No parking.	phr.	禁止停車。

passenger

[`pæsṇdʒɚ]

n. 乘客

初 Ferries are vessels used to transport **passengers** and cargo via water.

渡輪是透過水路來運輸乘客及貨物的船隻。

聯想單字	commuter	n. 通勤族
	traveler	n. 旅客

pave

[pev]

v. 鋪（路等）

衍 pavement n. 鋪面；[英] 人行道

⊕ The governor said that the construction of the proposed three expressways will **pave** the way for prosperity in the state.

州長表示，興建擬議中的三條高速道路，將為該州的繁榮發展鋪路。

❶ Point 重點 ··

例句中出現的 **pave the way/path for...** 是很常用的片語，意思是「為～鋪路；為～打下基礎；提供～的條件」。

⇨ These studies **paved the way for** scientists to develop a new vaccine.

這些研究為科學家開發新疫苗打下了基礎。

platform
[`plæt͵fɔrm]
n. 平台；月台

初

The train for Edinburgh will depart from **Platform** 9.
前往愛丁堡的火車將從 9 號月台發車。

聯想單字		
stage	n.	舞台；階段
podium	n.	（放講稿的）講台；墩座
terminal	n.	航廈；總站
stop	n.	站牌

railroad
[`rel͵rod]
n. [美] 鐵路

衍 rail n. 鐵軌

初

The **railroad** connects countries throughout Europe.
這條鐵路連接了歐洲各國。

聯想單字		
railway	n.	[英] 鐵路
train	n.	火車
subway	n.	地下鐵

rocket
[`rɑkɪt]
n. 飛彈；火箭
v. 飛快行進；猛漲

衍 skyrocket v. 猛漲

中

The country's first space **rocket** has been twice postponed due to technical problems.
該國的第一枚太空火箭已因技術問題而兩次延遲。

The minister **rocketed** to fame for his successful handling of the pandemic.
部長因成功應對疫情而一舉成名。

❶ Point 重點 ···

rocket 在當名詞「火箭」時，前面常會出現動詞 **launch**（發射）來表達「**launch a rocket（發射火箭）**」。

當動詞時 rocket 則常會在後面接介系詞 **to**。
⇨ **rocket to** fame 一舉成名
rocket to number one in the charts
衝上排行榜第一名
rocketed her **to** the top ten list of wealthiest individuals 使她躋身為最富排行榜的前十名

聯想單字		
missile	n.	飛彈；導彈
orbit	n.	軌道

sail

[sel]

n. 帆
v. 航行；（坐船）遊覽；啟航

衍 sailor
    n. 船員，水手
    sailing
    n. 航海；航行
    sailboat
    n. 帆船

I can't change the direction of the wind, but I can adjust my **sails** to always reach my destination.
我無法改變風向，不過我可以調整我的帆，讓我可以一直朝著目的地前進。

After that, the ship will **sail** to Western Europe, docking in France, Germany, and the Netherlands.
在那之後，該船將駛往西歐，並停靠法國、德國和荷蘭。

聯想單字		
voyage	n.	航海；航行
canvas	n.	帆布；油畫

satellite

[`sætl̩ˌaɪt]

n. 衛星

The **satellite** orbits at the same speed that the Earth is rotating on its axis.
衛星以與地球自轉相同的速度運行。

聯想單字		
planet	n.	星球
antenna	n.	天線
space station	n.	太空站

ship

[ʃɪp]

n. 船艦
v. 用船運；運送

衍 shipping n. 運輸；運輸業
    shipment n. 運輸；運輸的貨物

At full capacity, the **ship** can carry nearly 2,000 passengers along with 1,000 crew members.
在滿載的情況下，這艘船可以搭載近 2,000 位乘客，以及 1,000 位工作人員。

Any pre-orders placed prior to today will be **shipped** next month.
今天之前下的所有預購訂單都將在下個月出貨。

❶ Point 重點 ⋯⋯⋯⋯⋯⋯⋯⋯⋯⋯⋯⋯⋯⋯⋯⋯⋯⋯⋯⋯
這裡介紹一句諺語：**A small leak will sink a great ship.**，這個句子如果直翻，就是說雖然船上只是出現了一個小裂縫，但也可能會讓大船沉沒，換句話說就是「**小患不治成大災**」的意思。

聯想單字	boat	n. 小船
	cruise	n. 乘船遊覽　v. 巡航
	cruise ship	n. 遊輪
	sailboat	n. 帆船
	canoe	n. 獨木舟　v. 用獨木舟載運
	lifeboat	n. 救生艇

shuttle

[`ʃʌtl]
n. 短程穿梭往返，接駁
v. 短程穿梭往返，接駁

中

The airport provides a **shuttle** bus travelling between terminals free of charge to travelers and airport personnel.
機場為旅客和機場員工提供往返航廈之間的免費接駁公車。

The bus **shuttles** between two neighboring towns every two hours.
該公車每兩個小時往返於兩個相鄰的城鎮。

聯想單字	shuttle bus	n.	接駁車
	commute	v.	通勤
	transfer	v.	轉乘

station

[`steʃən]
n. 車站
v. 駐紮；配置，布署

衍 stationary adj. 靜止的，固定的

初

Because I missed the last bus, I had no choice but to call my family to pick me up from the **station**.
因為我錯過了末班公車，我只好打電話請家人到車站來接我。

Several security guards were **stationed** at the entrance of the building.
幾位保全人員駐守在大樓的入口處。

聯想單字	police station	n.	警察局
	gas/service station	n.	加油站
	bus station	n.	公車總站
	train/railway station	n.	火車站

subway

[ˋsʌbˌwe]

n. [美] 地下鐵

初

Although often crowded with passengers during rush hour, the **subway** is the fastest way to get around the city.

儘管地下鐵在尖峰時刻經常擠滿乘客，但這是到市區最快的方法。

❶ Point 重點 ⋯⋯⋯⋯⋯⋯⋯⋯⋯⋯⋯⋯⋯⋯⋯⋯⋯⋯⋯⋯⋯⋯⋯⋯⋯⋯

字首 sub- 就是 under（在～下方），所以 subway 就是「在下方的道路 → 地下鐵」的意思。除了 subway，地下鐵還有好幾種說法，其中**英國常用的是 underground 和 tube**，**法國則常用 metro**，台灣的**捷運**則叫做 **MRT (Mass Rapid Transit)** 或 **Taipei Metro**，速度更快的高鐵則是 **HSR (High Speed Rail)**。

track

[træk]

n. 行蹤；軌道

v. 跟蹤；追蹤

初

You should do whatever is necessary to get the project back on **track**.

只要是能讓計畫重上軌道的事，你都應該去做。

The criminal was **tracked** down and arrested by the police within hours.

警方在數小時內追蹤並逮捕了該名罪犯。

traffic

[ˋtræfɪk]

n. 交通；交通量，車流量

初

We were stuck in a **traffic** jam on the freeway for at least 2 to 3 hours.

我們在高速公路上塞車塞了至少 2 到 3 個小時。

❶ Point 重點 ⋯⋯⋯⋯⋯⋯⋯⋯⋯⋯⋯⋯⋯⋯⋯⋯⋯⋯⋯⋯⋯⋯⋯⋯⋯⋯

最常見的「**塞車**」說法是 **traffic jam**，通常會用 **was/were/got stuck in a traffic jam** 或 **was/were caught in a traffic jam** 來表達。

⇨ I was just **stuck in a traffic jam** for hours because there had been an accident.

因為有事故，所以我剛剛塞車塞了好幾個小時。

⇨ Commuters were **caught in a traffic jam** due to ongoing road construction.
由於正在進行的道路工程，通勤族都塞在了路上。

聯想單字		
traffic light	n.	紅綠燈
traffic rules	n.	交通規則
traffic jam/congestion	n.	交通堵塞
commute	v.	通勤

transport
[`træns͵port]
n. 運輸；[英] 交通工具
v. 運送，運輸

衍 transportation n. 運輸；交通工具

Using public **transport** is one solution to decrease traffic jams, noise and pollution.
使用大眾交通工具是減少交通堵塞、噪音和污染的一個解決方法。

The elephants from various temples were **transported** by lorries back to their destinations.
來自各個寺廟的大象被用卡車運回了目的地。

tunnel
[`tʌnl]
n. 隧道

The Channel **Tunnel** project is the greatest infrastructure construction project of the 20th century.
英法海底隧道計畫是 20 世紀最偉大的基礎建設工程。

聯想單字		
cave	n.	洞穴
channel	n.	水道；航道；海峽；頻道；管道

underpass
[`ʌndɚ͵pæs]
n. 地下道

反 overpass n. 天橋；高架橋

The **underpass** provides complete separation of pedestrians from vehicles.
這條地下道將行人與車輛完全分隔開來。

vehicle
[ˋviɪkl]
n. 搭載工具；車輛

Related regulations are expected to take effect at the end of this year to reduce **vehicle** emissions and improve air quality.
用來減少車輛的廢氣排放並改善空氣品質的相關法規，預計會在今年年底生效。

❶ Point 重點 ···
vehicle 所指的不只是路上我們一般看到的轎車，只要是**有搭載功能的交通工具**，都可以用 vehicle 這個字，所以就連 tractor（牽引機）或是馬車、牛車，都可以算是 vehicle 的一種。

聯想單字		
wheel	n.	輪子
SUV (Sports Utility Vehicle)	n.	休旅車
auto	n.	【口】汽車

vessel
[ˋvɛsl]
n. 船艦（泛指在水中航行的任何船隻）；血管

The damaged **vessel** was towed into the harbor to undergo engine repairs.
受損的船隻被拖進了港口，以進行引擎維修。

voyage
[ˋvɔɪɪdʒ]
n. 航行；乘船旅遊
v. 航海；航行

It took several months to get the vessel ready for the **voyage**.
我們花了幾個月的時間才讓這艘船準備好出航。

As some linguists **voyaged** to distant lands, they started to realize the similarities among the languages spoken there.
隨著一些語言學家遠航到了遙遠的地方，他們開始發現那裡使用的語言之間有著相似之處。

聯想單字				
cruise	n.	巡航；巡遊	v.	（無目的地的）巡航
travel	n.	旅行，旅遊	v.	旅行
journey	n.	旅行；旅程		

wheel

[hwil]

n. 輪子

初

He always locks both **wheels** of his bike to prevent it from being stolen.

他總是把腳踏車的兩個輪子都鎖上，以防被偷走。

❶ Point 重點 ·····························

wheel 指的是用來讓交通工具或機械得以運作的輪子，所以很常會出現在與車子有關的主題之中，例如 **on wheels**（裝有輪子的）或 **-wheeled**（～幾輪的）就是很常看到的片語。

另外，**方向盤**的英文是 **steering**（引領方向的）**wheel**（輪子），也因此出現了 **behind the wheel**（開車）的表達方式，一起記下來吧！

⇒ Drivers should maintain a high level of concentration when they are **behind the wheel**.
駕駛在開車時應保持高度專心。

聯想單字		
tire	n.	輪胎
steering wheel	n.	方向盤
wheel chair	n.	輪椅
third wheel	n.	（約會的）電燈泡
Ferris wheel	n.	摩天輪

Ch04.mp3

初	accident	[`æksədənt]	n. 事故；意外事件
中	accidental	[ˌæksə`dɛntl]	adj. 偶然的；意外的
初	airplane	[`ɛrˌplen]	n. 飛機
初	airport	[`ɛrˌport]	n. 機場
中	alley	[`ælɪ]	n. 小巷子；（花園中的）小徑
中	bike	[baɪk]	n. 腳踏車
中	brake	[brek]	v. 煞車；抑制 n. 煞車
中	cargo	[`kɑrgo]	n.（船、飛機、車輛裝載的）貨物
中	cart	[kɑrt]	v. 用運貨車裝運 n. 手推車
中	caterpillar	[`kætəˌpɪlə]	n.（坦克等）以履帶推進的車
中	crane	[kren]	v. 用起重機搬運 n. 起重機；吊車
中	cyclist	[`saɪkḷɪst]	n. 腳踏車騎士
中	deck	[dɛk]	n.（船的）甲板；（紙牌的）一副
中	elevator	[`ɛləˌvetə]	n. 電梯；升降機
中	escalator	[`ɛskəˌletə]	n. 電扶梯
中	float	[flot]	v. 漂浮 n. 漂浮物；木筏
中	fuel	[`fjʊəl]	v. 加燃料；加油 n. 燃料

初	gasoline	[`gæsəˏlin]	n. 汽油
初	gate	[get]	n. 柵門；登機門
中	helmet	[`hɛlmɪt]	n. 頭盔；安全帽
初	jeep	[dʒip]	n. 吉普車
中	lane	[len]	n. 巷；弄；車道
中	motor	[`motɚ]	n. 馬達；發動機
初	path	[pæθ]	n. 小徑；途徑；路線
初	plane	[plen]	n. 飛機
中	rider	[`raɪdɚ]	n. 搭乘的人； （馬或腳踏車等的）騎士
初	road	[rod]	n. 道路
中	steer	[stɪr]	v. 掌（船）舵；駕駛；引領方向
初	street	[strit]	n. 街道
中	submarine	[`sʌməˏrin]	n. 潛艇 adj. 海底的
初	tank	[tæŋk]	n.（裝燃料等的）槽；坦克
初	taxi	[`tæksɪ]	n. 計程車
初	way	[we]	n. 道路；方法
中	wagon	[`wægən]	n.（四輪）運貨馬車

Chapter 04 Quiz Time

一、請填入正確的對應單字。

01. 行蹤；軌道；跟蹤；追蹤　　　　　　　（　　）

02. 交叉路；十字路口；轉折點　　　　　　（　　）

03. （交通工具的）票價；車（或船）資　（　　）

04. 高速公路　　　　　　　　　　　　　　（　　）

05. 運輸；交通工具；運送，運輸　　　　　（　　）

A. transport　　　B. track　　　C. crossroad　　　D. fare　　　E. freeway

二、請選出正確的答案。

01. The police officer used his car as a _____ to stop a suspected drunk driver.

   A. vessel
   B. parking
   C. board
   D. barrier

02. After almost 10 hours of travelling by plane, ferry and car, we finally arrived at our _____ .

   A. destination
   B. overpass
   C. avenue
   D. passenger

03. Only authorized personnel have _____ to our customers' confidential information.

    A. avenue
    B. access
    C. voyage
    D. tunnel

04. The _____ was towed away for parking illegally.

    A. wheel
    B. shuttle
    C. vehicle
    D. sail

05. Please be aware that some international flights _____ from Terminal 3.

    A. ferry
    B. depart
    C. board
    D. pave

Chapter 05

外表
身體部位、外貌形容

Ch05.mp3

主題單字相關實用片語

a pain (in the neck)	極其討厭的人（或事物）
a slip of the tongue	口誤
all thumbs	笨手笨腳的
at hand	快要發生的；在手邊的
be all ears	專心聆聽，洗耳恭聽
big mouth	多嘴的人，大嘴巴
Break a leg!	祝你好運！
bury the head in the sand	逃避現實
cost an arm and a leg	非常昂貴的
cross one's fingers	（某人）祈求好運
find your feet	在新環境下站穩腳跟
from head to toe	從頭到腳
give sb the cold shoulder	故意冷落某人，給某人臉色看
go over sb's head	超過某人能理解的範圍
have butterflies in one's stomach	（某人）感到緊張不安
Keep your chin up!	不要灰心！；別氣餒！
no-brainer	非常簡單或明顯的事物
see eye to eye	（和某人）看法一致
skin and bones	皮包骨的
sweet tooth	喜歡吃甜食

aged

[`edʒɪd]

adj. 年老的；～歲的

衍 age
　n. 年齡 v. 變老
　aging
　n. 變老；老化

Her **aged** grandmother is the sole breadwinner of the family.

她年邁的奶奶是家中唯一的經濟支柱。

❶ Point 重點 ···

在英文裡表達年齡有好幾種說法，其中最常見的有這三種（以 25 歲為例）：

He is **the age of** 25.
He is 25 **years old**.
He is a 25-**year-old** man.

上面例句裡的 age 是名詞，也可以用形容詞 aged 來描述，說成：He is **aged** 25.。

聯想單字	elderly	adj.	年長的；上了年紀的
	senior	adj.	資深的；年紀較長的；地位較高的
		n.	年長者；前輩；上司
	teen	adj.	十幾歲的
		n.	青少年
	teenager	n.	青少年

appearance

[ə`pɪrəns]

n. 外表；出現

衍 appear
　v. 出現；似乎
　disappear
　v. 消失

反 disappearance
　n. 消失

People often offer compliments based on someone's **appearance**, which is actually inappropriate.

人們經常會因一個人的外表而稱讚對方，這樣做其實並不恰當。

聯想單字	impression	n.	印象
	feature	n.	五官；特色
	trait	n.	特質

attract

[ə`trækt]
v. 吸引

衍 attraction n. 吸引；
吸引力；有吸引力
的事物
attractive adj. 有吸
引力的；引人注目
的
attractiveness
n. 吸引力

反 distract v. 轉移～的
注意力，使分心

The residents want to **attract** more visitors to the town to boost local businesses.
居民們希望吸引更多遊客到鎮上來提升當地的商業發展。

❶ Point 重點 ··
Like attracts like. 物以類聚，人以群分。
這裡的 like 是名詞，指的是同類型的人或事物。

聯想單字		
tempt	v.	引誘；誘惑
allure	v.	引誘；誘惑
fascinate	v.	迷住；使神魂顛倒
tourist attraction	n.	觀光景點

audio

[`ɔdɪ͵o]
adj. 聲音的；音頻的

衍 auditory adj. 聽覺
的；耳朵的
audition n. 試鏡

Thanks to smartphones and the Internet, **audio** books are now more convenient and popular than ever.
多虧了智慧型手機和網路，有聲書現在比以前更方便和受歡迎了。

❶ Point 重點 ··
在英文裡的 **five senses**（五種感官，五感）分別是
sight（視覺）、**hearing**（聽覺）、**smell**（嗅覺）、
taste（味覺）、**touch**（觸覺），請一併記下來。

聯想單字		
audio book	n.	有聲書
audio tour	n.	語音導覽
visual	adj.	視覺的
tactile	adj.	觸覺的

belly

[ˋbɛlɪ]
n. 腹部；肚子；胃

Fair words fill not the **belly**.
甜言蜜語填不飽肚子。
（例句中的 fair 是形容詞「花言巧語的」的意思。）

❶ Point 重點 ···
一提到 belly 就想到圓圓的肚子，除了 fat（胖的）、
heavy（過重的）、chubby（肉肉的）之外，英文裡還有
很多說法可以用來形容肥胖的樣子，下面介紹一些常見
的表達方式：

beer belly：**啤酒肚**；可變成形容詞 beer-bellied（有著
啤酒肚的）。

potbelly：**大肚腩**；像圓滾滾的水壺般的肚子。

love handles：**腰間贅肉**；在擁抱別人的時候，手會自
然環抱對方的腰側，這時手放的位置剛
好也是腰間贅肉的地方，這種摸到一層
贅肉的感覺就像碰到 handle（把手）
的感覺。

muffin top：**游泳圈**；用瑪芬蛋糕上面溢出杯子的部分
來形象化的描寫贅肉的樣子。

double chin：**雙下巴**；兩倍的下巴。

bat wings：**蝴蝶袖**，用「蝙蝠的翅膀」來生動的形容
蝴蝶袖的樣子，也可以用 flabby arms（鬆
垮的手臂）來表示。

聯想單字		
belly button	n.	肚臍
belly dance	n.	肚皮舞
stomach	n.	胃；【口】肚子；腹部
tummy	n.	肚子（小朋友的說法）

bony

[ˋbonɪ]
adj. 骨的；骨瘦如柴
的（帶有貶義）

衍 bone n. 骨頭
cheekbone n. 顴骨

She is very **bony** and underweight and has very pale skin.
她骨瘦如柴、體重過輕且膚色非常蒼白。

聯想單字		
skinny	adj.	皮包骨的；極瘦的（帶有貶義）
skeletal	adj.	骨骼的；骨瘦如柴的（帶有貶義）
slender	adj.	苗條的

breast

[brɛst]
n. 乳房；胸部

衍 abreast adv.
並列；並肩

Breast screening is important for women between the ages of 50 and 70.
乳房篩檢對於 50 至 70 歲的女性來說很重要。

❶ Point 重點 ⋯⋯⋯⋯⋯⋯⋯⋯⋯⋯⋯⋯⋯⋯⋯⋯⋯⋯⋯⋯⋯⋯
breast 和chest 在翻譯成中文的時候，常都會翻成「胸部」，不過這兩個字的意思其實並不相同，**chest** 所指的是「**心臟及肺臟所在的胸腔部位**」，而 **breast** 指的則是「**乳房組織**」，使用時要注意一下它們的差別，小心別用錯了。

聯想單字		
breast milk	n.	母乳
chest	n.	胸；胸腔

charming

[`tʃɑrmɪŋ]
adj. 迷人的；有魅力的

衍 charm n. 魅力
v. 使著迷；吸引

When he appeared at the dinner party, his gentle ways and **charming** smile attracted the ladies.
當他出席晚宴時，他的溫柔舉止和迷人笑容吸引了女士們。

聯想單字		
fascinating	adj.	迷人的
appealing	adj.	有魅力的；令人感興趣的

compliment

[`kɑmpləmənt]
n. 讚美的話；致意
v. 讚美

衍 complimentary
adj. 讚賞的；贈送的，免費的

反 insult
v. 羞辱；辱罵

The teacher gave the student **compliments** and praised him for his academic achievements.
老師誇獎並稱讚了這個學生的學業表現。

Everyone **complimented** her on the way she handled the emergency.
每個人都稱讚了她處理緊急情況的方式。

compliment 和 **complement** 只差一個字,且兩者在使用上都可以當動詞或名詞,但是它們的字義卻差很多,使用時必須特別小心。

compliment 無論當動詞還是名詞,都是「讚美」的意思,**而 complement 當名詞是「用來補充的事物」,當動詞則是「補充」的意思。**

compliment 的後面常會搭配使用介系詞 **on**,並**在 on 的後面接上「想要讚美的事物或行為」。**

⇨ A woman in the elevator just **complimented** me **on** my hair, and then I **complimented** her **on** her shoes.
電梯裡的女生剛剛稱讚了我的頭髮,所以我就稱讚了她的鞋子。

聯想單字		
praise	n.	讚美　v. 讚美
commend (+for)	v.	讚賞;委託給
flatter	v.	阿諛奉承

criticize
[`krɪtɪˌsaɪz]
v. 批評;評論

衍 critic n. 評論家;愛吹毛求疵的人
criticism n. 批評;評論
critical adj. 重要的;關鍵性的;批評的;吹毛求疵的

反 praise v. 讚美
compliment v. 讚美

The policy is **criticized** for widening the gap between the rich and the poor.
該政策因加深了富人與窮人間的隔閡而受到批評。

❶ Point 重點 ·····························

criticize 後面常會出現介系詞 **for**,並在 **for** 的後面接上「**受到批評的原因**」。

⇨ The citizens **criticized** the government **for** its poor handling of the economic crisis.
市民們批評政府處理經濟危機處理得很糟糕。

聯想單字		
film/movie critic	n.	影評
judge	v.	審判;評定;判斷　n. 法官
blame	v.	責備;怪罪於　n. 責備
insult	v.	羞辱;辱罵

curl

[kɝl]
n. 捲髮；螺旋狀物
v. 使（頭髮）捲曲

衍 curly adj. 捲曲的

If you want to preserve your **curls**, you'll need to brush your hair more carefully.
如果你想要維持你的捲髮，你就需要更小心地梳頭髮。

My hair **curls** naturally, so I don't need to get it permed.
我的頭髮有自然捲，所以我不需要燙頭髮。

❶ Point 重點 ⋯⋯⋯⋯⋯⋯⋯⋯⋯⋯⋯⋯⋯⋯⋯⋯⋯⋯⋯
在英文裡捲髮的「捲」有兩種，分別是 curly 和 wavy，
curly hair 可以用來統稱所有類型的捲髮，不過通常指
的是**捲度十分明顯的那種捲髮**，而 **wavy hair** 或
waves，指的則是「**波浪大捲**」，只是捲髮髮型裡的其
中一種。

這裡一併補充一些常見的髮型說法，可以把這些說法一
起記下來。

straight hair：直髮；straight 的字義是「直的」。
long/medium/short hairstyle：長／中長／短髮。
bangs：瀏海；「修瀏海」可以說 **trim the bangs**。
braid：辮子；也可當動詞「編辮子」的意思。
ponytail：馬尾；p o n y 是「小馬」的意思，所以
　　　　　　 ponytail 就是指頭髮紮起來像小馬尾巴的樣
　　　　　　 子。
bun：包包頭；bun 本身是「小圓麵包」的意思，很傳
　　　　 神的表達出了髮髻的樣子。

elbow

[`ɛlbo]
n. 手肘
v. 用手肘推擠開

My **elbow** started hurting a month ago for no reason.
我的手肘一個月前開始無緣無故地痛了起來。

The police **elbowed** their way through the crowd, and some of the onlookers were still taking photos.
警察擠開了人群要通過，而有一些圍觀的人還在拍照。

聯想單字　shove　v.　猛推；亂放

elderly

[ˋɛldəlɪ]

adj. 年老的，上了年紀的

衍 elder adj. 資格老的；地位高的
n. 長者；元老

As the population ages, there are increasing numbers of people who are taking care of **elderly** parents and children at the same time.

隨著人口老化，越來越多人同時照顧著年邁的父母和孩子。

❶ Point 重點 ⋯⋯⋯⋯⋯⋯⋯⋯⋯⋯⋯⋯⋯⋯⋯⋯⋯⋯⋯⋯⋯⋯⋯⋯⋯

雖然用 old（年老的）來說一個人年紀大也可以，但這種說法會顯得比較不禮貌，建議改用 **the aged**、**the elderly**、**elderly people** 或 **senior citizen** 來表達「**老年人、長者**」，讓語氣更禮貌。

elderly vs. elder

這兩個字雖然都是形容詞，也都會用來形容年紀大的人，不過 **elder** 指的通常是「**地位崇高、受人尊敬**」的**長老**；而 **elderly** 泛指一般的老年人，因此平常較常使用的是 elderly 這個字。

聯想單字			
senior	adj.	年紀較大的；地位較高的
	n.	年長者；前輩；上司
junior	adj.	年紀較輕的；資淺的
young	adj.	年輕的；幼小的
youth	n.	青春；青年；初期

facial

[ˋfeʃəl]

adj. 臉的；面部的

衍 face n. 臉

When giving a speech, **facial** expressions and eye contact help keep your audience focused and engaged.

在進行演講時，臉部表情和眼神交流有助於讓你的聽眾保持專注和投入。

聯想單字		
facial mask	n.	面膜
facial cleanser	n.	洗面乳
facial expression	n.	臉部表情

fascinating

[`fæsn͵etɪŋ]

adj. 迷人的；極好
的；極吸引人的

衍 fascinate v. 使深深
著迷，使神魂顛倒

It was **fascinating** to see students from different backgrounds working together and finishing the work.
能看到來自不同背景的學生一起合作完成工作是很棒的事。

❶ Point 重點 ··
除了 fascinating 之外，下面這些單字也很常被用來形容外表很有吸引力：

attractive 有吸引力的，迷人的
charming 迷人的
appealing 動人的，吸引人的
stunning 令人驚豔的，美呆了
irresistible 極具魅力的；令人難以抗拒的
gorgeous 非常美麗的

flesh

[flɛʃ]

n. 肉體；果肉

The doctor said it was just a **flesh** wound and there was no damage to the bone.
醫生說這只是皮肉傷，沒有傷到骨頭。

❶ Point 重點 ··
flesh vs. **muscle**
flesh 指的是**動植物在表皮之下的組織**，也就是「血肉」，而 **muscle** 指的是「**血肉之中的肌肉部分**」，也就是說，muscle 是 flesh 的其中一部分。
⇨ Every **muscle** in the leg plays a significant role in the body.
腿部的每條肌肉都在身體中扮演了重要的角色。

聯想單字		
flesh and blood	n.	親生骨肉
flesh wound	n.	皮肉傷
muscle	n.	肌肉
meat	n.	（用來食用的）肉
skin	n.	皮膚

frown

[fraʊn]

v. 皺眉；表示不悅或
憂慮

n. 皺眉，不悅或憂慮
的表情

Although tattoos are becoming more acceptable in society, many people still **frown** upon them.
儘管社會上對於刺青的接受度越來越高，有許多人仍然會對刺青感到不悅或憂慮。

People often consider a **frown** to be a sign of disapproval or dislike.
人們通常會認為皺眉是不贊同或不喜歡的象徵。

❶ Point 重點 ···
frown 在當動詞來用的時候，後面常會接**介系詞 at/on/upon**，其中 **frown at** 的後面會接「皺眉的對象」，表達「對～皺眉」的意思。

⇨ The teacher **frowned at** the boy who was making noise.
老師對正在製造噪音的男孩皺眉。

frown on/upon 的後面則會接「令人感到不悅或憂慮的事物」，這時 frown on/upon 的意思會相近於 disapprove 或 oppose to，表示「對～不贊同」的意思。

⇨ Some experts **frown upon** the idea of a meat-free diet.
有些專家不贊同無肉飲食的想法。

聯想單字		
eyebrow	n.	眉毛（常為複數）

graceful

[`gresfəl]

adj. 優美的，優雅的

衍 grace n. 優美，優
雅

反 graceless adj. 不優
美的，難看的
disgraceful adj. 不
光彩的，可恥的
vulgar adj. 粗俗的

The ballet dancer gave a **graceful** leap across the stage.
芭蕾舞者在舞台上優雅地跳躍。

聯想單字		
elegant	adj.	優雅的；精緻的
elegance	n.	優雅；精緻

heel

[hil]

n. 腳跟；鞋跟

The athlete badly injured his **heel** while practicing for the long jump.

這名運動員在練習跳遠時嚴重傷到了他的腳跟。

❶ Point 重點 ···
heel 本身有「鞋跟」的意思，例如「高跟鞋」的英文就是 **high heels**，因此若將它變成字尾 **-heeled**，意思就是「**鞋子有後跟的**」，這時高跟鞋也可寫成 **high-heeled shoes**（有著高跟的鞋子）。另外，因為以前的人認為只有有錢人才會穿好的鞋子，進而衍生出了一個很常見的形容詞 **well-heeled**（有錢的）。

Achilles' heel 阿基里斯的腳跟：致命傷，致命的弱點
在希臘神話中的英雄阿基里斯出生時，他的母親為了使他擁有刀槍不入的身軀，就抓著他的腳跟，將他浸泡在冥河之中，而他沒有泡到冥河水的腳跟就成了他唯一的弱點，後來在特洛伊戰爭中也因為被射中了腳跟而死，因此現在 Achilles' heel 就衍生出了「致命傷」的意思。

lap

[læp]

n.（坐著時的）大腿前側部分；（跑道等的）一圈

衍 overlap v. 重疊

My dog always wants to sit on my **lap** when I'm working on my desk.

當我在辦公桌前工作時，我的狗總是想坐在我的大腿上。

❶ Point 重點 ···
現代人工作必備的**筆記型電腦**，英文叫做 **laptop**，這是從我們在坐著工作時，常會將筆記型電腦放在大腿前側（lap）上方（top）使用而得來的字，另外，因為筆電就像本筆記本似的，所以**在台灣也常會用 notebook 來表達，然而國外一般來說還是較常使用 laptop 這個字**。

聯想單字		
knee	n.	膝蓋
thigh	n.	大腿
leg	n.	腿
foot	n.	腳（複數形是 feet）

lean

[lin]

adj. 精瘦的；（肉）無脂肪的

v. 傾斜；依靠；傾向於

This workout can help you get a **lean** and fit body.
這種健身方式能夠讓你擁有精瘦健康的身材。

She always **leans** on her friend for advice when facing challenges at work.
當她在工作上面臨挑戰時，她總是會向朋友尋求建議。

❶ Point 重點 ....
例句中出現的 **lean on**，意思是「依賴；依靠」，這裡的「依賴；依靠」除了心理上，也可以是**物理上的「倚靠」**。

⇨ She **leaned on** his shoulder and cried.
她靠在他的肩上哭泣。
He **leans on** his parents for financial help.
他依靠父母來取得經濟上的幫助。

除了 lean on，還有另一個常見的表達方式，就是把 lean 後面的介系詞換成 against，**lean against**（倚靠在～）**專指「物理上的倚靠」**，所以 against 的後面會接被倚靠的事物。

⇨ Do not **lean against** the glass.
請勿倚靠玻璃。

聯想單字

skinny	adj.	皮包骨的；極瘦的（帶有貶義）
skeletal	adj.	骨骼的；骨瘦如柴的（帶有貶義）
slender	adj.	苗條的

naked

[`nekɪd]
adj. 裸體的；赤裸裸的；光禿禿的

同 undressed adj. 脫掉衣服的，裸體的

反 clothed adj. 穿著衣服的

The boys stripped **naked** and jumped into the lake.
男孩們脫個精光，跳進了湖裡。

❶ Point 重點 ⋯⋯⋯⋯⋯⋯⋯⋯⋯⋯⋯⋯⋯⋯⋯⋯⋯⋯⋯⋯⋯

英文裡有三個最常被翻成「**赤裸的**」的字，分別是 **naked**、**nude** 和 **bare**，然而它們的字義看似相同，實際在使用情境上卻各不相同。

naked 除了可以指「**身體裸露的**」，也可以用來描述毫無修飾的「**赤裸裸的**」事實，**nude 只能用來形容身體呈現的狀態**，且帶有欣賞的意味，因此較常用於與藝術相關的主題之上，如 nude model（裸體模特兒），**bare** 指的是「**身體上的某部位是赤裸的**」，如 bare feet（赤腳）。

聯想單字		
naked eye	n.	肉眼
naked truth	n.	赤裸裸的事實
uncovered	adj.	無覆蓋物的；衣不蔽體的

observe

[əb`zɝv]
v. 看到；注意到；觀察

衍 observation n. 觀察；觀測

同 notice v. 注意到

I have **observed** the bird flying into the nest before dusk.
我觀察到那隻鳥會在黃昏前飛進巢裡。

❶ Point 重點 ⋯⋯⋯⋯⋯⋯⋯⋯⋯⋯⋯⋯⋯⋯⋯⋯⋯⋯⋯⋯⋯

用來表達五感，像是「**看到、聽到、聞到、嚐到、感覺到、注意到**」等等的動詞，在英文裡叫做「**感官動詞（see/watch/hear/notice/observe 等等）**」，這種感官動詞的用法是各大考試都很愛考的文法觀念，一起來看看要怎麼用才正確吧！

感官動詞＋受詞＋原形動詞：單純描述事實
⇨ He **watches** his son **play** football.
　　他看著他的兒子踢足球。

感官動詞＋受詞＋現在分詞：描述動作正在進行
⇨ She **saw** a mouse **running** across her kitchen floor.
　　她看到一隻老鼠跑過她廚房的地板。

感官動詞＋受詞＋過去分詞：描述被動
⇨ I **saw** him (being) **punished** by the teacher.
　　我看到他被老師處罰。

特別要注意的是，感官動詞所描述的動作都是「瞬間完成」的動作，例如 see（看）、hear（聽）等等，因此**感官動詞不會出現在用來表達「動作持續進行中」的進行式句子裡**。

oral

[`orəl]
adj. 口頭的；口服的；口腔的

反 written adj. 書面的

⊕ An **oral** agreement is a contract made between two people but not documented.
口頭協議是兩個人之間訂下的合約，但沒有正式記錄下來。

聯想單字		
oral test/exam	n.	口試（可簡稱為 oral）
written test/exam	n.	筆試
oral agreement	n.	口頭協議

organ

[`ɔrgən]
n. 器官；風琴

衍 organize v. 組織；安排
organization n. 組織籌劃；機構
organizer n. 組織者

⊕ The sense **organs** help us to perceive and respond to our surroundings.
感覺器官幫助我們感知和回應周遭環境。

❶ Point 重點 ···
這裡補充一些常在各種文章中出現的身體器官的英文說法：

heart 心臟	liver 肝臟	lung 肺
kidney 腎臟	stomach 胃	intestine 腸
colon 大腸	appendix 盲腸	pancreas 胰臟
ovary 卵巢	womb 子宮	bladder 膀胱

聯想單字		
organ transplantation	n.	器官移植
organ donation	n.	器官捐贈
tissue	n.	（動植物的）組織

physical

[ˈfɪzɪkl]
adj. 身體的；物理的

衍 physics n. 物理學
　physician n.
　（內科）醫師

反 mental adj. 心理的
　spiritual adj.
　精神的

The candidates must be in good **physical** condition as the job requires the lifting and carrying of heavy objects.
因為這項工作需要搬運重物，應徵者必須具有良好的身體條件。

聯想單字		
PE class (physical education class)	n.	體育課
physical punishment	n.	體罰

sight

[saɪt]
n. 視力；景象；視野；看見

衍 eyesight
　n. 視力；視野
　nearsighted
　(shortsighted)
　adj. 近視的
　farsighted
　(longsighted)
　adj. 遠視的

Although he lost his **sight** and hearing, he never lost hope and optimism.
儘管他失去了視力和聽力，但他從未失去希望和樂觀的態度。

❶ Point 重點 ·······························
　sight 這個字有各式各樣的意思，不過全都是從「眼睛看～」的核心概念所衍生出來的，所以以後看到 sight，就知道是與「看」有關的內容了，下面一併介紹兩個常用的片語，一起記下來吧！

at first sight 一看到～就～
⇨ The king fell in love with her **at first sight** and insisted that they marry immediately.
　國王對她一見鍾情，堅持他們應該要立刻結婚。

within sight 在視線範圍內
⇨ The ocean is **within sight** of the hotel.
　海洋就在飯店的視線範圍內。

聯想單字	
vision	n. 視力；遠見；幻象

solid
[`sɑlɪd]
adj. 固體的；堅固的；可靠的

反 liquid adj. 液態的 n. 液體

These floors are made of thick and **solid** planks of wood, which are strong and durable.
這些地板由厚實的木板製成，堅固又耐用。

聯想單字		
firm	adj.	穩固的；堅定的　v.　使穩固
durable	adj.	耐用的；持久的

suspicious
[sə`spɪʃəs]
adj. 猜疑的；可疑的

衍 suspect v. 懷疑 n. 嫌犯；可疑分子 adj. 受到懷疑的；不可信的

She was **suspicious** of his true intentions and had a conflict with him.
她對他真正的意圖感到懷疑，並且與他發生了衝突。

❶ Point 重點 ………………………………………………
suspicious 的後面會先接介系詞 **of**，在 of 之後才會接「受到懷疑的人事物」，**be suspicious of**（對～感到懷疑）是很常見的片語，一定要記住。

聯想單字		
doubtful	adj.	懷疑的；難以預測的
in doubt	phr.	不肯定的，不確定的
beyond doubt	phr.	無疑地

visible
[`vɪzəbl]
adj. 可看見的；顯眼的

衍 vision n. 視覺；遠見；幻象 visual adj. 視覺的

反 invisible adj. 看不見的；無形的

同 apparent adj. 明顯的；表面的

Saturn is one of the five planets **visible** from Earth using only the naked eye.
土星是僅用肉眼就能從地球上看到的五顆行星之一。

❶ Point 重點 ………………………………………………
visible 是由「**vision（視覺）＋able（有～能力的）**」所組成的，也就是「可以看到的」的意思，並從這個字義衍生出了「很容易就能看到的＝**顯眼的**」的意思。另外，只要在 **visible** 的開頭加上「**表示否定的字首 in-**」，就可以形成反義字 **invisible**。

⊕	bald	[bɔld]	adj. 禿頭的；禿的
⊕	beauty	[`bjutɪ]	n. 美麗；美的事物
⊕	blush	[blʌʃ]	v. 臉紅；感到慚愧 n. 臉紅
初	brain	[bren]	n. 腦；智力，頭腦
⊕	casual	[`kæʒʊəl]	adj. 非正式的，休閒的；偶然的
⊕	cheek	[tʃik]	n. 臉頰
⊕	claw	[klɔ]	v. 用爪子抓 n. 爪子
⊕	eyebrow	[`aɪˌbraʊ]	n. 眉毛
初	finger	[`fɪŋgɚ]	n. 手指
⊕	forehead	[`fɔrˌhɛd]	n. 額頭
⊕	glasses	[`glæsɪz]	n. 眼鏡
⊕	goddess	[`gɑdɪs]	n. 女神
⊕	grin	[grɪn]	v. 露齒而笑 n. 露齒的笑
初	haircut	[`hɛrˌkʌt]	n. 剪頭髮
初	hip	[hɪp]	n. 臀部
⊕	jaw	[dʒɔ]	n. 下頜，下巴
⊕	lens	[lɛnz]	n. 鏡片；鏡頭
⊕	limb	[lɪm]	n. 四肢（指手臂或腿，常複數）
⊕	lipstick	[`lɪpˌstɪk]	n. 口紅
⊕	lotion	[`loʃən]	n. 化妝水

中	neat	[nit]	adj. 整潔的；整齊的
中	perfume	[pɚ`fjum]	n. 香水
中	sexy	[`sɛksɪ]	adj. 性感的
中	shave	[ʃev]	v. 刮鬍子；剃毛髮
中	shrug	[ʃrʌg]	v. 聳肩 n. 聳肩
初	thumb	[θʌm]	n. 拇指
中	tiptoe	[`tɪp,to]	v. 踮腳 n. 腳尖
中	toe	[to]	n. 腳趾
中	voice	[vɔɪs]	n.（人的）嗓音
初	waist	[west]	n. 腰
初	wrist	[rɪst]	n. 手腕

Chapter 05 Quiz Time

一、請填入正確的對應單字。

01. 年老的；上了年紀的 　　　　（　　）

02. 可看見的；顯眼的 　　　　　（　　）

03. 看到；注意到；觀察 　　　　（　　）

04. 身體的；物理的 　　　　　　（　　）

05. 視力；景象；視野；看見 　　（　　）

A. elderly	B. observe	C. visible	D. sight	E. physical

二、請選出正確的答案。

01. The drug dealer was caught after the police became _____ of his bizarre driving.

    A. solid
    B. naked
    C. suspicious
    D. fascinating

02. Giving _____ is one of the best ways to brighten anyone's day.

    A. heels
    B. compliments
    C. flesh
    D. organs

03. Never judge people by their _____ .

    A. appearance
    B. elbow
    C. curl
    D. lap

04. He _____ when reading the instructions, as if puzzled.

    A. leaned
    B. attracted
    C. criticized
    D. frowned

05. The school has been _____ for its high tuition fees.

    A. observed
    B. criticized
    C. complimented
    D. solid

Chapter 06

性格／特質

個性、情緒

Ch06.mp3

主題單字相關實用片語

be green with envy	忌妒
burst out laughing/crying	突然大笑／大哭
cry one's eyes out	痛哭
down in the dumps	心情低落
drive someone bananas	惹怒或逼瘋某人
feel blue	感到憂鬱或沮喪
go bananas	發瘋；抓狂
go nuts	發瘋；失去理智
go/fall to pieces	情緒崩潰
grin/smile from ear to ear	非常開心；笑得合不攏嘴
have ants in one's pants	（某人因興奮或憂慮而）坐立不安
have mixed feelings	喜憂參半
have the blues	感到憂鬱或沮喪
hit the ceiling	覺得火冒三丈
on cloud nine	高興極了；樂不可支
on pins and needles	感到如坐針氈
on top of the world	感到幸福至極
over the moon	感到欣喜若狂
run out of patience	失去耐心
walk on air	興高采烈；飄飄然

aggressive

[ə`grɛsɪv]
adj. 有侵略性的；積極的，野心勃勃的

衍 aggression n.
侵犯；攻擊

反 passive adj.
消極的；被動的

He is a little **aggressive** and very cold towards others.
他有點咄咄逼人，而且對別人非常冷淡。

❶ Point 重點 ⋯⋯⋯⋯⋯⋯⋯⋯⋯⋯⋯⋯⋯⋯⋯⋯⋯⋯⋯
aggressive 和 proactive 都有「積極」的意思，但是 **aggressive** 表達出來的**語意較負面**，通常是指「**積極到令人覺得有侵略性**」的感覺，而 **proactive** 則是**正面**的形容詞，用來形容一個人的態度「**主動出擊、積極做出改變**」。
⇨ Instead of waiting until the deadline approaches, a **proactive** person will finish the work early.
積極主動的人會提前完成工作，而不會等到期限接近才做。

聯想單字		
proactive	adj.	積極主動的
active	adj.	活躍的
positive	adj.	正面的；積極的
negative	adj.	負面的；消極的
offensive	adj.	冒犯的；進攻的
defensive	adj.	保衛性的；防守的

ambitious

[æm`bɪʃəs]
adj. 有野心的

衍 ambition n. 野心
ambitiously adv.
有野心地
over-ambitious adj.
太過有野心的

反 unambitious adj.
無野心的，無抱負的

An **ambitious** person is someone who doesn't shy away from difficulties and is always looking for ways to challenge themselves.
有野心的人不會迴避挑戰，且總是會找方法來挑戰自己。

❶ Point 重點 ⋯⋯⋯⋯⋯⋯⋯⋯⋯⋯⋯⋯⋯⋯⋯⋯⋯⋯⋯⋯⋯
be ambitious of/for... 希望～成功；對～有野心
⇨ She **was** very **ambitious for** her children's success.
她以前非常希望孩子能成功。

annoy

[ə`nɔɪ]

v. 惹惱；使生氣

衍 annoying adj.
（某人事物是）討
厭的；惱人的
annoyed adj. 對～
感到厭煩或生氣的

中 His arrogant comments have really **annoyed** me.
他傲慢的言論真的讓我很生氣。

❶ Point 重點 ···

annoy 這個字在日常生活及各大考試中都很常出現，通
常會以**被動態**的方式出現在句子之中：

be annoyed at sth 對某事感到生氣
be annoyed with sb (for doing sth)
　　　　　　　　　　　　對某人（做某事）感到生氣

這裡要特別注意的是，以 **-ed** 結尾的過去分詞是用來形
容「**人的感受**」，而以 **-ing** 結尾的現在分詞則是用來形
容「**引起感受的事物**」。

因此 annoying 和 annoyed，就像 interesting（某事物是
有趣的）和 interested（某人對～感到有興趣）一樣，我
們可以用 **annoying** 形容「**某人事物很惱人**」，例如：
⇨ His laugh was **annoying**.
　　他的笑聲很惱人。

然後用 **annoyed** 形容「**對某人事物感到生氣或厭煩**」，
例如：
⇨ I was **annoyed** by his laugh.
　　我被他的笑聲惹惱了。

聯想單字			
	bother	v.	打擾；煩惱
	irritate	v.	激怒
	offend	v.	冒犯；觸怒
	harass	v.	使煩惱；騷擾

anxious

[ˈæŋkʃəs]
adj. 焦慮的；渴望去
做某事的

衍 anxiety n. 焦慮；
渴望

Everyone gets a little bit **anxious** and worried at times, but it becomes an illness when it goes on for months.
每個人偶爾都會覺得有點焦慮和擔心，但當這種情形持續了數個月，就會變成一種疾病。

❶ Point 重點 ···
anxious 的後面經常會搭配**介系詞 about/at/for** 一起出現。
⇨ They are **anxious about** climate change.
他們對氣候變遷感到焦慮。
I feel **anxious at** work.
我工作的時候會覺得很焦慮。
Some people seem very **anxious for** success.
有些人似乎非常渴望成功。

聯想單字		
nervous	adj.	緊張的
eager	adj.	渴望的；急切的

astonish

[əˈstɑnɪʃ]
v. 使吃驚，使驚訝

衍 astonished adj.
感到驚訝的
astonishing adj.
令人驚訝的

I was **astonished** by his level of expertise, experience, and knowledge in the field.
我對他在該領域的專業知識、經驗和知識感到驚訝。

❶ Point 重點 ···
be astonished at... 對～感到驚訝
⇨ I **was astonished at** the amount of time he invested in our case.
我對他在我們的案子上投入的時間感到驚訝。

聯想單字		
amaze	v.	使大為驚奇
surprise	v.	使吃驚；使感到意外
stun	v.	使目瞪口呆

awkward

[`ɔkwəd]
adj. 不熟練的；尷尬的；難應付的

There was an **awkward** silence after he told an inappropriate joke.
在他講了一個不恰當的笑話之後，現場出現了一陣尷尬的沉默。

❶ Point 重點 ··
在英文裡的「尷尬」，除了 awkward 之外，更常看到的是 embarrassed 和 embarrassing，然而除了形容感到尷尬之外，**awkward 還可以用來表示「對～不熟練」或某人事物「很難應付」**。而 **embarrassed 和 embarrassing 則只會單純用來形容「尷尬、難為情」的情緒。**

因此雖然這三個字大致上可以通用，但 awkward 可以表達的語意更多，可以使用的情境也更複雜，一定要透過句子的上下文來判斷字義，不要一看到 awkward 就直接認定它是「尷尬的」的意思喔。

⇨ He feels **awkward** around strangers.
他在陌生人面前感到很尷尬。
I've never felt so **embarrassed** in my whole life.
我這輩子從來沒覺得這麼尷尬過。
She asked a lot of **embarrassing** questions.
她問了很多令人尷尬的問題。

聯想單字		
clumsy	adj.	笨拙的，笨手笨腳的
embarrassed	adj.	尷尬的
embarrassing	adj.	令人尷尬的

brave

[brev]
adj. 勇敢的

衍 bravery n. 勇敢

反 coward adj. 膽小的
n. 懦夫

It was a **brave** decision to make a career change at 40.
在 40 歲時轉行是一個很勇敢的決定。

❶ Point 重點 ··
brave 指的是「面對困難或挑戰也無所畏懼」的勇敢，這種無所畏懼的態度，也可以用 **courageous（英勇的；勇敢的）**和 **fearless（無畏的；大膽的）**來表達，另一個意義相似的字是 **bold**，不過 bold 在語意上還**有著「膽大妄為」的負面意義**，所以在使用上要特別注意。

brilliant

[`brɪljənt]

adj. 傑出的，出色的；明亮的；顏色鮮豔的

She gave a **brilliant** performance and was nominated for Best Actress.
她的表演非常出色，並被提名了最佳女主角。

聯想單字
sparkling	adj.	閃閃發光的；充滿活力的
bright	adj.	明亮的；鮮明的
shining	adj.	閃閃發亮的

cheerful

[`tʃɪrfəl]

adj. 使人感到愉快的；興高采烈的

衍 cheer
　　v. 歡呼；喝采

He managed to remain positive and **cheerful** in spite of his illness.
儘管他生病了，他還是設法保持正向和愉快。

聯想單字
joyful	adj.	充滿喜悅的；高興的
atmosphere	n.	氛圍；氣氛
enjoyable	adj.	帶來樂趣的；有趣的

clumsy

[`klʌmzɪ]

adj. 笨拙的；笨手笨腳的

反 skillful adj. 技術純熟的

I was so **clumsy** that I dropped my phone many times.
我太過笨手笨腳了，以至於我摔了好幾次手機。

❶ Point 重點 ··
be clumsy with/at/in... 對～不熟練
⇨ I **was** always **clumsy at** sports in school.
　　我在念書的時候一直都很不擅長運動。

聯想單字
awkward	adj.	不熟練的；尷尬的
careless	adj.	粗心大意的
careful	adj.	小心謹慎的

confident

[ˋkɑnfədənt]
adj. 有信心的；自信的

衍 confidence n. 信心
confidential adj.
機密的，祕密的

反 doubtful adj.
懷疑的；可疑的

⊕ We are **confident** of being able to provide high-quality service in all respects to our customers.
我們有信心能為顧客在各方面提供高品質的服務。

聯想單字	convinced	adj.	確信的
	belief	n.	信念；相信
	credit	n.	信用；（經濟能力上的）信譽

conservative

[kənˋsɝvətɪv]
adj. 保守的；守舊的

反 progressive adj.
進步的；革新的

⊕ Some research has shown that older people tend to be more **conservative** than younger ones.
有些研究指出，較年長的人往往比較年輕的人來得更保守。

considerate

[kənˋsɪdərɪt]
adj. 體貼的；考慮周到的

衍 consider v. 考慮；把～視為～
consideration n.
考慮；需要考慮的事；體貼

同 thoughtful adj. 體貼的；考慮周到的

反 inconsiderate adj.
不為他人著想的
careless adj.
粗心的；疏忽的

⊕ We should be **considerate** of other people's feelings, and treat others as we want to be treated.
我們應該要考慮他人的感受，並以自己希望被對待的方式來對待他人。

❶ Point 重點 ···
英文裡有個和 considerate 長得很像的字，那就是同為 consider 衍生字的 **considerable**，雖然這兩字長得很像，但它們的意思完全不同。

considerate 指的是「體貼的；考慮周到的」，在分辨的時候可以先記得：
considerate 的結尾發音是「t」，跟中文體貼的「體」很接近，所以 considerate 就是體貼的意思。

先把 considerate 的意思記住，再來記 considerable 就簡單多了，**considerable 是「相當大的；相當多的」**的意思，例如 He had a **considerable** amount of money.（他有一大筆錢），這樣分開記就再也不會搞混囉！

courageous

[kə`redʒəs]
adj. 英勇的，勇敢的

衍 courage n. 膽量；
勇氣

同 brave adj. 勇敢的
fearless adj. 無畏
的；大膽的
bold adj. 英勇的；
大膽的

反 timid adj. 膽小的；
羞怯的

It was very **courageous** of her to challenge her manager's decision.
她挑戰了主管的決定，相當勇敢。

courteous

[`kɝtjəs]
adj. 有禮貌的

衍 courtesy n. 禮貌；
善意的舉動

同 polite
adj. 有禮貌的
well-mannered
adj. 有禮貌的

反 rude adj.
粗魯的；無禮的
disrespectful adj.
無禮的
impolite adj.
無禮的

The hotel receptionists are very **courteous** and soft spoken.
飯店的接待人員非常有禮貌且講話輕聲細語。

聯想單字			
respectful	adj.	恭敬的；尊敬的	
respect	n.	尊敬；尊重 v. 敬重；重視	
manner	n.	態度；舉止；禮貌（恆複數）	

creative

[krɪ`etɪv]
adj. 有創意的

衍 create v.
　創造；創作
creativity n. 創造力

She's very creative and can always come up with new ideas.
她非常有創意，總是能提出新的構想。

❶ Point 重點 ···
creative 和聯想單字裡提到的 imaginative 都有「有創意的、有創造力的」的意思，不過 **creative** 在意義上更側重的是具有「**把本來不存在的事物創造出來的能力**」，而 **imaginative** 則是指「**因為想像力很豐富而有創意**」，兩者的意思差不多。另一方面，看起來和 imaginative 長得很像的 **imaginary** 則是「**只存在於想像之中而不是真實存在**」的意思，也就是幻想、虛構出來的，例如 imaginary friend（幻想中的朋友）。

聯想單字		
Chief Creative Officer (CCO)	n.	創意總監
imaginative	adj.	有創意的；創新的
imaginary	adj.	幻想的；虛構的

delight

[dɪ`laɪt]
n. 欣喜；愉快
v. 使高興

衍 delighted adj.
　高興的
delightful adj.
　令人愉快的

同 please v.
　使高興
pleasure n.
　愉快；樂趣
amuse v.
　使歡樂；逗～笑
amusement n.
　樂趣；娛樂

反 sorrow n. 悲傷
sadness n. 悲傷
grief n. 悲傷

The dog wagged his tail in delight and barked happily when his owner came home.
狗狗在主人回家的時候，開心地搖著尾巴並高興地叫了起來。

He always had a smile and delighted his family with his jokes.
他總是面帶微笑並用笑話逗他的家人們開心。

depressed

[dɪ`prɛst]

adj. 消沉的；憂鬱的

衍 depress v.
　　使沮喪；使消沉
　　depressing adj.
　　令人沮喪的
　　depression n.
　　沮喪；憂鬱症

反 pleasant adj.
　　令人愉快的
　　delightful adj.
　　令人愉快的
　　cheerful adj.
　　興高采烈的

The man was deeply **depressed** about his failed marriage and bankrupt business.
那個男子對他失敗的婚姻和破產的生意深感沮喪。

聯想單字		
melancholy	adj.	憂鬱的
stressed	adj.	緊張的，感到有壓力的
nervous	adj.	緊張的
agitated	adj.	焦慮的；坐立不安的
frustrated	adj.	感到挫敗的

desperate

[`dɛspərɪt]

adj. 極度渴望的；
　（因絕望而）孤注一
　擲的

衍 desperately adv. 極
　　度地；不顧一切地

They are in **desperate** need of food, medicine, water, and clothing.
他們迫切需要食物、藥品、水和衣物。

❶ Point 重點 ···
　　在 **desperate** 的後面加上「**to＋原形動詞**」或「**for＋名詞**」就是「**非常渴望去做～**」或「**非常渴望獲得～**」的意思，這兩個表達方式非常常出現在各種文章和句子之中，請一定要記住。
　⇨ She has a **desperate** desire **to** succeed.
　　她非常渴望能夠成功。
　　They are **desperate for** help.
　　他們非常渴望能獲得幫助。

determined

[dɪˋtɝˋmɪnd]
adj. 下定決心的；堅定的

衍 determine v. 決定
determination n.
堅定；決心

⊕ It is said that a person whose index finger is longer than his ring finger is usually a very **determined** person.
據說食指比無名指長的人通常非常有決心。

❶ Point 重點 ···
determined to＋V 下定決心做～
⇨ He was **determined to** get over his fear of water and learn how to swim.
他下定決心要克服對水的恐懼並學習如何游泳。

聯想單字			
firm	adj.	態度堅定的	
willing	adj.	有意願的；積極的	
persevere	v.	鍥而不捨	
perseverance	n.	毅力；堅持不懈	

devote

[dɪˋvot]
v. 將～奉獻給；投入～

衍 devotion n.
奉獻；投入
devoted adj. 專心致志的；忠誠的

同 dedicate v. 獻身；把（時間或精力）用於～
commit v.（使）致力於；投入（時間或金錢）

⊕ The fashion designer has **devoted** all his energy to the research and development of Taiwanese outfits.
這位時裝設計師將他的全部精力都投入到了台式服裝的研發之中。

❶ Point 重點 ···
在想要表達「對～做出貢獻」或「致力於做某件事情」的時候，常常會用到 **devote**、**dedicate**、**commit** 這三個字，不過這三個字在用法上各有不同，使用的時候一定要小心，且在各種考試之中，也常會要求考生選出正確的搭配介系詞，一起來看看這三個字要怎麼用吧！

devote N to N/Ving
devote 後面**接的第一個名詞**，可以是 time（時間）、energy（精力）、effort（努力）等等**付出的東西**，另外也可以用 myself（我自己）、himself（他自己）等等的**反身代名詞**，再之後的 **to 是介系詞**，所以後面要接名詞或動名詞。

⇨ They have **devoted** all of their time and energy **to** medicine.
他們把他們所有的時間和精力都投入到了醫學裡。
He has **devoted himself to** promoting Japanese culture.
他致力於推廣日本文化。

be devoted to N/Ving

當用**被動態**的方式來表達時，意義上較接近「深愛～」或「全身心投入、奉獻～」，和原本單純的「致力於做某事」意義不同，使用時須特別注意。

⇨ Felix **is** very **devoted to** his parents.
Felix 非常深愛他的父母。

dedicate N to N/Ving 或 be dedicated to N

dedicate 和 devote 一樣，表達時**可以用主動也可以用被動**，且 to 的後面都**必須接名詞或動名詞**。

⇨ She **dedicated** her life **to** the sport.
她將自己的人生奉獻給了這項運動。
They **are dedicated to** providing financial planning advice.
他們致力於提供財務規劃建議。

be committed to N/Ving

commit 本身帶有「對～許下承諾」的語意，所以這裡的「投入～」和「致力於～」，其實就是「**對某人事物許下會給予自己的忠誠、時間或金錢的承諾**」的意思，特別要注意的是 commit **沒有主動用法**，且 to 的後面都**必須接名詞或動名詞**。

⇨ The government **has been committed to** fighting the pandemic.
政府致力於對抗疫情。

聯想單字		
contribute	v.	貢獻；捐助
donate	v.	捐獻（金錢）

eager

[ˋigɚ]

adj. 熱切的；渴望的

反 indifferent adj. 不
感興趣的；冷淡的
uninterested adj.
不感興趣的；不關
心的

The government is **eager** to work with the business community to grow Taiwan's medical biotech industry.
政府渴望能與商界合作來發展台灣的醫療生物科技產業。

❶ Point 重點 ·····························
eager 最常見的用法是後面接 **to V** 或 **for N**，在翻譯上略有不同，但同樣都是表達**對一件事情的渴望**。

eager to V 渴望去做～
⇨ He is **eager to** travel.
他渴望去旅行。

eager for N 對～感到渴望
⇨ The team was desperately **eager for** victory.
這支球隊對勝利非常渴望。

聯想單字			
willing	adj.	有意願的；樂意的
keen	adj.	深切的；渴望的

energetic

[ˌɛnɚˋdʒɛtɪk]

adj. 精力旺盛的；充
滿活力的

衍 energy n. 活力；
精力

同 vigorous adj. 精力
充沛的
dynamic adj. 有活
力的

You should maintain the habit of exercising to keep **energetic** and healthy.
你應該要保持運動的習慣來維持精力旺盛和健康。

enthusiastic

[ɪnˌθjuzɪˋæstɪk]

adj. 熱情的；熱衷的

The team is **enthusiastic** about the project and proudly presents its results to the public.
該團隊對這個計畫充滿熱情，並自豪地向公眾展示他們的成果。

衍 enthusiasm n. 熱
　情；熱衷

同 passionate adj. 熱
　情的；熱烈的

❶ Point 重點 ···
例句中出現的 **enthusiastic about**（對～充滿熱情）
是很常見的表達方式，**about** 的後面會接「**熱衷的人事物**」。

聯想單字	routine	adj.	例行的；一般的　n. 例行公事；慣常程序
	boring	adj.	無趣的
	dull	adj.	乏味的，單調的

envious 　⊕

[`ɛnvɪəs]
adj. 嫉妒的；羨慕的

衍 envy v. 嫉妒；羨慕
　n. 嫉妒或羨慕的對
　象

Some female students are very **envious** of the model's slim figure.
一些女學生非常羨慕那位模特兒纖瘦的身材。

❶ Point 重點 ···
例句裡出現的 **envious of**（嫉妒、羨慕～）是很常見的
用法，**在 of 之後會接句子主詞所羨慕的對象**，就像例句
中的 the model's slim figure。

envious 和聯想單字裡的 jealous 都可以用來表達羨慕的
意思，不過這兩個字所表達的情緒並不相同。

envy 是「羨慕別人有，希望自己也有」。
⇒ She had always been **envious** of her cousin's long blond hair.
　她之前一直很羨慕她表妹的金色長髮。

jealous 是「嫉妒別人有，覺得別人有的東西應該屬於自己」，或是「**害怕自己擁有的事物被奪走**」，帶有強烈的負面情緒。
⇒ He gets really **jealous** if his girlfriend hangs out with a male friend.
　如果他的女朋友和男性朋友一起出去玩，他會非常嫉妒。

聯想單字	jealous	adj.	嫉妒的；吃醋的

faithful

[`feθfəl]

adj. 忠實的;忠誠的

衍 faith n. 信念

反 faithless adj. 不忠實的;不可靠的
disloyal adj. 不忠誠的;不忠實的

He was **faithful** to his wife and children throughout his life.

他的一生都忠於他的妻子和孩子。

聯想單字		
dependable	adj.	可靠的;可信任的
trustworthy	adj.	值得信賴的
reliable	adj.	可信賴的;可靠的
loyal	adj.	忠誠的;忠心的

frightening

[`fraɪtn̩ɪŋ]

adj. 駭人的;令人恐懼的

衍 frighten v.
使驚恐;使害怕
frightened adj.
受驚的;害怕的

It can be very **frightening** for a child to get lost in a crowd.

在人群中走失對孩子來說可能會是非常可怕的事。

聯想單字		
terrifying	adj.	可怕的
horrifying	adj.	令人恐懼的
threatening	adj.	具有威脅性的;恐嚇的
scary	adj.	恐怖的

generous

[`dʒɛnərəs]

adj. 慷慨的,大方的;寬宏大量的

反 ungenerous adj.
胸襟狹窄的;不大方的
stingy adj.
吝嗇的;小氣的
mean adj.
吝嗇的;卑鄙的

It was **generous** of you to lend me your car so I could pick up my family at the airport.

你把車借我,讓我可以去機場接我的家人,真的很大方。

聯想單字		
unselfish	adj.	無私的
bighearted	adj.	寬大的
kind	adj.	仁慈的;善良的

hatred

[`hetrɪd]
n. 憎恨；敵意

[反] love n. 喜愛，愛意
affection n. 喜愛；
感情

The motive for this frightening attack seems to be racial **hatred**.
這場可怕的攻擊的動機似乎是種族仇恨。

❶ Point 重點 ··
雖然 hatred 是 -ed 結尾，但**詞性是名詞**，使用上務必特別留意，小心別用錯了。

hesitate

[`hɛzəˌtet]
v. 躊躇；猶豫

[衍] hesitation n. 猶豫
hesitant adj.
猶豫的

If you need any further information, do not **hesitate** to contact us.
如果您需要任何進一步的資訊，請立即與我們聯繫。

innocent

[`ɪnəsn̩t]
adj. 天真的；無罪的

[衍] innocence n.
無罪；天真

[反] guilty adj.
有罪的；內疚的

The child's **innocent** remark made everyone burst out into laughter.
孩子天真的話語讓大家哄堂大笑。

聯想單字	guiltless	adj.	無罪的；無辜的
	blameless	adj.	無過失的
	fault	n.	過錯；缺點
	faulty	adj.	有缺點的

loyal

[`lɔɪəl]
adj. 忠誠的；忠心的

[衍] loyalty n. 忠誠；
忠心

[反] disloyal adj. 不忠
誠的；不忠實的

She was a **loyal** worker, so when the company sent her to Vietnam on a business trip, she agreed readily without asking about the reasons.
她是很忠誠的員工，所以當公司派她去越南出差時，她沒有詢問原因就欣然答應了。

聯想單字	faithful	adj.	忠實的；忠誠的
	faith	n.	信念；相信
	reliable	adj.	可靠的

mean

[min]

adj. 吝嗇的；卑鄙的
v. 表示～的意思；有意

衍 meaning n. 意思；含意
means n. 手段；方法；工具
meaningful adj. 有意義的；意味深長的

反 generous adj. 慷慨的；大方的

He's too **mean** with his money to buy his wife a birthday present.
他太小氣了，不願意買生日禮物給他的妻子。

I don't **mean** to offend you, but the bright light from your phone screen is disturbing others.
我無意冒犯你，但你手機螢幕的亮光打擾到其他人了。

聯想單字	stingy	adj.	吝嗇的；小氣的
	unkind	adj.	不善的
	harsh	adj.	嚴厲的；惡劣的

offend

[ə`fɛnd]
v. 冒犯；觸怒

衍 offense n. 冒犯；觸怒；犯法的行為
offensive adj. 冒犯的

反 defend v. 防禦；保衛；辯解

Don't ask about someone's age or salary because it may **offend** them without meaning to.
不要詢問別人的年齡或薪水，因為這可能會在無意中冒犯他們。

❶ Point 重點 ·····························
和 offend-offense-offensive 這種單字衍生變化結構很像的單字還有 **defend（防禦的）-defense（防禦）-defensive（防禦性的）**，一樣都是 -ed 結尾為動詞、-se 結尾為名詞和 -sive 結尾為形容詞的變化結構，可以把這兩組字一起記起來。

passion

[ˋpæʃən]
n. 熱情，激情

衍 passionate adj.
熱情的；熱烈的

同 enthusiasm n.
熱忱；熱情

反 indifference n.
漠不關心，冷淡

The organization is run by volunteers who devote their time and **passion** to help homeless animals in need.
這個組織是由奉獻時間和熱情來救助流浪動物的志工來經營的。

❶ Point 重點 ···
have a passion for... 對～有強烈熱情
⇒ We are looking for teachers who **have a passion for** teaching.
我們正在尋找對教學有強烈熱情的老師。

聯想單字		
passion fruit	n.	百香果
lifelong passion	n.	人生熱愛的事物

passive

[ˋpæsɪv]
adj. 被動的；消極的

同 inactive adj. 不活躍的

反 active adj. 積極的

In the long term, **passive** behavior leads to a loss of self-esteem.
長期來看，消極行為會導致自尊心喪失。

聯想單字		
negative	adj.	負面的；消極的
neutral	adj.	中立的
positive	adj.	正面的；積極的

patient

[ˋpeʃənt]
adj. 有耐心的
n. 病人

衍 patience n. 耐心

反 impatient adj. 沒有耐心的；急切的
impatience n. 沒有耐心

I'm not a **patient** person, so I really hate wasting time waiting in line.
我不是一個有耐心的人，所以我真的很討厭浪費時間排隊。

The **patient** had surgery on his knee three weeks ago.
這名病人在三週前接受了膝蓋手術。

personality

[ˌpɝsn̩`ælətɪ]

n. 個性；人格

衍 personal adj.
個人的

The type of clothes we choose to wear in our everyday lives tends to reflect our **personality**.

我們在日常生活中選擇穿著的服裝種類往往會反映出我們的個性。

❶ Point 重點 ···

personality 和聯想單字裡提到的 character，在翻成中文的時候，看起來就像是同義字似的，然而**只能用在人身上的 personality**，通常指的是一個人透過行為或思考方式而「**外顯出來的特質**」，也就是「**個性**」，例如開朗、幽默等；另一方面，**character** 指的是讓一個人具有獨特性的「**內在特質**」，通常會翻譯成「**性格**」，像是富有同情心、很堅強等。此外，character也可用來描述事物的「**性質**」。

聯想單字		
personality trait	n.	人格特質
identity	n.	身分；特性
character	n.	（人的）性格；（事物的）性質
characteristic	n.	特徵

persuasive

[pɚ`swesɪv]

adj. 有說服力的

衍 persuade v. 說服

His wife made a **persuasive** argument and convinced him to give up smoking.

他的妻子提出了有說服力的論點，說服了他戒菸。

聯想單字		
argument	n.	論點；爭論
theory	n.	理論
lobby	v.	遊說（政府、機關等）
lobbyist	n.	說客
convince	v.	使信服；說服

reliable

[rɪˋlaɪəbl]
adj. 可信賴的；
可靠的

衍 rely v. 依靠；依賴

同 trustworthy adj.
值得信賴的

反 unreliable adj.
不可信任的；不可
靠的

The information doesn't come from a **reliable** source, so I won't include it in my article.
這條資訊並非來自可靠的來源，所以我不會把它放進我的文章裡。

❶ Point 重點 ··
reliable 和聯想單字裡出現的 **dependable**，若單看字義，感覺似乎是同義詞，不過它們在意義和用法上其實還是有所不同，使用時必須特別注意。

reliable 通常指的是「可以信賴的」，可以用來指**人**，也可以用來指**機器**（可以順利完成工作）、**消息**（來源可靠而值得相信）等；而 **dependable** 通常只會用來形容某人是「可以依靠的」，不會用在事物上。

另外，雖然 reliable 的動詞 rely 和 dependable 的動詞 depend 後面都必須接介系詞 on，但 **rely on** 指的是「**仰賴、依賴**」的意思；而 **depend on** 大多指的是「**自身力量不足，需要借助他人力量**」的「**依靠**」。

聯想單字 | dependable　adj. 可靠的；可仰賴的

reluctant

[rɪˋlʌktənt]
adj. 不情願的；勉強
的

衍 reluctance n.
不情願；勉強

同 unwilling adj.
不願意的

反 willing adj.
願意的；樂意的

Many parents are **reluctant** to have their children vaccinated.
許多父母不願意讓他們的孩子接種疫苗。

❶ Point 重點 ··
reluctant to... 不情願做～
⇨ I'm **reluctant to** invite her to my birthday party.
我不想邀請她來我的生日派對。

satisfaction

[ˌsætɪsˈfækʃən]
n. 滿意；滿足

衍 satisfy v.
滿意；滿足
satisfied adj.
感到滿意的；令人
滿意的

反 dissatisfy v.
使感覺不滿
dissatisfied adj.
不滿的
dissatisfaction n.
不滿意

She got great **satisfaction** from helping the elderly at the nursing home.
她從幫助安養院的老人中得到了極大的滿足。

❶ Point 重點 ···
satisfied with... 對～感到滿意
⇒ They were **satisfied with** the new house.
他們對新房子很滿意。

---

sensitive

[ˈsɛnsətɪv]
adj. 敏感的；過敏的

反 insensitive adj.
遲鈍的

Children's skin is very **sensitive** to the sun, so they need much more sun protection.
兒童的皮膚對陽光非常敏感，因此他們需要加強防曬。

❶ Point 重點 ···
sensitive 的後面必須**先接介系詞 to 再接「敏感的人事物」**，表達「**對～很敏感**」或「**對～過敏**」。

---

sociable

[ˈsoʃəbl]
adj. 善交際的；社交性的

衍 social adj. 社會的；社交的
society n. 社會

反 unsociable adj.
不愛交際的

He is a very **sociable** person who strikes up friendships easily.
他是一個非常善於交際的人，很容易和別人建立友誼。

聯想單字		
social butterfly	n.	社交高手
socially awkward	adj.	不善社交的

strive

[straɪv]
v. 努力；奮鬥

We **strive** to ensure that our systems are secure and that they meet industry standards.
我們努力確保我們的系統安全且符合業界標準。

❶ Point 重點 ⋯⋯⋯⋯⋯⋯⋯⋯⋯⋯⋯⋯⋯⋯⋯⋯⋯⋯⋯⋯⋯

strive to V 努力去做～
⇨ We must **strive to** achieve our goals.
我們必須努力實現我們的目標。

strive for N 為～而努力
⇨ Don't strive for perfection, but **strive for** progress.
不要追求完美，但要努力追求進步。

strive 和聯想單字裡的 struggle 都有著「努力」的意思，但在用法上稍有不同。**strive** 指的是**長時間努力奮鬥**，希望能「**達成某個目標**」或是「**讓某事發生**」，而 **struggle** 則將重點放在**身處困境中「奮鬥、掙扎的情形」**，而不在於要達成的目標。

聯想單字			
struggle	v.	奮鬥；努力；掙扎	n. 奮鬥；努力；掙扎

stubborn

[ˋstʌbɚn]
adj. 頑固的；倔強的

They have huge arguments because they're both so **stubborn**.
他們吵得很兇，因為他們兩個人都非常固執。

suffer

[ˋsʌfɚ]
v. 遭受；受苦；生病

衍 suffering n. 痛苦
adj. 受苦的

Individuals **suffering** from insomnia have a greater chance of developing depression and anxiety.
患有失眠症的人更有可能會得到憂鬱症和焦慮症。

聯想單字		
endure	v.	忍耐；忍受
bear	v.	承受；承擔
undergo	v.	經歷；忍受；接受

sympathetic

[ˌsɪmpə`θɛtɪk]
adj. 同情的;有同情
心的;贊同的

衍 sympathy n. 同
情;同情心;贊同
sympathize v. 同
情;支持

反 unsympathetic adj.
不同情的

My boyfriend wasn't very **sympathetic** to my complaints.
我的男朋友對於我的抱怨不是很同情。

❶ Point 重點 ···

sympathy、empathy 和 compassion 的中文字義看起來好像差不多,但這三個字的使用情境和意義其實都不一樣,也因此經常一起出現在各大考試裡做為單字題的選項,請特別注意分辨。

sympathy 指的是「**同情心**」,雖然會因為他人的不幸而感到同情,但**不會和對方產生相同情緒**。

empathy 指的是「**同理心**」,表示對於**他人的感受能感同身受**,如果對方覺得悲傷,自己也會一起感到悲傷。

compassion 指的是「**憐憫;惻隱之心**」,是三者之中與對方情感連結最為強烈的一種,**除了感同身受之外,還會因為這種情緒而真的想要為對方付出行動**。

聯想單字		
empathy	n.	同理心
compassion	n.	憐憫;惻隱之心
compassionate	v.	同情;憐憫

tension

[`tɛnʃən]
n. 緊張;緊張局勢;
張力

衍 tense adj. 緊繃的;
(心理或神經)緊
張的 v. 拉緊;繃緊

The incident has further increased **tension** between the two countries.
該事件進一步加劇了兩國之間的緊張局勢。

thirst

[θɜst]
v. 口渴；渴望
n. 口渴；渴望

衍 thirsty adj. 口渴
的；渴望的

When summer comes, people will start **thirsting** for refreshing drinks.
當夏天來臨，人們就會開始想要喝清涼的飲料。

The animals suffer from hunger and **thirst**, stress, and diseases all year long.
這些動物一年到頭都受到飢渴、壓力和疾病的痛苦。

❶ Point 重點 ·······························
當想表達「渴望取得某事物」時，thirst 的名詞用法是 **have a thirst for**，動詞用法則是 **thirst for**，for 的後方都是接「渴望取得的對象」。

聯想單字		
desire	v. 渴望	n. 慾望
crave	v. 渴望	
crush	n. 短暫的迷戀	

timid

[ˈtɪmɪd]
adj. 膽小的；羞怯的

反 brave adj. 勇敢的
bold adj. 英勇的；
大膽的
courageous adj. 英
勇的；勇敢的
fearless adj. 無畏
的；大膽的

The kid used to be a shy and **timid** person who wasn't sure what to say most of the time.
這個孩子曾經是個害羞膽小的人，大部分時間他都不確定自己該說些什麼。

❶ Point 重點 ·······························
timid 在語意上偏負面，指的是「缺乏信心所導致的膽怯」，這點和沒有負面意味、語氣上帶有可愛成分的 shy（害羞的）很不一樣。

聯想單字		
coward	adj. 膽小的	n. 懦夫
shy	adj. 害羞的	

tolerate

[ˋtɑləˌret]

v. 忍受；容忍，寬恕

衍 tolerance n.
寬容；忍耐
tolerable adj.
可忍受的
tolerant adj.
忍受的，寬忍的

He is the only person who understands her and is patient enough to **tolerate** her temper.

他是唯一一個能理解她、又有足夠耐心能容忍她脾氣的人。

聯想單字			
suffer	v.	遭受；受苦；生病
endure	v.	忍耐；忍受
bear	v.	承受；承擔
undergo	v.	經歷；忍受；接受

upset

[ʌpˋsɛt]

v. 使心煩意亂；使生氣

adj. 心煩的；苦惱的；生氣的

His pessimistic attitude seems to **upset** him.

他的悲觀態度似乎讓他心煩意亂。

I'm a perfectionist, and I tend to get **upset** when things go wrong.

我是一個完美主義者，當事情出錯時，我往往會感到很心煩。

初	advantage	[əd`væntɪdʒ]	n. 優點;優勢;利益
申	affection	[ə`fɛkʃən]	n. 愛慕;鍾愛
申	alert	[ə`lɝt]	adj. 警惕的;機敏的 v. 提醒;使警覺 n. 警戒;警報;警戒狀態
申	amuse	[ə`mjuz]	v. 為～提供娛樂
申	amused	[ə`mjuzd]	adj. 被逗樂的
申	amusing	[ə`mjuzɪŋ]	adj. 有趣的;引人發笑的
申	ashamed	[ə`ʃemd]	adj. 羞愧的
申	attitude	[`ætətjud]	n. 態度
申	awful	[`ɔfʊl]	adj. 可怕的
申	boast	[bost]	v. 吹牛;誇耀 n. 吹牛;大話
申	bore	[bor]	v. 使厭煩 n. 令人討厭的人事物
申	confusion	[kən`fjuʒən]	n. 困惑;慌亂的狀態
申	conscience	[`kanʃəns]	n. 良心
申	content	[kən`tɛnt]	adj. 滿意的;甘願的 v. 使滿意 n. 滿意
申	cunning	[`kʌnɪŋ]	adj. 狡猾的;奸詐的
申	curiosity	[ˌkjʊrɪ`asətɪ]	n. 好奇心

⊕	despair	[dɪ`spɛr]	v. 絕望；喪失信心 n. 絕望
⊕	discourage	[dɪs`kɝɪdʒ]	v. 使洩氣；使沮喪
⊕	disgust	[dɪs`gʌst]	v. 使作嘔 n. 厭惡，憎惡
⊕	dislike	[dɪs`laɪk]	v. 不喜愛，厭惡 n. 不喜愛，厭惡
⊕	distrust	[dɪs`trʌst]	v. 不信任，懷疑 n. 不信任，懷疑
⊕	dread	[drɛd]	v. 對～懼怕；擔心 n. 畏懼；憂慮
⊕	dreadful	[`drɛdfəl]	adj. 可怕的；糟透的
⊕	earnest	[`ɝnɪst]	adj. 誠摯的；熱心的 n. 認真；誠摯
⊕	ease	[iz]	v. 減輕 n. 容易；放鬆；緩和
初	emotion	[ɪ`moʃən]	n. 情緒
⊕	enjoyable	[ɪn`dʒɔɪəbl]	adj. 讓人樂在其中的；有樂趣的
⊕	enjoyment	[ɪn`dʒɔɪmənt]	n. 樂趣；享受
⊕	enthusiasm	[ɪn`θjuzɪˌæzəm]	n. 熱衷；熱情
⊕	excitedly	[ɪk`saɪtɪdlɪ]	adv. 興奮地；激動地
⊕	excitement	[ɪk`saɪtmənt]	n. 興奮；激動
⊕	exclaim	[ɪks`klem]	v. 呼喊；驚叫
⊕	faulty	[`fɔltɪ]	adj. 有缺點的
⊕	fierce	[fɪrs]	adj. 兇猛的；殘酷的
⊕	furious	[`fjʊərɪəs]	adj. 非常憤怒的
⊕	gifted	[`gɪftɪd]	adj. 有天賦的

	goodness	[`gʊdnɪs]	n. 良善
⊕	gracious	[`greʃəs]	adj. 親切的；和藹的
⊕	grateful	[`gretfəl]	adj. 感謝的；感激的
⊕	gratitude	[`grætə͵tjud]	n. 感激之情；感謝
⊕	guilt	[gɪlt]	n. 內疚；過失，罪
⊕	guilty	[`gɪltɪ]	adj. 有罪的；有內疚感的
⊕	hardship	[`hɑrdʃɪp]	n. 艱難，困苦
⊕	hard-working	[͵hɑrd`wɝkɪŋ]	adj. 勤勉的
初	honesty	[`ɑnɪstɪ]	n. 誠實
⊕	honorable	[`ɑnərəbl̩]	adj. 值得尊敬的，可敬的
⊕	hopeful	[`hopfəl]	adj. 抱有希望的
⊕	hopefully	[`hopfəlɪ]	adv. 抱有希望地；但願
初	humor	[`hjumə]	n. 幽默
⊕	insult	[ɪn`sʌlt]	v. 侮辱，羞辱 n. 侮辱，羞辱
⊕	jealousy	[`dʒɛləsɪ]	n. 妒忌，吃醋
⊕	keen	[kin]	adj. 熱心的；敏銳的；渴望的
⊕	kindly	[`kaɪndlɪ]	adj. 親切的；善良的 adv. 親切地；善良地
⊕	kindness	[`kaɪndnɪs]	n. 仁慈；善良
⊕	leisurely	[`liʒəlɪ]	adj. 從容不迫的；悠閒的 adv. 從容不迫地；悠閒地
⊕	lively	[`laɪvlɪ]	adj. 精力充沛的；活潑的

⊕	loneliness	[`lonlınıs]	n. 孤獨；寂寞
⊕	mercy	[`mɝsı]	n. 慈悲；憐憫；仁慈
⊕	merit	[`mɛrɪt]	n. 長處，優點
⊕	merry	[`mɛrı]	adj. 愉快的；興高采烈的
⊕	mild	[maɪld]	adj. 溫和的；溫柔的
⊕	mischief	[`mɪstʃɪf]	n. 頑皮；淘氣
⊕	miserable	[`mɪzərəbl̩]	adj. 悽慘的；悲哀的
⊕	misery	[`mɪzərɪ]	n. 痛苦；不幸；悲慘
⊕	modesty	[`mɑdɪstɪ]	n. 謙遜，謙虛
⊕	mood	[mud]	n. 心情；心境；情緒
⊕	nasty	[`næstɪ]	adj. 齷齪的，卑鄙的
⊕	odd	[ɑd]	adj. 奇特的，古怪的
⊕	panic	[`pænɪk]	v. 使恐慌 n. 恐慌；驚慌
⊕	patriotic	[ˌpetrɪ`ɑtɪk]	adj. 愛國的
⊕	peculiar	[pɪ`kjuljɚ]	adj. 奇怪的；特有的
⊕	perfection	[pɚ`fɛkʃən]	n. 完美；盡善盡美
⊕	perfectly	[`pɝfɛktlɪ]	adv. 完美地；圓滿地；完全地；絕對地
⊕	pity	[`pɪtɪ]	v. 憐憫；同情 n. 憐憫；同情
初	pleasure	[`plɛʒɚ]	n. 愉快

⊕	pride	[praɪd]	v. 使得意；以～自豪 n. 自豪；得意
⊕	pure	[pjʊr]	adj. 純粹的
⊕	rage	[redʒ]	v. 發怒；怒斥 n. 狂怒，盛怒
⊕	readily	[ˋrɛdɪlɪ]	adv. 樂意地，欣然；無困難地
⊕	restless	[ˋrɛstlɪs]	adj. 煩躁的；永不安寧的
⊕	rooster	[ˋrustɚ]	n. 雄雞；狂妄自負的人
⊕	sadden	[ˋsædn̩]	v. 使悲傷；使難過
⊕	shady	[ˋʃedɪ]	adj. 靠不住的；名聲不好的
⊕	shameful	[ˋʃemfəl]	adj. 可恥的；丟臉的
⊕	shortcoming	[ˋʃɔrtˏkʌmɪŋ]	n. 缺點；短處
⊕	short-sighted	[ˋʃɔrtˋsaɪtɪd]	adj. 目光短淺的
⊕	sincerely	[sɪnˋsɪrlɪ]	adv. 真誠地，誠懇地；由衷地
⊕	sob	[sɑb]	v. 嗚咽；啜泣 n. 嗚咽聲；啜泣聲
⊕	sorrow	[ˋsɑro]	n. 悲痛；悲哀；悲傷
⊕	spite	[spaɪt]	n. 惡意；心術不正
⊕	strict	[strɪkt]	adj. 嚴謹的；精確的
⊕	suspicion	[səˋspɪʃən]	n. 懷疑，疑心；猜疑
⊕	suspicious	[səˋspɪʃəs]	adj. 猜疑的；疑心的
⊕	tender	[ˋtɛndɚ]	adj. 溫柔的
⊕	tense	[tɛns]	adj. 緊張的；繃緊的 v. 使緊張；使繃緊

⊕	terrify	[ˋtɛrəˏfaɪ]	v. 使害怕；使恐怖
⊕	terror	[ˋtɛrə]	n. 恐怖；驚駭
⊕	thankful	[ˋθæŋkfəl]	adj. 感謝的，感激的
⊕	tire	[taɪr]	v. 使疲勞
⊕	tiresome	[ˋtaɪrsəm]	adj. 令人厭倦的
⊕	tiring	[ˋtaɪərɪŋ]	adj. 累人的，令人疲倦的
⊕	tragic	[ˋtrædʒɪk]	adj. 悲慘的，不幸的
⊕	tricky	[ˋtrɪkɪ]	adj. 狡猾的；詭計多端的
⊕	troublesome	[ˋtrʌbl̩səm]	adj. 惹麻煩的；棘手的
⊕	truthful	[ˋtruθfəl]	adj. 誠實的
⊕	unaware	[ˏʌnəˋwɛr]	adj. 未察覺到的
⊕	unbelievable	[ˏʌnbɪˋlivəbl̩]	adj. 令人難以置信的
⊕	unexpected	[ˏʌnɪkˋspɛktɪd]	adj. 超出預想的；意外的
⊕	unfriendly	[ʌnˋfrɛndlɪ]	adj. 不友好的；有敵意的
⊕	vigor	[ˋvɪgə]	n. 精力；活力
⊕	vigorous	[ˋvɪgərəs]	adj. 精力充沛的
⊕	virtue	[ˋvɝtʃu]	n. 美德；優點
⊕	warmth	[wɔrmθ]	n. 溫暖；親切
⊕	wicked	[ˋwɪkɪd]	adj. 缺德的；邪惡的
⊕	wit	[wɪt]	n. 機智；風趣
⊕	worried	[ˋwɝɪd]	adj. 擔心的；發愁的

Chapter 06　Quiz Time

一、請填入正確的對應單字。

01. 可信賴的；可靠的　　　　（　　）

02. 不情願的；勉強的　　　　（　　）

03. 體貼的；考慮周到的　　　（　　）

04. 滿意；滿足　　　　　　　（　　）

05. 努力；奮鬥　　　　　　　（　　）

A. considerate　　B. reliable　　C. strive　　D. satisfaction　　E. reluctant

二、請選出正確的答案。

01. More than half of respondents stated they would be _____ to travel once the pandemic passes.

　　A. depressed
　　B. mean
　　C. courteous
　　D. eager

02. They became _____ of her abilities and meant to prevent her from getting a chance.

　　A. envious
　　B. sympathetic
　　C. enthusiastic
　　D. ambitious

03. If your teeth are _____ to cold, it is always best to check with your dentist to find out the underlying cause.

    A. courageous
    B. persuasive
    C. sensitive
    D. innocent

04. The government is _____ to keep inflation down.

    A. frightening
    B. desperate
    C. upset
    D. awkward

05. Her remarks _____ many Koreans, Japanese and Chinese musicians.

    A. tolerated
    B. devoted
    C. offended
    D. hesitated

Chapter 07

工作

職業、
工作地點、職場

Ch07.mp3

主題單字相關實用片語

a golden handshake	大筆的退休金
a tall order	難以做到的事情
be up to the mark	達到標準
butter sb up	奉承（某人）；拍（某人）的馬屁
carry the can	承擔責任；揹黑鍋
cash cow	搖錢樹；最賺錢的商品
cut corners	偷工減料；走捷徑
down the drain	（努力或成果等）付諸流水
glass ceiling	玻璃天花板（阻礙升遷的無形障礙）
go back to the drawing board	（失敗後）重新開始；從頭再來
go the extra mile	付出超乎期望的努力
lay sb off	解僱（某人）
learn/know the ropes	學會（做某事的）訣竅
out of work	失業
pass the buck	推卸責任
pull your weight	做好分內的工作，盡責工作
sit on the fence	觀望而遲遲不做決定
sweat blood	拚命工作
the big picture	一個事件或情境的全貌
work one's fingers to the bone	長時間拚命工作

ability

[ə`bɪlətɪ]
n. 能力;才能

衍 able adj. 能夠
的;可以的
enable v. 使能夠
disable v. 使無
能;使殘疾
disability n. 無
能;殘疾
capable adj. 能夠
做~的;有能力的
capability n. 能
力;才能;性能

初 People with good social skills have the **ability** to interact well with others.
具有良好社交技巧的人有能力和他人進行良好互動。

❶ Point 重點 ·····
例句中出現的 **the ability to...（有~的能力）**是很常出現的表達方式,請務必記得 **ability 的後方搭配使用的是 to＋原形動詞**。

⇨ For many people, having **the ability to** drive a car means freedom and independence.
對許多人來說,有能力開車就意味著自由和獨立。

另外,ability 如果當成**字尾 -ability**,表示的是「**能力**」或「**可能性**」,例如衍生字中出現的 capability、disability。

| 聯想單字 | skill | n. 技術;技能 |
| | technique | n. 技術 |

advice

[əd`vaɪs]
n. 勸告;建議

衍 advise v. 勸告;
忠告
adviser n. 顧問;
勸告者;指導教授
advisory adj. 顧
問的;勸告的
advisable adj. 適
當的;明智的

同 suggestion n. 建
議;暗示
recommendation
n. 推薦;建議

初 Could you give me some **advice** on how to start a business?
可以請你給我一些關於如何創業的建議嗎?

❶ Point 重點 ·····
advice 是**不可數名詞**,所以前面不能用 a,但可以用 **a piece of** advice（一**個**建議）、**some** advice（一**些**建議）來表達 advice 的數量。

名詞 advice 和**動詞 advise**,在拼字上只差一個字,使用時小心別拼錯了,另外,動詞 advise 的後面常搭配 **to ＋原形動詞**。

⇨ My fitness trainer **advised** me **to keep** eating a balanced diet.
我的健身教練建議我保持均衡飲食。

字義都是「建議」的 **advise**、**suggest**、**recommend** 在用法上大不相同，使用時一定要特別注意。

advise 的語氣最強烈，多半為提供「專業的建議或勸告」，且提出建議或勸告的人通常是上司、老師、醫師等較具權威的角色，**具有警告的意味。**

suggest 的語氣強烈程度適中，可在提供一般建議時使用。

recommend 的語氣最弱，可在提供一般建議時使用，且提供的建議通常都帶有好處，所以有著「**推薦**」的意味，例如推薦好餐廳、好吃的食物等等。

agent

[`edʒənt]
n. 代理人；仲介；
專員

衍 agency n. 代理機構；局，處

If you have any questions or need any further information, please contact our **agent**.

如果您有任何問題或需要進一步的資訊，請聯繫我們的專員。

❶ Point 重點 ·····································

agent 指的是「**人**」，例如代理人、專員、仲介等等，而 **agency** 指的是「**機構**」，如代理機構、仲介公司等等，有時單字題會同時出現 agent 和 agency，小心不要搞混了。

聯想單字		
bureau	n.	事務處；（政府機構的）局
commission	n.	佣金　v. 委託
estate agent	n.	房地產經紀人
free agent	n.	自由球員
secret agent	n.	特務；間諜
travel agency	n.	旅行社
exclusive/sole agency	n.	獨家代理商

amateur

[`æməˌtʃʊr]

n. 業餘愛好者;外行人

adj. 業餘的;外行的;不熟練的

反 professional adj. 職業的 n. 專家; 職業選手
expert adj. 專門的;熟練的 n. 專家

The competition is open to both **amateurs** and professionals who have a passion for photography.
熱愛攝影的業餘和專業人士都可以參加這場競賽。

I believe that every professional writer was once an **amateur** writer, who wrote only for the love of writing.
我認為每個職業作家都曾是業餘作家,只是因為熱愛寫作而寫。

聯想單字		
beginner	n.	初學者;新手
newcomer	n.	新來的人;新手
rookie	n.	新手,菜鳥
veteran	n.	老手

analyst

[`ænlˌɪst]

n. 分析者

衍 analyze v. 分析
analysis n. 分析

A financial **analyst** is someone who researches financial data to help companies make decisions about investments.
金融分析師負責研究金融數據,幫助公司做出投資決策。

❶ Point 重點 ....
動詞的「分析」是 **analyze** [`ænlˌaɪz],**名詞**則是 **analysis** [ə`næləsɪs],兩者不僅字尾不同,**發音的重音也不同**,必須特別留意。

聯想單字		
scientist	n.	科學家
consultant	n.	顧問
economist	n.	經濟學家

appointment

[ə`pɔɪntmənt]
n.（正式的）會
面；（會面的）約
定；指派，任命

衍 appoint v. 任命；
指派；約定（會
面）

Have you made an **appointment** with the dentist yet?
你和牙醫約診了嗎？

❶ Point 重點 ·····································
在想要表達「**敲定或安排會面**」時，最常用的動詞是
make（做～）、**schedule**（排定時間）、**set up**（建
立）、**arrange**（安排），後面接 an appointment（一
個會面），別忘了 appointment 是可數名詞，**前面必須
要加上 an 或 the**。另外，表達「**透過預約**」的 **by
appointment**，也是經常看到的用法，請一起記下來。
⇨ It is highly recommended to **make an
appointment** in advance.
強烈建議事先預約。
The spa is open for massage **by appointment**
only.
這間 spa 提供的按摩只能透過預約進行。

appointment 和聯想單字中的 **reservation** 在意義上
看似相同，不過兩者在使用情境上其實還是有一點不
同，使用時須特別注意。

appointment 通常用於較「**正式**」的預約，例如看
診、商業會晤等等。
⇨ Hello, I would like to make an **appointment** with
Dr. Logan.
你好，我想預約 Logan 醫生的門診。

reservation 則常用在較「**休閒**」的情況，例如訂
餐廳、訂飯店房間等等。
⇨ Did you remember to make a **reservation** for
our Valentine's Day dinner?
你有記得訂我們的情人節晚餐嗎？

聯想單字		
reservation	n.	預約
conference	n.	（正式）會議
convention	n.	大會
client	n.	顧客，客戶
commercial	adj.	商業的，商務的

approval

[ə`pruvl]

n. 批准；認可；贊同

衍 approve v. 批准；認可；贊同

同 permission n. 允許；許可

反 disapproval n. 不贊成；不准許

Children are always seeking **approval** from their parents and peers.
小孩子總是在尋求父母和同儕的認可。

❶ Point 重點 ......

approve of...（贊同～）是很常用的片語，of 後面會接「贊同的事物」。

⇨ You may not **approve of** what they did, but they're still your family.
你可能不贊同他們所做的事，但他們仍然是你的家人。

approval 的**動詞 approve** 和聯想單字的 **admit**、**allow**、**permit** 都有著「准許」的意思，但使用情境不完全相同。

admit 是「准許進入」。

⇨ Only ticket-holders are **admitted**.
只有有票的人才可以入場。

allow 是使用情境最普遍的「允許」。

⇨ Passengers are not **allowed** to smoke.
乘客不得吸菸。

permit 是「上對下的允許、批准」。

⇨ Employees are **permitted** to use their personal phones in case of emergency.
員工被准許在緊急情況下使用私人手機。

聯想單字		
admit	v.	准許進入；承認
allow	v.	准許
permit	v.	准許

assign

[ə`saɪn]
v. 分配；分派

衍 assignment n. 任務；工作；作業

同 appoint v. 任命；指派；約定（會面）

A team of detectives has been **assigned** to the case.
一組警探被分配到了這個案子。

聯想單字			
delegate	v.	委派～為代表	n. 代表；代表團團員
name	v.	提名；任命	

branch

[bræntʃ]
n. 分公司；分店；分部；樹枝

The bank is going to open a new **branch** in the Philippines in the second half of the current year.
該銀行將於今年下半年在菲律賓開設一家新分行。

聯想單字		
company	n.	公司
corporation	n.	（股份）公司；大公司
firm	n.	公司；事務所
headquarters	n.	總部；總公司
parent company	n.	母公司
subsidiary	n.	子公司
institution	n.	機構
office	n.	辦公室；辦事處

bribe

[braɪb]
n. 賄賂
v. 行賄

衍 bribery n. 賄賂
briber n. 行賄者

The politician was caught red-handed while accepting the **bribe**.
這名政治人物在接受賄賂時被逮個正著。

Some corrupt officials were **bribed** to approve the shoddy construction work.
某些腐敗的官員接受賄賂，批准了劣質的建築工程。

聯想單字		
corruption	n.	貪腐
corrupt	v.	使腐敗；賄賂　adj. 貪汙的；腐敗的

candidate

['kændədet]

n. 候選人；應徵者

We interviewed some very strong **candidates** for the new administrator role, and the last one stood out.

我們為新的主管職面試了一些非常有實力的應徵者，而最後一位最為突出。

聯想單字	nominee	n.	被提名的人
	applicant	n.	申請人
	vacant	adj.	空的；（職位）空缺的

capable

['kepəbl]

adj. 有～的能力；
能夠～的；能幹的

衍 capability n.
能力；才能

同 competent adj.
有能力的；能幹的

反 unable adj.
不能的；不會的
incapable adj.
不能勝任的；不會的；不能的

The company is looking for a secretary who is highly-motivated and **capable** of dealing with high pressure and challenging situations.

這間公司正在尋找一位個性積極、能夠面度高壓和具挑戰性情境的祕書。

❶ Point 重點 ······

capable 最常見的用法是 **be capable of**（有能力做～；可以～的），of 之後接能夠做到的事項。

⇨ My supervisor **is capable of** inspiring and motivating others.
我的主管能夠啟發和激勵他人。

ability、**capability** 和 **capacity** 在英文裡都是「能力」的意思，但它們在語意上仍稍有不同，使用時請特別注意。

ability 指「**先天的才能**」或「**後天習得的能力**」，後方搭配使用的是 **to＋原形動詞**。

⇨ My brother has **the ability to** speak three languages fluently.
我哥哥能夠流利地說三種語言。

capability 和 ability 的意思相近，兩者可交替使用，capability 也可指「**某能力的最大值**」或「**尚未發揮出來的潛力**」，後面會先接 **of** 再接能夠做到的事項。

⇨ I believe everyone has the **capability of** being a leader.
我相信每個人都有擔任領導者的能力。

capacity 指的是「**包容能力**」或「**接受能力**」，且有著「容量」的意思，後面接的是 **for**。

⇒ He has a great **capacity for** hard work.
他非常能吃苦。

聯想單字		
ability	n.	能力
capacity	n.	容量；能力，才能
talent	n.	天賦

complain

[kəm`plen]
v. 抱怨

衍 complaint n. 抱怨；怨言；控告

A customer **complained** that their order hadn't arrived on time.
一位客人抱怨他們訂購的東西沒有準時送達。

聯想單字		
dispute	n.	爭議 v. 爭論；爭議
murmur	n.	低語；低聲抱怨 v. 小聲說話；抱怨
grumble	n.	怨言 v. 抱怨；發牢騷

conduct

[kən`dʌkt]
v. 引導；處理；指揮
n. 行為；品行

The department is **conducting** a survey of employees with children in kindergarten through sixth grade.
該部門正在對有從幼稚園到六年級孩子的員工進行調查。

You should contact law enforcement authorities when criminal **conduct** occurs.
當犯罪行為發生時，你應該聯繫執法機構。

❶ Point 重點 ···
雖然字義同樣都是「行為」，然而 **conduct** 是**比較正式**的用字，且多指「**內在的道德品行**」，而不管正不正式都可以用的 **behavior** 則多指「**外在的行為舉止**」。

聯想單字		
behavior	n.	行為
manner	n.	方式；舉止；禮貌（恆複數）

consultant

[kən`sʌltənt]
n. 顧問；諮詢者

衍 consult v.
商議；諮詢
consultation n.
商議；諮詢

同 adviser n.
顧問；勸告者；
指導教授

⊕ Many health experts and fitness **consultants** advise people to drink plenty of water each day.
許多健康專家和健身顧問建議人們每天要喝充足的水。

cooperate

[ko`ɑpə,ret]
v. 合作；配合

衍 cooperation n.
合作
cooperative adj.
合作的
cooperatively adv.
合作地

同 collaborate v.
合作

⊕ We have to **cooperate** with team members in foreign countries.
我們必須和國外的團隊成員合作。

❶ Point 重點 ···
例句中出現的 **cooperate with**（與～合作）是 cooperate 最常見的使用方式，請一定要記住。

字首 co- 是「一起、共同」的意思，**operate** 則是「**運作；營運；開刀**」，組合起來就是「**合作；配合**」的意思，另外，cooperate 和 corporate（n. 公司 adj. 公司的）長得有點像，小心不要搞混了。

cooperate vs. **collaborate** vs. **coordinate**
cooperate 是「單純的合作、配合對方」，各取所需。
⇨ Thank you for your **cooperation**!
感謝您的配合！

collaborate 是「不分彼此的合作」，為了達到目標而共同奮鬥。
⇨ We can **collaborate** with each other to make this project successful.
我們可以彼此合作，來讓這項計畫成功。

coordinate 的意思是「透過協調來讓所有環節都能流暢運作」。
⇨ We need someone to **coordinate** the whole campaign.
我們需要有人來協調這整個宣傳活動。

criticize
[ˋkrɪtɪˌsaɪz]
v. 批評；批判

衍 criticism n.
　批評；評論

反 praise v./n. 讚美

The government is being widely **criticized** for responding too slowly and too clumsily to the disaster.
政府因為對這次災難的反應太慢又太笨拙而廣受批評。

❶ Point 重點 ……………………………………………………
being criticized for... 因～遭到批評

department
[dɪˋpɑrtmənt]
n. 部門；（大學的）系

同 division n. 部門

The accounting **department** is also responsible for producing end-of-the-year financial statements.
會計部門也負責製作年終財務報表。

❶ Point 重點 ……………………………………………………
公司內部編制的各種部門名稱，經常會出現在各式測驗之中，這裡補充一些常見的部門說法，一併記起來吧！

Human Resources Department 人力資源部
Personnel Department 人事部
Accounting Department 會計部
General Affairs Department 總務部
Advertising Department 廣告部
Marketing Department 行銷部
Sales Department 銷售部
Research and Development (R&D) Department 研發部

聯想單字		
department store	n.	百貨公司
branch	n.	分公司；分店
bureau	n.	局；辦事處
authority	n.	管理機構；權威

disappointed

[ˌdɪsəˈpɔɪntɪd]
adj. 感到失望的；
感到沮喪的

衍 disappoint
　　v. 使失望
　　disappointedly
　　adv. 失望地
　　disappointment
　　n.失望；令人失
　　望的人事物

同 dissatisfied adj.
　感到不滿意的

反 satisfied adj. 感
　到滿意的

The couple was **disappointed** with the service and quality of food, so they made a complaint to the restaurant owner.
這對夫婦對服務和餐點的品質感到失望，所以他們向餐廳老闆提出了抱怨。

❶ Point 重點 ·······························
disappointed 的後面可加 **at/about/in/with** 等等介系詞，用來表達「**對～感到失望**」。

聯想單字	let down	phr.	令人失望
	displeased	adj.	不開心的
	frustrated	adj.	感到挫敗的
	expect	v.	預期；期盼
	expectation	n.	期盼；希望
	result	n.	結果　v. 發生

dismiss

[dɪsˈmɪs]
v. 解散；開除

衍 dismissal n.
　解散；解僱

He was **dismissed** from his job for being repeatedly late for work.
他因為上班老是遲到而被解僱了。

❶ Point 重點 ·······························
和 dismiss 意思相近的片語 **lay sb off**（或寫成 **lay off sb**）也很常出現，用來表示「**解僱某人**」。

聯想單字	resign	v.	辭職
	discontinue	v.	停止，中斷
	leave	v.	離開　n. 休假
	quit	v.	離開；放棄；停止

efficient

[ɪˋfɪʃənt]
adj. 效率高的

衍 efficiency n.
效率
efficiently adv.
效率高地

反 inefficient adj.
沒效率的；不稱
職的

⊕ According to the survey, employees are less productive and **efficient** when working from home.
根據調查，員工在家工作時的生產力和效率較差。

❶ Point 重點 ···

efficient（有效率的）和聯想單字中的 **effective**（有效果的）很常一起出現，也很容易搞混，所以使用時一定要小心分辨。

efficient 是「有效率的」，著重在「**速度和時間**」，可以指「系統或機器的效率高」或是「人做事有效率」。
⇒ We provide friendly and **efficient** service and our prices are always competitive.
我們提供友善又有效率的服務，且價格一向相當具有競爭力。

effective 是「有效的」，著重在「**效果**」，也可用來表示「法律生效」，**只能描述「事物」**，例如：
⇒ This is the most **effective** medicine I have used.
這是我用過最有效的藥。
Her advice was **effective** and her coworker's work performance improved dramatically.
她的建議很有用，讓她同事的工作表現大大改善。

聯想單字		
productive	adj.	富有成效的
effective	adj.	有效果的
fruitful	adj.	富有成效的
accomplishment	n.	成就
achievement	n.	成就；達成
success	n.	成功；成就

employee

[ˌɛmplɔɪˈi]
n. 員工

衍 employ v. 僱用
employer n. 僱主
employment
n. 僱用；工作
unemployment
n. 失業

同 personnel n.
人事；（全體）
員工
staff n. 全體員
工；全體工作人員

The number of **employees** in the start-up has doubled in the last two years.
這家新創公司的員工人數在過去兩年中翻了一倍。

❶ Point 重點 ⋯⋯⋯⋯⋯⋯⋯⋯⋯⋯⋯⋯⋯⋯⋯⋯⋯⋯⋯⋯⋯⋯⋯⋯⋯⋯⋯⋯⋯⋯⋯
這裡補充一些與「**上下班**」有關的常見表達方式，這類表達常出現在與職場主題相關的文章中，請一併記住。

go to work/the office 上班
get off (work) 下班
leave the office 下班
I am off now. / I am leaving now. 我要下班了。
clock in (punch in) 上班打卡
clock out (punch out) 下班打卡
work overtime 加班
fill in for / cover for someone 代理某人的職務
go on a business trip 出差
go on a vacation 休假
take a day off 請一天假

聯想單字			
workforce	n.	勞動力；勞動人口	
worker	n.	工人；工作者	
labor	n.	勞工	v. 勞動；努力
hire	v.	僱用	
salary	n.	薪資（月薪或年薪）	
wage	n.	薪資（時薪或日薪）	
colleague	n.	同事	
coworker	n.	同事	

enterprise

[ˋɛntɚˏpraɪz]
n. 企業；冒險精神

衍 enterpriser n.
企業家

The government has set up a special economic zone to promote the development of private **enterprise**.
政府設立了經濟特區，以促進民營企業發展。

❶ Point 重點 ·····························
在英文中，常常用來指稱「**公司，企業**」的單字有 **company**、**corporation**、**enterprise** 和 **firm**，這裡來介紹一下它們之間有何不同。

company 的用途較廣，只要是「**商業性質的公司**」都可叫做 company。

corporation 指的是「**集團公司，大公司**」。

enterprise 常用來指「**一般規模的企業**」。

firm 可以是小公司也可以是大公司，也包含「**事務所**」的概念。

聯想單字		
private enterprise	n.	私人企業；民營企業
small and medium enterprise	n.	中小企業
joint venture enterprise	n.	合資企業
entrepreneur	n.	企業家
entrepreneurship	n.	企業家精神

equip

[ɪˋkwɪp]
v. 裝備；配備；賦予

衍 equipment n.
設備（不可數）

The soldiers are **equipped** with steel helmets and rifles.
士兵們配備有鋼盔和步槍。

❶ Point 重點 ·····························
equip with... 配備有～

executive

[ɪgˈzɛkjʊtɪv]

adj. 執行的；行政上的

n. 行政主管；高階主管

衍 execute v.
實施；執行
execution n.
執行；履行

To broaden his **executive** skill base, he attended several courses.

為了增強執行能力，他參加了幾門課程。

He is a senior **executive** with over 10 years of corporate management and marketing experience.

他是資深行政主管，擁有超過 10 年的企業管理和行銷經驗。

聯想單字		
Chief Executive Officer (CEO)	n.	執行長
administration	n.	管理；行政；行政部門
administrator	n.	管理人員

expansion

[ɪkˈspænʃən]

n. 擴展；擴張

衍 expand v.
擴展；擴張
expansive adj.
廣闊的；廣泛的

A company's **expansion** plans will have a positive impact on its stocks.

公司的擴張計畫將會對其股票產生正面影響。

❶ Point 重點 ······································

expand one's horizon 拓展（某人的）眼界

⇒ Many students aspire to study abroad to **expand their horizons** and step out of their comfort zones.

許多學生渴望出國留學以拓展眼界並踏出舒適圈。

explorer

[ɪkˈsplorɚ]

n. 探險家；考察者

衍 explore v.
探索；仔細研究
exploration n.
勘查；探索

The **explorer** Columbus made four trips across the Atlantic Ocean from Spain.

探險家哥倫布從西班牙橫渡了大西洋四次。

facility

[fəˋsɪlətɪ]
n. 設施；（有特定
用途的）場所；能
力

衍 facilitate v. 促進

 Many sports **facilities** in the city are run by non-profit organizations and volunteers.
該市的許多體育設施都是由非營利組織和志願者來經營的。

> 聯想單字
>
> equipment   n. 設備

flatter

[ˋflætɚ]
v. 奉承；討好

衍 flattering adj.
奉承的
flattery n.
阿諛之辭
flatterer n.
阿諛奉承者

 He **flattered** his boss constantly to get a promotion.
他一直拍他老闆的馬屁以獲得升遷。

❶ Point 重點 ………………………………………………………
除了 flatter 之外，英文裡有很多跟「拍馬屁」相關的表達方式，一起來看看吧！

表達「**拍馬屁**」的**動詞**
⇨ soft-soap   brown-nose

表達「**馬屁精**」的**名詞**
⇨ brownnoser   apple-polisher   bootlicker

表達「**拍馬屁**」的**片語**
⇨ butter up   suck up
kiss up to   kiss ass

> 聯想單字
>
> vain   adj.   愛虛榮的；徒然的
> vanity   n.   虛榮；自負

impress

[ɪmˋprɛs]
v. 給～留下深刻印
象

衍 impression n.
印象
impressive adj.
讓人印象深刻的

 I was **impressed** by the beautiful scenery and had very nice memories of the trip.
美麗的風景讓我印象深刻，且留下了非常美好的旅行回憶。

> 聯想單字
>
> first impression   n.   第一印象
> strong impression   n.   強烈印象
> good/bad impression   n.   好／壞印象

license

[`laɪsn̩s]

[英] licence

n. 許可證;執照;牌照

v. 發許可證

If you're going to provide child care services, you will need to get a **license** before opening.

如果您要提供托兒服務,則需要在開業前取得許可證。

A total of four companies have been **licensed** to provide taxi services in the city.

共有四家公司獲准在該市提供計程車服務。

❶ Point 重點 ···

license 的字義和聯想單字中出現的 certificate 及 permit 很相似,且在許多情境之中難以區分究竟要用哪個字,以下簡單說明三個字之間的差異。

license 指的是「**從業許可證、執照**」等,例如 driver's license(駕照)、medical license(醫療執照)。

certificate 指的是「**證明;證書;證照**」等,例如 birth certificate(出生證明)、death certificate(死亡證明)、TOEIC Certificate(多益證書)、graduate certificate(畢業證書)。

permit 指的是「**許可;許可證**」,特別用來表示暫時允許做某事,例如 hunting permit(狩獵許可)、fishing permit(釣魚許可)等等。

聯想單字		
driver's license	n.	駕照
certificate	n.	證照;檢定
permit	n.	許可證;執照

manage

[`mænɪdʒ]

v. 管理;處理;設法做到

Not every individual is capable of **managing** the stress at work.

不是每個人都能夠處理工作上的壓力。

衍 manager n. 主管；經理；經紀人
management n. 管理；管理階層；經營手段

同 handle v. 處置 n. 把手
deal with phr. 處理～；應付～

❶ Point 重點 ·····························

manage to 是最常見的 manage 用法，表達「**設法成功完成某事**」，特別要注意的是，這裡所**完成的是「很難做到的事」，且最終結果是「成功的」**，所以如果是簡單而能輕易完成的事，或是最終以失敗收場，則都不能使用 manage to。
⇨ We **managed to** arrive on time.
我們終於準時到達了。

manufacture 中

[ˌmænjəˋfæktʃɚ]
v.（工廠大量）製造
n. 製造；製品（恆複數）

衍 manufacturer n. 製造業者；廠商
manufacturing n. 製造業

TSMC **manufactures** chip components for semiconductor firms around the world.
台積電為世界各地的半導體公司製造晶片零件。

Buyers will receive discounts when they purchase large quantities of goods for **manufacture** or resale.
買家在購買大量用於製造或轉售的商品時會獲得折扣。

❶ Point 重點 ·····························

manufacture vs. **produce**
manufacture 通常指「**大規模、大量**」的生產、加工和製作。
⇨ The factory **manufactures** electrical components.
這間工廠生產電子零件。

produce 著重於「**生產情況及產量**」，不強調生產過程及規模。
⇨ The factory **produces** about ten paintings and ten sculptures a year.
這間工廠一年生產十幅畫和十件雕塑。

聯想單字		
produce	v.	生產；出產；製造
producer	n.	生產商；供應商；製作人
factory	n.	工廠
goods	n.	商品；貨物

negotiate

[nɪˋgoʃɪˌet]

v. 談判；協商

衍 negotiation n. 談判；協商
negotiator n. 協商者；交涉者

The strikers refused to **negotiate** with government representatives.

罷工者拒絕與政府代表談判。

聯想單字			
bargain	v.	討價還價；（在談判後）達成協議
	n.	（談判後達成的）協議；特價商品
compromise	v.	妥協；讓步　n. 妥協
discuss	v.	討論
debate	v.	爭論

occupation

[ˌɑkjəˋpeʃən]

n. 工作；職業；占領；占用

衍 occupy v. 占領；占據；占用
occupational adj. 職業的；占領的

同 employment n. 職業；工作

Construction is a dangerous **occupation**, and construction sites are full of hazards that can lead to accidents.

建設工程是很危險的工作，且工地充斥著會導致意外發生的危機。

❶ Point 重點 ···

在有關「職業」主題的文章中，經常會出現 job、occupation、career 這三個字，甚至有時也會有混用的情形，不過它們之間仍然有著差異，因此不能完全相互替代使用，而必須透過上下文來選擇最恰當的單字。

job 指的是「**工作內容**」，所以不能用 job 來表達「職稱」而是要說出「具體工作內容」。

⇒ My job is a teacher.（**X**）
我的工作是**老師**。
My job is teaching English.（**O**）
我的工作是**教英文**。

occupation 和 job 的意思差不多，但用法比 job 更正式，指的是「**職業、工作性質或類型**」。比如說，你的職業（occupation）是 teacher，後來到別的學校教書，那麼你的工作內容是新的（get a new job），但你的職業（occupation）仍然沒變。

⇒ He gave up on his **occupation** as a full-time writer.
他放棄了全職作家的工作。

career 指的是由人生中做過的各種工作內容及職業所組合而成的「**規劃性的事業，長期的職業生涯**」。

⇨ She chose to retire at the peak of her singing **career**.

她選擇在歌唱生涯巔峰時期引退。

oppose
[ə`poz]
v. 反對；反抗

⊕ The locals are **opposed** to the expansion of the landfill because they are concerned about the possible health risks from the facility.

當地人反對擴建垃圾掩埋場，因為他們擔心該設施對他們健康的潛在風險。

❶ Point 重點 ···

oppose 有兩種用法，用來表示「**反對某事物**」：

oppose + N/Ving

⇨ Many people **oppose** the death penalty because they believe that it is not an effective way to reduce crime.

許多人反對死刑，因為他們認為這不是減少犯罪的有效方法。

be opposed to/against + N/Ving

（這裡的 to 是介系詞，後面須加名詞或動名詞）

⇨ They **are opposed to** cooperating with the other team.

他們反對和另一隊合作。

另外，也可以用 **object to** 表示「反對」。

⇨ I **object to** your ridiculous proposal.

我反對你荒謬的提議。

聯想單字		
resist	v.	拒絕；抗拒
fight	v.	對抗；搏鬥
reject	v.	拒絕；駁回

owner

[ˋonɚ]
n. 業主；所有人

衍 own v. 擁有
    adj. 自己的

初 After posting the dog's information on social media, they finally found the dog's **owner**.
在把狗狗的資訊張貼到社群媒體後，他們終於找到了狗主人。

promote

[prəˋmot]
v. 晉升；促進；宣傳

衍 promotion n. 提升；晉升；促銷活動

反 demote v. 降級

中 One of our colleagues has been **promoted** to manager of the marketing department.
我們其中一位同事已被升為行銷部的經理。

聯想單字		
facilitate	v.	促進
campaign	n.	宣傳活動
marketing	n.	行銷
sales	n.	銷售（額） adj. 銷售的

propose

[prəˋpoz]
v. 提議；求婚

衍 proposal n. 提議；提案；求婚

反 reject v. 拒絕；駁回
    refuse v. 拒絕

中 I **propose** that we discuss this at the next meeting.
我提議我們在下次會議上討論這件事。

❶ Point 重點 ･････････････････････････････････
當要表達「**提議做某事**」時，最常見的表達方式是 **propose doing sth**，在 propose 後面出現的動詞必須用 Ving。
⇨ They **propose** providing low-income households with transport subsidies.
他們提議為低收入戶提供交通補助。

另外，有一個跟 propose 長得很像的字，就是**名詞的 purpose**（目的），小心不要搞混了～

qualified

[ˋkwɑləˏfaɪd]
adj. 合格的；勝任的

中 Your resumé and supporting documentation will be used to determine if you are **qualified** for this job.
你的履歷表和證明文件將會被用來判定你是否勝任這份工作。

衍 qualify v. 使合格；取得資格
qualification n. 資格；資格證書

同 eligible adj. 有資格的

反 unqualified adj. 不合格的；無法勝任的

❶ Point 重點 ‥‥‥‥‥‥‥‥‥‥‥‥‥‥‥‥‥‥‥‥‥‥‥‥‥‥‥‥

qualified to V 有資格做～
⇨ I'm not **qualified to** judge their performance.
我沒有資格去評價他們的表現。

qualified for N 有～的資格
⇨ The team has **qualified for** the semifinals.
這支隊伍已經晉級準決賽了。

---

resign

[rɪ`zaɪn]
v. 辭職；放棄

衍 resignation n. 辭職；放棄；辭呈

He **resigned** from his job as principal of the school.
他辭去了學校校長的職務。

❶ Point 重點 ‥‥‥‥‥‥‥‥‥‥‥‥‥‥‥‥‥‥‥‥‥‥‥‥‥‥‥‥
在英文裡「辭職」、「離職」的說法有很多，下面介紹幾種最常見的說法。

resign from 從～辭職
⇨ He **resigned from** the law firm last month.
他上個月從法律事務所辭職了。

quit 辭去（較口語而不正式）
⇨ She plans to **quit** her job and move to another city.
她打算辭掉工作，然後搬去另一個城市。

leave the company 離職，離開公司
⇨ He **left the company** due to differences of opinion about the team's future direction.
由於對團隊未來方向的意見分歧，他離開了公司。

leave office 卸任（特別用來指高官的離職，office 的前面不加 the）
⇨ The minister will **leave office** next month.
部長將於下個月卸任。

聯想單字		
quit	v.	離開；退出；辭去
minister	n.	部長；大臣
official	n.	公務員；官員

responsibility

[rɪˌspɑnsəˈbɪlətɪ]
n. 責任

衍 responsible adj.
須負責任的；認
真負責的

It is the **responsibility** of the police to protect and ensure the well-being of the people.
警察的責任是保護和確保民眾的福祉。

❶ Point 重點 ··

responsible for... 負責～
⇨ The sales department is **responsible for** the customer satisfaction investigation.
銷售部門負責顧客滿意度調查。

take responsibility for... 對～負起責任
⇨ You should **take responsibility for** the consequences of your actions.
你應該對你的行為所造成的後果負起責任。

聯想單字		
a sense of responsibility	n.	責任感
duty	n.	責任；義務
obligation	n.	義務

rival

[ˈraɪvl]
n. 競爭者；對手
v. 與～競爭；比得
上

衍 rivalry n. 競爭；
競爭意識

He became a national hero after defeating his **rival** and won a gold medal.
在擊敗對手並贏得金牌後，他成為了國民英雄。

The two athletes have **rivaled** each other for the title of world's best soccer player for the last decade.
在過去的十年裡，這兩位運動員一直在互相競爭世界最佳足球員的頭銜。

聯想單字		
compete	v.	競爭；對抗
competitor	n.	競爭者；對手
competition	n.	競爭；競賽
opponent	n.	對手　adj. 對立的；敵對的
match	n.	對手；比賽　v. 較量；和～相配
enemy	n.	敵人

schedule

[`skɛdʒʊl]

n. 行程表；時刻表；清單

v. 安排～的時間；預定

衍 reschedule v. 重新安排～的時間

More information and a detailed **schedule** are available on our official website.
我們的官方網站上有更多資訊和詳細的行程表。

Morning meetings are **scheduled** to take place from 10 a.m. to 12 p.m.
早會預定於上午 10 點至中午 12 點舉行。

❶ Point 重點 ··········
我們可以把 schedule 想成一條規劃好什麼時間要做什麼事的進度時間軸，並以此來理解下面這三個很常見的片語，那麼就會好記多了。

ahead of schedule 進度提前（在預期進度的前面）
⇨ They completed the work **ahead of schedule** and under budget.
他們在預算內提前完成了工作。

on schedule 按照進度（在預期進度的上面）
⇨ Construction is **on schedule** and expected to be finished by this fall.
工程正按進度進行中，預期會在今年秋天以前完工。

behind schedule 進度落後（在預期進度的後面）
⇨ We arrived at our destination two hours **behind schedule**.
我們比預定時間晚了兩個小時抵達目的地。

聯想單字		
plan	n.	計畫；方案　v. 規劃；打算
calendar	n.	日曆；行事曆　v. 把～加入行事曆
timetable	n.	（火車等的）時刻表；時間表
agenda	n.	議程
timeline	n.	時間軸

specialized

[ˈspɛʃəlˌaɪzd]

adj. 專門的；專業的

衍 specialize v.
專攻；專門從事
specialization n.
專業化；專業範
疇
special adj.
特別的；專門的
specialty n.
專業；專長；特產

This center provides **specialized** care for elderly patients with chronic conditions.
這座中心為患有慢性病的老年患者提供專業護理。

❶ Point 重點 ····························
衍生字 specialize 也是很常出現在各大考試之中的字，最常使用的表達方式是 **specialize in**（**專攻～；專門從事～**）。
⇒ My friend suggested to me that I should find a lawyer who **specializes in** divorce cases.
我的朋友建議我應該要找一個專門處理離婚案件的律師。

stock

[stɑk]

n. 庫存品；存貨；
股票；股份
v. 備貨；補貨

衍 stockholder n.
股東

The furniture store sells its old **stock** at a very cheap price.
這間家具行以非常便宜的價格出售舊庫存。

This large supermarket **stocks** a wide range of American canned and frozen foods.
這家大型超市備有各式各樣的美國罐頭和冷凍食品。

❶ Point 重點 ····························
in stock 有現貨或存貨
⇒ Do you have this coat **in stock**?
這件大衣有現貨嗎？

out of stock 缺貨
⇒ This item is **out of stock**. We will ship your order as soon as the item is back in stock.
這件商品現在缺貨。我們一有貨就會立刻出貨給您。

take stock of 全面盤點；整體評估
⇒ It's December again and time to look back and **take stock of** the last 12 months.
又到 12 月了，是時候回頭看看過去這 12 個月的情況了。

聯想單字			
share	n. 股份；份額	v. 分享	
store	v. 存放；保管	n. 店鋪	
stock market	n. 股票市場		

strategy

[`strætədʒɪ]
n. 戰略；策略；對
策

衍 strategic adj.
戰略的
（ = strategical ）

Our business **strategy** is to work closely with business partners for long term relationships.
我們的商業策略是與商業夥伴密切合作以建立長期關係。

❶ Point 重點 ··
strategy 和聯想單字中出現的 tactic，若單看中文字義，很容易以為它們是同義字，然而 **strategy** 指的是「**長時間的策略或戰略**」，像 strategy 這種策略或戰略，通常需要很長一段時間來規劃，並制定出詳細的實行計畫，才能成功實現。

⇨ It is important to choose a marketing **strategy** to meet the long-term objectives of the company.
為達成公司的長期目標，選擇行銷策略是很重要的事。

另一方面，**tactic**（或**複數形 tactics**）指的是「**短時間的戰略或戰術**」，這種戰略或戰術是為了在短時間內解決特定問題而規劃出來的手段或行動，這也是為什麼警察裡的特戰部隊（SWAT）名稱裡使用的是 tactics 而不是 strategy。

⇨ Players need to discuss and agree on **tactics** before the game.
球員們必須在賽前討論並就戰術達成一致意見。

聯想單字			
partnership	n.	合夥關係	
plan	v.	規劃	n. 計畫
tactic	n.	戰略；戰術	
enforce	v.	實施	

supervisor

[ˌsupɚˈvaɪzɚ]

n. 監督人；管理人；指導者；主管

衍 supervise v. 監督；管理；指導

Remember to get your **supervisor**'s approval and modify your schedule before registering for the courses.

在報名課程之前，請記得先取得主管的同意，並修改你的日程表。

聯想單字		
president	n.	總經理，總裁，主席
manager	n.	管理人；經理；經紀人
deputy	n.	代理人；副手
executive	n.	行政主管；高級幹部

technical

[ˈtɛknɪkl]

adj. 技術的；技巧的；專業的

衍 technique n. 技術；技巧
technician n. 技術人員；技師

If you experience **technical** problems and need assistance, please email our support staff.

如果您遇到技術問題並需要協助，請寄電子郵件給我們的服務人員。

聯想單字		
tech-savvy	adj.	精通科技的
technical term	n.	專業術語
mechanic	n.	機械工；修理工；技師

technology

[tɛkˈnɑlədʒɪ]

n. 工業技術；科技

衍 technological adj. 科技的
technologically adv. 科技地
technologist n. 技術專家
biotechnology n. 生物技術

The company has invested heavily in new **technology** to improve business and operating efficiency.

這間公司在新科技方面投入巨資，以提升業務和營運效率。

聯想單字		
software	n.	軟體
hardware	n.	硬體
start-up	n.	新創公司
venture capital	n.	創業投資；投機資本

undertake

[ˌʌndɚˋtek]

v. 著手做；從事；
承擔

The offenders are required to **undertake** unpaid community work.

違法者必須去做無償的社區服務。

❶ Point 重點 ⋯⋯⋯⋯⋯⋯⋯⋯⋯⋯⋯⋯⋯⋯⋯⋯⋯⋯⋯⋯⋯⋯⋯⋯⋯

除了 undertake 之外，英文裡還有其他也很常用到的
「**著手做；從事**」的表達方式，請一併記下來。

engage in
⇒ He is **engaged in** medical research.
他從事醫學研究。

work on
⇒ For the last year and a half, I've been **working on** a project in Seattle.
在過去的一年半裡，我一直在西雅圖做一個專案。

urge

[ɝdʒ]

v. 敦促；力勸；強
烈主張
n. 強烈的慾望；迫
切的要求

衍 urgent adj. 緊急
的；急迫的
urgently adv. 緊
急地；急迫地
urgency n. 緊
急；迫切

The organization **urges** the government to take action to protect all civilians.

該組織敦促政府採取行動保護所有的公民。

She can't control her **urges** to shop and check other people's fabulous lives on social media.

她無法控制購物和在社群媒體上查看他人精采生活的強烈衝動。

❶ Point 重點 ⋯⋯⋯⋯⋯⋯⋯⋯⋯⋯⋯⋯⋯⋯⋯⋯⋯⋯⋯⋯⋯⋯⋯⋯⋯

have an urge to... 強烈想要做～
⇒ The younger generation **has an urge to** go abroad to find higher paying jobs.
年輕一代渴望到國外做更高薪的工作。

聯想單字			
force	v.	強迫	n. 力量
advocate	v.	擁護；提倡	
encourage	v.	鼓勵	
call on	phr.	呼籲；號召	
desire	v.	渴望	n. 慾望

weekday

[ˋwik͵de]
n. 平日，週間

反 weekend n. 週末

⊙ Most banks and post offices are only open on **weekdays**, with a few exceptions.
大多數的銀行和郵局只在平日營業，僅有少數例外。

❶ Point 重點 ···
各種「節日」或「假日」的說法很常出現在各大考試之中，請一定要好好記住它們的意思和用法。

holiday 指「**假期**」或「**每個人都放假的日子**」，另外，**the holiday season** 指的是從聖誕節到新年的那段「**聖誕假期**」。
⇨ The **holiday** season is coming. Are you planning a trip?
聖誕假期要到了。你有計劃要去哪裡嗎？

vacation 在美式英文裡是「**假期**」的意思，通常只有單數名詞的用法，例如 **summer vacation**（暑假）、**winter vacation**（寒假），「**度假**」的說法則是 **go on a vacation**。
⇨ I'm going on a **vacation** with my family to France this August.
我今年八月要跟我的家人一起去法國度假。

leave 指的是「**個人的休假**」或「**請假**」，常見的有 **sick leave**（病假）、**personal leave**（事假）、**official leave**（公假）和 **annual leave**（特休假）。
⇨ She is on **leave** today.
她今天休假。

這裡一併介紹「**請假**」的常見表達方式。
⇨ take...leave / take...day(s) off 請～（天）假
I'm taking a day off to... 我要請一天假去～
I'd like to take ... days off. 我想要請～天的假。

聯想單字		
national holiday	n.	國定假日
business hours	n.	營業時間

主題分類單字

職業、工作地點、職場

Ch07.mp3

⊕	accountant	[ə`kaʊntənt]	n. 會計師
⊕	acquaint	[ə`kwent]	v. 使認識；使熟悉
⊕	acquaintance	[ə`kwentəns]	n. 相識的人；熟人
⊕	anniversary	[͵ænə`vɝsərɪ]	n. 週年紀念日 adj. 週年的
⊕	announcer	[ə`naʊnsɚ]	n.（電視台或電台的）主持人；播音員
⊕	architect	[`ɑrkə͵tɛkt]	n. 建築師
初	artist	[`ɑrtɪst]	n. 藝術家
⊕	astronaut	[`æstrə͵nɔt]	n. 太空人
⊕	author	[`ɔθɚ]	n. 作者；作家
⊕	autobiography	[͵ɔtəbaɪ`ɑgrəfɪ]	n. 自傳
⊕	babysitter	[`bebɪsɪtɚ]	n. 臨時保姆
初	bank	[bæŋk]	n. 銀行；堤，岸
⊕	brand	[brænd]	v. 印上商標 n. 品牌
初	business	[`bɪznɪs]	n. 商業；生意
初	businessman	[`bɪznɪsmən]	n. 商人
⊕	butcher	[`bʊtʃɚ]	v. 屠宰（牲口）n. 屠夫
⊕	carpenter	[`kɑrpəntɚ]	n. 木匠
初	chairman	[`tʃɛrmən]	n. 主席
⊕	chemist	[`kɛmɪst]	n. 化學家
⊕	cleaner	[`klinɚ]	n. 清潔工；清潔劑

初	clerk	[klɝk]	n. 店員；事務員
初	coach	[kotʃ]	n. 教練
中	commander	[kə`mændə]	n. 指揮官；司令官
中	committee	[kə`mɪtɪ]	n. 委員會
中	composer	[kəm`pozə]	n. 作曲家
中	conductor	[kən`dʌktə]	n. 指揮
中	council	[`kaʊnsl̩]	n. 議會；理事會
初	court	[kort]	n. 法庭；（網球等運動的）球場
中	cowboy	[`kaʊbɔɪ]	n. 牛仔
中	dancer	[`dænsə]	n. 舞者，舞蹈家
中	designer	[dɪ`zaɪnə]	n. 設計師
中	detective	[dɪ`tɛktɪv]	adj. 偵查的 n. 警探；偵探
初	document	[`dɑkjəmənt]	n. 文件
中	editor	[`ɛdɪtə]	n. 編輯
中	electrician	[ˌilɛk`trɪʃən]	n. 電工；電氣技師
中	entertainer	[ˌɛntə`tenə]	n. 表演者；提供娛樂者
中	examiner	[ɪg`zæmɪnə]	n. 考官；檢查人員
中	fax	[fæks]	v. 傳真 n. 傳真
中	fund	[fʌnd]	v. 提供資金 n. 資金；基金
中	gardener	[`gɑrdənə]	n. 園丁
中	guardian	[`gɑrdɪən]	n. 監護人；護衛

⊕	hairdresser	[ˋhɛrˌdrɛsɚ]	n. 美髮師
⊕	historian	[hɪsˋtorɪən]	n. 歷史學家
初	hunter	[ˋhʌntɚ]	n. 獵人
初	industry	[ˋɪndəstrɪ]	n. 工業；行業
⊕	inspector	[ɪnˋspɛktɚ]	n. 檢查員；視察員；督察員
⊕	interpreter	[ɪnˋtɝprɪtɚ]	n. 口譯員
⊕	inventor	[ɪnˋvɛntɚ]	n. 發明家
初	journalist	[ˋdʒɝnəlɪst]	n. 記者，新聞工作者
⊕	keeper	[ˋkipɚ]	n. 保管人；飼養員
初	lawyer	[ˋlɔjɚ]	n. 律師
初	leadership	[ˋlidɚʃɪp]	n. 領導能力
⊕	librarian	[laɪˋbrɛrɪən]	n. 圖書館員
⊕	manual	[ˋmænjʊəl]	adj. 用手操作的；手工的 n. 手冊
⊕	mayor	[ˋmeɚ]	n. 市長
⊕	merchant	[ˋmɝtʃənt]	n. 商人
⊕	messenger	[ˋmɛsn̩dʒɚ]	n. 送信人，信差
⊕	miner	[ˋmaɪnɚ]	n. 礦工
⊕	ministry	[ˋmɪnɪstrɪ]	n.（常大寫）（政府的）部
⊕	mission	[ˋmɪʃən]	n. 使命；任務 v. 派遣
⊕	naturalist	[ˋnætʃərəlɪst]	n. 博物學家
⊕	navy	[ˋnevɪ]	n. 海軍
⊕	newscaster	[ˋnjuzˌkæstɚ]	n. 新聞播報員

	單字	音標	詞性與中文
中	novelist	[`nɑvl̩ɪst]	n. 小說家
中	operator	[`ɑpəˌretə]	n. 作業人員
初	organization	[ˌɔrgənəˈzeʃən]	n. 組織；機構
中	philosopher	[fəˈlɑsəfə]	n. 哲學家
初	photographer	[fəˈtɑgrəfə]	n. 攝影師；照相師
中	physicist	[`fɪzɪsɪst]	n. 物理學家
中	pianist	[pɪˈænɪst]	n. 鋼琴家
初	player	[`pleə]	n. 選手；球員；玩家
中	plumber	[`plʌmə]	n. 水管工人
初	police	[pəˈlis]	n. 警察
中	politician	[ˌpɑləˈtɪʃən]	n. 政治人物
中	porter	[`portə]	n. 搬運工人
初	printer	[`prɪntə]	n. 印表機；印刷師傅
中	publisher	[`pʌblɪʃə]	n. 出版商，出版社
中	punctual	[`pʌŋktʃʊəl]	adj. 準時的
中	roar	[ror]	v. 吼叫；大聲叫喊 n. 吼；嚎叫；喧鬧聲
中	routine	[ruˈtin]	adj. 日常的；例行的 n. 例行公事
初	sailor	[`selə]	n. 水手
初	salesman	[`selzmən]	n. 推銷員；業務員
中	salesperson	[`selzˌpɚsn̩]	n. 店員；銷售員
中	scheme	[skim]	v. 策劃；密謀 n. 計畫；方案

初	secretary	[`sɛkrəˌtɛrɪ]	n. 祕書
初	servant	[`sɝvənt]	n. 僕人
初	service	[`sɝvɪs]	n. 服務
中	shaver	[`ʃevɚ]	n. 理髮師；電動刮鬍刀
中	shopkeeper	[`ʃɑpˌkipɚ]	n. 店主
中	signature	[`sɪɡnətʃɚ]	n. 簽名；簽署
中	spokesman	[`spoksmən]	n. 發言人；代言人
中	superior	[sə`pɪrɪɚ]	adj. 較高的；上級的 n. 上司；長官
中	talented	[`tæləntɪd]	adj. 有天賦的；才華洋溢的
中	trademark	[`tredˌmɑrk]	n. 商標
中	trader	[`tredɚ]	n. 商人
中	treaty	[`tritɪ]	n. 條約；協議
中	typist	[`taɪpɪst]	n. 打字員
中	union	[`junjən]	n. 工會；結合
中	unite	[ju`naɪt]	v. 統一；團結
中	united	[ju`naɪtɪd]	adj. 聯合的
中	unity	[`junətɪ]	n. 整體；一致性
中	violinist	[ˌvaɪə`lɪnɪst]	n. 小提琴手
中	watchman	[`wɑtʃmən]	n. 警備員；巡守員
中	whisper	[`hwɪspɚ]	v. 低語；耳語 n. 耳語

Chapter 07 Quiz Time

一、請填入正確的對應單字。

01. 提議；求婚　　　　　　　　　　　（　　）

02. 晉升；促進；宣傳　　　　　　　　（　　）

03. 擴展；擴張　　　　　　　　　　　（　　）

04. 有～的能力；能夠～的；能幹的　　（　　）

05. 工作；職業；占領；占用　　　　　（　　）

A. promote　　B. capable　　C. expansion　　D. occupation　　E. propose

二、請選出正確的答案。

01. Should I cancel my dental _____ during the coronavirus outbreak?

　　A. advice
　　B. appointments
　　C. supervisors
　　D. facility

02. This new refrigerator is more _____ than the old one.

　　A. executive
　　B. disappointed
　　C. efficient
　　D. specialized

03. We're having difficulty recruiting enough _____ staff.

    A. qualified

    B. amateur

    C. rival

    D. technical

04. The project has now received _____ from the government.

    A. department

    B. candidate

    C. approval

    D. schedule

05. The Earth is the only home we have, and it's our _____ to protect it.

    A. strategy

    B. complaint

    C. agent

    D. responsibility

翻譯

01. 在那批受考驗發燒的期間，我應採取冷卻方才醫的妙法嗎？

02. 這分新的保單取代了舊的那份。

03. 我們目前在徵募很難招到足夠的職位職員工。

04. 現在專案現在在得到了政府的批准。

05. 地球是我們唯一的家，所以保護它是我們的責任。

Chapter 08

休閒娛樂

興趣、嗜好、運動、購物

Ch08.mp3

主題單字相關實用片語

be footloose and fancy-free	自由自在；無拘無束
be into sth	對某事物投入／感興趣
catch a flick	看電影
catch some rays	出門曬太陽；享受陽光
go bargain hunting	討價還價
go window shopping	只看不買
guilty pleasure	會讓人有罪惡感的樂趣
hang out	出去玩；到外面晃晃
have a blast	玩得非常開心
have a whale of a time	玩得非常愉快
have the time of your life	享受極其快樂的時光
It's a steal/bargain!	（某事物）超級划算！
It's good value (for money).	（某事物）對得起價格；價格實惠
let one's hair down	盡情放鬆，盡情地玩
paint the town red	飲酒作樂；狂歡慶祝
recharge one's batteries	（讓某人）恢復體力；養精蓄銳
shoot some hoops	打籃球
shop till you drop	逛街逛到累倒為止
take a breather	休息片刻，喘口氣
take sb's mind off sth	使某人暫時忘記煩惱的事

admission

[əd`mɪʃən]

n. 入場許可；入場費；承認

衍 admit v. 准許進入；承認

反 prohibition n. 禁止；禁令

The event is free to the public; however, all attendees must have a ticket for **admission**.

這場活動免費對外開放，但是所有參加的人都必須有入場券。

❶ Point 重點 ···
admission 後面會先加 **to**，再接「**被准許進入的地方**」。
⇨ **Admission to** the exhibition is free but registration is required.
展覽可以免費入場，可是必須報名。
This price does not include **admission to** the museum.
這個價格不包含博物館的入場費。

聯想單字		
admission fee	n.	入場費
entrance	n.	入口；進入
entrance fee	n.	入場費；入會費
ticket	n.	票券

advertise

[`ædvɚˌtaɪz]

v. 打廣告；宣傳

衍 advertiser n. 廣告商
advertisement n. 廣告（常會簡稱為 ad）；宣傳

同 publicize v. 宣傳；公布

Companies nowadays spend huge amounts of money to **advertise** on social media to attract people as much as possible.

現今的公司會在社群媒體上花費巨資打廣告，以盡可能多吸引民眾的注意力。

聯想單字		
promotion	n.	促銷活動；宣傳
propaganda	n.	政治宣傳（帶有貶意）
campaign	n.	競選活動；宣傳活動

afford

[ə`ford]

v. 負擔得起

衍 affordable adj.
負擔得起的；不
貴的

⊕ Although new houses are being built in the city, few people are able to **afford** them.
儘管市內正在興建新的房屋，但很少人能夠負擔得起。

❶ Point 重點 ···

出現 afford 句子裡，常常會出現與「**能力**」相關的表達方式，例 **can**、**could**、**be able to**（能夠～），後面則常加 **to**。

⇨ We **couldn't afford to** pay the rent this month.
我們這個月繳不出房租了。
He'll **be able to afford** a house next year.
他明年就能買得起房子了。

boycott

[`bɔɪ͵kɑt]

v. 聯合抵制；杯葛
n. 聯合抵制

⊕ The animal rights group called on people to **boycott** the circus due to inhumane treatment of its animals.
動物權利組織因為該馬戲團對他們動物的不人道待遇，而呼籲人們抵制。

Consumers called for a **boycott** against the group's product.
消費者呼籲抵制該集團的產品。

聯想單字	strike	v.	罷工		
	protest	v.	抗議	n.	抗議
	ban	v.	禁止	n.	禁令
	sanction	v.	國際制裁	n.	國際制裁

campaign

[kæm`pen]

n.（政治或商業上
的）運動；宣傳活
動

v. 發起宣傳活動；
進行競選宣傳活動

The clothing brand launched a global **campaign** to plant trees and take care of the environment.
該服裝品牌發起了一項植樹造林和環境維護的全球性宣傳活動。

The party has been **campaigning** for democratic reform in the country.
那個政黨一直在宣傳要進行國內民主改革。

聯想單字			
promotion	n.	促銷活動；宣傳
sales/marketing campaign	n.	促銷／行銷宣傳活動
advertising campaign	n.	廣告宣傳活動

catalog

[`kætəlɔg]

[英] **catalogue**

n. 商品型錄

v. 將～編入目錄

Our latest **catalogue** is now available online and contains a wide selection of furniture.
我們最新的型錄現在可以在線上看到了，裡面有很多可供選擇的家具。

New books are **cataloged** by the library technical services staff.
新書會由圖書館的技術服務人員編進目錄之中。

聯想單字		
brochure	n.	小冊子
magazine	n.	雜誌
journal	n.	期刊

compose

[kəm`poz]

v. 作（詩文、樂曲
等）；組成，構成

衍 composition n.
寫作；作曲；作
品；構成

He **composed** this song to express his affection for his parents.
他作了這首歌來表達他對父母的愛。

❶ Point 重點 ·······························
compose 在表達「**組成，構成**」的意思時，必須以 **be composed of**（由～組成）的形式來用，**of** 的後面接「**組成成分**」，這種表達方式較為正式，請一併記起來。
⇒ The committee **is composed of** representatives from the public and private sectors.
該委員會由來自公部門和私部門的代表所組成。

display

[dɪˋsple]

v. 陳列；展出
n. 展覽；陳列；展覽品；表演

同 exhibit v. 展示；陳列；展示品

New books are **displayed** in the new arrival section and are also available on the library website.
新書會放在新書區裡展示，且圖書館的網站上也看得到。

Elephant Mountain has long been considered one of the best sites for watching the Taipei 101 fireworks **display**.
象山一直被認為是觀賞台北 101 煙火表演的最佳地點之一。

聯想單字
demonstrate	v.	（實地）示範操作；展示；示威
show	v.	顯示；展出；顯現　n. 表演，秀

elaborate

[ɪˋlæbəˏret]

v. 精心製作；詳細闡述
adj. 精心製作的；精巧的；詳盡的

衍 elaboration n. 精心製作；精心之作；詳細闡述

Other research perspectives will be **elaborated** on further in the next chapter.
其他研究觀點將在下一章進一步詳細說明。

The city made the **elaborate** preparations for the exhibition, which will be open for the public from June.
該市為將於六月起對民眾開放的展覽精心準備。

❶ Point 重點 ··
elaborate on... 詳細說明～
⇨ He refused to **elaborate on** his reasons for resigning.
他拒絕詳細說明他辭職的原因。

excursion

[ɪk`skɝʒən]

n. 短程旅行；遠足

We plan to go on an **excursion** to the small island where there are only about 300 inhabitants.

我們打算去一個大約只有 300 位居民的小島短程旅行。

❶ Point 重點 ……………………………………………………………

在英文裡「**旅行**」的說法有很多，雖然中文都翻作旅行，然而英文實際字義上卻不盡相同，因此使用時一定要先理解上下文，再決定要用哪個字，一起來看看吧！

journey：通常指**陸上的遠距離**旅行，或是**心靈的**旅程。

outing：**一天以內結束、以玩樂為目的**而進行的短程旅行。

trip：**較短暫**的旅行，不論是公務還是私人行程都可以用。

tour：**藉由遊覽或參觀來更了解景點的旅行**，例如附有導遊的旅遊團、參觀博物館或美術館等行程的旅行，都可以用 tour，另外，**tour 也可當動詞用**，表示「**遊覽**」。

travel：只要是「**旅行的行為**」都可以用 travel，含意最廣，尤指出國旅行。travel 也可**當動詞**用，除了旅行的意思之外，也有「**行進；跋涉**」的意思。

voyage：長途的「**航行**」，尤其是**搭船或搭飛機**進行的旅行。

excursion：**較正式**的用詞，通常是**短程的遊玩或遠足**。

expedition：**為了如探勘、科學研究或作戰等特定目的而進行的團體旅行**，通常翻作「遠征」、「考察」。

cruise：指以玩樂為目的進行的**乘船遊覽**。

聯想單字		
leisure	n.	閒暇；空暇時間　adj. 空閒的
activity	n.	活動
pastime	n.	消遣

exhibition

[ˌɛksəˈbɪʃən]
n. 展覽；展覽品

衍 exhibit
   v. 展示；陳列
   n. 展示品

⊕ The admission fee for the special **exhibition** is NT$200 for adults and NT$100 for children.
成人的特展入場費是新台幣 200 元，兒童的是新台幣 100 元。

❶ Point 重點 ·····························
各種「展覽」的說法及差異：

exhibition：可以用來泛指各種類型的展覽，重點在於「**展示**」。
⇨ photography **exhibition** 攝影展
   art **exhibition** 藝術展

exposition：常翻作「**展覽**」或「**博覽會**」，重點在於「**宣傳商品、吸引人潮**」，常會被簡稱成 **expo**。
⇨ flora **exposition** 花卉博覽會
   Universal **Exposition** 世界博覽會

fair：指有設置桌位進行宣傳或販售商品的「**市集**」、「**商展**」或「**博覽會**」，和 exposition 用法較類似。
⇨ job **fair** 就業博覽會
   trade **fair** 貿易展

show：重點放在「**展示商品**」的「**～秀**」或「**展覽**」。
⇨ fashion **show** 時裝秀
   auto **show** 車展

on exhibition 展出中
⇨ The students' artwork will be **on exhibition** until the end of the month.
   學生的藝術作品將展出至月底。

聯想單字		
museum	n.	博物館
gallery	n.	畫廊；美術館
special exhibition	n.	特展
traveling exhibition	n.	巡迴展
exhibition hall	n.	展覽廳

fair

[fɛr]

adj. 公平的;相當
大（或好）的;合
理的;白皙的
n. 商展;市集

反 unfair adj. 不公
平的

初

Teachers should be **fair** to all their students and treat them alike.
教師應該公平對待所有學生，一視同仁。

The exhibitors at the trade **fair** passed out free samples to attract customers.
貿易展的參展商發放了免費樣品來吸引客人。

❶ Point 重點 ………………………………………………………
fair 是一個有很多意思的字，因此可以運用的地方也非常廣泛，下面介紹幾個最常用的口語表達方式。

It's fair to say (that)... 可以這麼說～
（這裡的 fair 是「合理的」）
⇨ **It's fair to say that** everyone has a dream or a goal for his or her life.
可以這麼說，每個人都有自己的夢想或人生目標。

to be fair 說句公道話
⇨ I can't say I liked the movie, but **to be fair**, parts of it were very funny.
雖然我不算喜歡這部電影，但是說句公道話，裡面有些地方非常好笑。

fair enough 說得也是，有道理
（原本不認同，後來接受對方的論點）
⇨ "We should not waste our time on things that don't give our life meaning." "OK, **fair enough**."
「我們不應該把時間浪費在沒有意義的事情上。」
「好吧，說得也是。」

聯想單字	job fair	n.	就業博覽會
	farmers fair	n.	農夫市集
	trade fair	n.	貿易展

feature

[ˈfitʃɚ]
n. 特色；特別吸引人的東西；特別報導；（五官）相貌
v. 以～為特色；以～為主角

The development team is currently working on several new **features** that will help improve member experience.
開發團隊目前正在開發一些有助於改善會員體驗的新特色功能。

The exhibition **features** settings of the most popular locations from the *Harry Potter* films.
這場展覽以《哈利波特》電影中最受歡迎的地點場景設定為特色。

❶ Point 重點 ···
feature 指的是「**事物突出的特色**」或「**人的容貌特徵**」，而聯想字的 **characteristic** 指的是「**特定人事物所特有的典型特徵**」。

⇨ The brand-new **features** of the latest model attracted a lot of new customers.
最新型號的全新特色功能吸引了很多新客。

⇨ What are the **characteristics** of a good leader?
好的領導者有什麼特點？

聯想單字		
characteristic	adj.	特有的；表現出特性的
	n.	特性，特徵

fond

[fɑnd]
adj. 喜歡的；愛好的

Many people are **fond** of using Instagram these days, and the number of its users is increasing day by day.
現在很多人都喜歡使用 Instagram，它的用戶數與日俱增。

❶ Point 重點 ···
be fond of... 喜歡～
⇨ She **is** really **fond of** Japanese food.
她非常喜歡日本料理。

聯想單字		
beloved	adj.	心愛的；親愛的
adoring	adj.	愛慕的
affectionate	adj.	充滿深情的；溫柔親切的

genuine

[ˋdʒɛnjʊɪn]
adj. 真的；非偽造
的；真誠的

同 authentic adj. 真
實的，可靠的；
真正的

反 false adj. 不正確
的；假的

This painting is considered to be a **genuine** work by Leonardo da Vinci.
這幅畫被認為是達文西的真跡。

聯想單字			
genuine leather	n.	真皮	
original	adj.	最初的；原本來的；新穎的	
fake	adj.	仿冒的	v. 偽造 n. 冒牌貨，仿冒品

guarantee

[ˌgærənˋti]
n. 保證；保證書；
保證人
v. 保證；擔保

同 warranty n. 保證
書

Even if you go to university, there is no **guarantee** that you will find a job.
即使你去上大學，也不能保證你就會找到工作。

We can't **guarantee** that everyone who registers will be invited to attend due to space constraints.
由於場地限制，我們不能保證所有報名的人都會受邀參加。

❶ Point 重點 ·····································

guarantee vs. **warranty**
guarantee 指的是對於「服務、功能、價格」的**滿意保證**。
⇨ We **guarantee** the quality of our products by supervising every stage of the manufacturing process.
我們透過監督製造過程的每個階段來保證我們產品的品質。

warranty 只限於「**產品本身的保固、保證書**」。
⇨ Generally, the refrigerator **warranty** will be valid for at least one year from the original purchase date.
一般來說，這台冰箱的保固至少在從原購買日算起的一年內都有效。

聯想單字			
promise	v.	承諾；答應	n. 承諾
refund	v.	退款	n. 退款
return	v.	退回；返回	n. 返回；歸還；報答

imaginable

[ɪˈmædʒɪnəbl]

adj. 可想像的

衍 imagine v. 想像
imagination n.
想像力；空想
imaginative adj.
新穎的；想像力
豐富的
imaginary adj.
幻想中的；虛構
的

The stew is filled with every kind of seafood **imaginable**, and it is the best seller in the restaurant.
這道燉菜裡面有各種想像得到的海鮮，是這間餐廳裡賣得最好的菜色。

❗ Point 重點 ···

imaginable 和衍生字的 imaginative 及 imaginary 長得很像，在字義上也都和「想像」有關，因此很容易搞混，使用時請特別注意別用錯了。

imaginable 是「可想像的」，字尾的 **-able** 就是「可以」的意思，利用字尾來記會更容易記住。
⇨ An online job interview was hardly **imaginable** before the pandemic.
在疫情之前，線上求職面試是難以想像的事。

imaginative 是指一個人「**想像力豐富**」而「**有創造力**」，因此可以創造出「**新穎的**」事物。
⇨ He is an **imaginative** designer with more than 20 years of experience in graphic design.
他是一位富有想像力的設計師，擁有超過 20 年的平面設計經驗。

imaginary 是「**虛構的**」，如果怕跟 imaginative 搞混，可以記得 imaginary 的字尾 -ary 的發音和虛構的 fairy（小精靈）很像，就能聯想到這個字的意思是「虛構的」。
⇨ All the characters in this book are **imaginary**.
這本書中的所有角色都是虛構的。

inn

[ɪn]

n. 小旅館

The **inn** is run by a young couple who provide a tasty breakfast with a choice of tea, coffee or orange juice.

這間小旅館由一對年輕夫婦經營，他們提供可搭配茶、咖啡或柳橙汁的美味早餐。

❶ Point 重點 ……………………………………………………………
除了 inn 之外，一起來看看其他類型的「住宿設施」的英文是什麼吧！

hotel：只要是**提供住宿的設施**，無論是飯店、酒店還是旅館，都可以用這個字來統稱。

motel：由 **motor（汽車）與 hotel（旅館）**組合而成的字，中文一般會稱為「**汽車旅館**」或「**摩鐵**」。

hostel：設備簡單、收費較便宜的「**旅舍**」或「**青年旅館**」，要特別表明所指是「青年旅館」時前面可加 youth。

B&B (bed and breakfast)：提供住宿和早餐的「**民宿**」。

guesthouse：小型、廉價的**家庭經營式旅館**或**賓館**。

share house：共同分攤租金，共享衛浴、廚房等公共空間的「**共享住宅**」。

resort：用來度假或進行特定目的的「**度假村**」，如 ski resort（滑雪度假村）。

villa：通常位於鄉間或海邊，供度假使用的「**別墅**」。

leisure

[ˈliʒɚ]

n. 閒暇，空閒，休閒

adj. 休閒的，閒暇的

The team members devoted the whole week to this project, without any **leisure** or personal life.
團隊成員一整個星期都投入在這個專案之中，沒有任何閒暇或私人生活。

In the future, as machines replace many of the tasks we do at home and work, we will have more **leisure** time.
在未來，隨著機器取代了我們在家和工作上做的許多事情，我們將會擁有更多的閒暇時間。

❶ Point 重點 ···

at (your) leisure 有空的時候，空閒的時候

⇒ I'll take these books home and read them **at leisure**.
我會把這些書帶回家，有空的時候看。

聯想單字			
leisure wear	n.	休閒服裝	
recreation	n.	消遣；娛樂	
amusement	n.	樂趣；娛樂活動	
hobby	n.	嗜好	
idle	adj.	閒置的；空閒的；無所事事的	
	v.	虛度光陰；空轉	
relax	v.	放鬆	

luxury

[ˈlʌkʃərɪ]

n. 奢侈；奢侈品

衍 luxurious adj.
奢侈的；豪華的

You should not feel jealous of those who can afford **luxuries**.
你不應該嫉妒那些買得起奢侈品的人。

❶ Point 重點 ···

luxury 在當作「**奢侈**」這種抽象的概念時是**不可數名詞**，但若是「**奢侈品**」的意思，則是**可數名詞**，複數形是 **luxuries**。

necessity

[nə`sɛsətɪ]

n. 需要；必要性；
必需品

衍 necessary adj.
　　必要的；必需的

同 requirement n.
　　必要條件；必需
　　品；規定

Water is a **necessity** of life and clean drinking water is important to good health.
水是生命之必需，乾淨的飲用水對良好的健康來說很重要。

聯想單字		
essential	adj.	必要的，不可或缺的；本質的
indispensable	adj.	必不可少的；必需的
vital	adj.	不可或缺的；重要的

object

[`abdʒɪkt]

n. 物體；對象；目
標；目的
v. 反對

衍 objective adj.
　　客觀的，不帶偏
　　見的 n. 目標
　　objection n.
　　反對；異議

When picking up heavy **objects**, it's important that your posture is correct to ensure you do not hurt your back.
在拿起重物時，保持正確的姿勢很重要，這樣才不會傷到你的背部。

Many people **object** to experimentation on animals.
許多人反對在動物身上做實驗。

❶ Point 重點 ···
　　object to... 反對～（某人事物）
　　⇨ My wife and I strongly **object to** the plan.
　　　我的妻子和我強烈反對這個計畫。

聯想單字		
subject	n.	主題；科目
	adj.	受支配的；易受～影響的
material	n.	物質；材料；資料
goal	n.	目標
target	n.	（針對的）對象

order

[ˋɔrdɚ]
n. 順序;整齊;秩
序;訂購(的商
品);訂單
v. 命令;訂購

反 disorder
　　n. 混亂;無秩序
　　v. 混亂;擾亂;
　　失調

⓪

Once your **order** has been shipped, you will receive an email with the number of your shipment.
在您訂購的商品出貨後,您就會收到一封內有出貨編號的電子郵件。

We **ordered** some dishes to share and a bottle of wine.
我們點了一些餐點還有一瓶紅酒要一起享用。

❶ Point 重點 ⋯⋯⋯⋯⋯⋯⋯⋯⋯⋯⋯⋯⋯⋯⋯⋯⋯⋯⋯⋯⋯
order 很常出現在日常生活及各大考試之中,務必要將常用的相關表達記下來。

下面介紹兩個長得很像的片語,差別只在於 order 的後面有沒有 to,然而在意義上卻截然不同,使用時要特別小心。

in order 按照順序
⇨ The organizations are listed **in** alphabetical **order**.
這些組織是按字母順序排列的。

in order to... 為了~;以便~
⇨ The recent financial crisis led central banks to lower their interest rates **in order to** stimulate the economy.
最近的金融危機導致中央銀行降低利率以刺激經濟。

聯想單字	command	v./n.	命令;指揮		
	shop	v.	購物	n.	商店
	ship	v.	運送	n.	船隻
	shipment	n.	運送;(一批)運送的貨物		

outdoor

[`aʊt͵dor]
adj. 戶外的；露天的

衍 outdoors
　　adv. 在戶外
　　n. 戶外

反 indoor
　　adj. 室內的
　　indoors
　　adv. 在室內

⊕ 中

The hotel offers an **outdoor** swimming pool, fitness center and a 24-hour front desk.
飯店提供戶外游泳池、健身中心和全天候的櫃台服務。

❶ Point 重點 ···

　outdoor 和 **indoor** 沒有加 **s** 的時候是形容詞，表示「戶外的／室內的」，**加 s** 的時候就是副詞，表示「在戶外／在室內」。

⇨ enjoy **outdoor** activities, especially running, skydiving and climbing.
　我喜歡戶外活動，尤其是跑步、跳傘和攀岩。

⇨ The children played **outdoors** all day.
　孩子們在戶外玩了整天。

⇨ One of the benefits of an **indoor** tennis court is that people can play, regardless of the weather outside.
　室內網球場的好處之一，就是人們不管外面的天氣如何，都可以打球。

⇨ If you have a cold, you had better stay **indoors** today and not go out.
　如果你感冒了，你今天最好待在室內，不要出去。

聯想單字		
camping	n.	露營
skydiving	n.	跳傘
climbing	n.	攀岩
fishing	n.	釣魚
hiking	n.	健行；長途徒步旅行
marathon	n.	馬拉松
skiing	n.	滑雪
surfing	n.	衝浪

participate

[pɑrˋtɪsəˌpet]
v. 參加;參與

衍 participation
   n. 參加;參與
   participant
   n. 參與者

同 take part in
   phr. 參加～;出
   席～
   join in
   phr. 參與～
   attend
   v. 參加;出席

We are grateful to those who **participated** in the interviews and to everyone who contributed to the study.
我們感謝那些參與採訪的人以及所有為研究做出貢獻的人。

❶ Point 重點 ···
英文裡有好幾種表達「**參加;出席**」的說法,下面介紹最常用到的幾種,請一定要記下來。

take part in
口語或正式場合皆可使用,表達「**主動積極參與**」的意思。
⇨ The school promotes physical education and encourages all children to **take part in** athletic activities.
該學校推廣體能教育,鼓勵所有的孩子都參與體育活動。

participate in
和 take part in 一樣都是「**主動積極參與**」,不過比 take part in 更正式一點。
⇨ To **participate in** the survey, please fill in the attached questionnaire.
欲參與調查,請填寫附檔的問卷。

join in
在大多數情況下是指**加入遊戲、娛樂、活動、競賽、組織或團體**等。
⇨ I hope you'll **join in** the Christmas celebrations.
我希望你會參加聖誕節的慶祝活動。

attend
指的是「**被動、靜態的出席**」,很常用來指參加或出席會議或學術活動等,**一般只是表示做了「出席」的動作,但參與者並不一定有想要積極參與該會議或活動。**
⇨ A number of government officials, parents and invited guests **attended** the graduation ceremony.
幾位政府官員、家長和受邀嘉賓出席了畢業典禮。

perform

[pɚˋfɔrm]
v. 表演；執行；履行

衍 performer n. 表演者；施作者
performance n. 表演；成果；（機械等的）性能

⊕ He was extremely nervous because he had never **performed** in front of such a large audience before.
他非常緊張，因為他之前從來沒有在這麼多觀眾面前表演過。

❶ Point 重點 ·····
perform well/badly 表現得好／差
⇒ Most of the students **performed well** on the exam.
大多數學生都考得很好。
If the company **performs badly**, the profit could be negative.
如果公司表現不佳，利潤就可能會是負的。

聯想單字		
rehearse	v.	排練；彩排
audience	n.	觀眾
concert	n.	演唱會，音樂會
crowd	n.	人群；群眾
microphone	n.	麥克風
musical	adj.	音樂的　n. 歌舞劇
opera	n.	歌劇

photograph

[ˋfotəˌgræf]
n. 照片 v. 拍照

衍 photo n. 照片
photographer n. 攝影師
（請特別注意發音是 [fəˋtɑgrəfɚ]）
photography n. 攝影；攝影業

⊕ He took a lot of **photographs** of the country's landscapes and the people he met.
他拍了很多這個國家的風景和與他相遇的人的照片。

The photographer once went to Africa to **photograph** tribes and wildlife.
這位攝影師曾經去過非洲拍攝部落和野生動植物。

❶ Point 重點 ·····
take a photograph of sb/sth 為某人／某物照相
⇒ We asked the couple to **take a photograph of** us.
我們請這對夫婦幫我們拍照。

聯想單字		
film	n.	影片；電影；膠捲　v. 把～拍成電影
cameraman	n.	（電視或電影的）攝影師；攝影記者
picture	n.	照片；圖片

possession

[pə`zɛʃən]
n. 擁有；占有；所有物

衍 possess v. 擁有；占有

Many people define success as the **possession** of large amounts of money.

許多人將成功定義為擁有大量的金錢。

❶ Point 重點 ··
上面例句中出現的 **in possession of**（擁有～）是名詞 possession 的常用表達方式。

⇨ He was found to be **in possession of** a large quantity of drugs.
他被發現持有大量毒品。

除了 in possession of 之外，英文中還有幾個動詞常被用來表達「擁有」的意思：

have
可以指任何情況下的「**擁有**」。

⇨ He **has** his own car now and is able to drive wherever he wants.
他現在有自己的車，可以開車去任何想去的地方。

enjoy
指的是「**享有**」，通常指享有聲譽、權利、利益等好東西。

⇨ You can **enjoy** free Wi-Fi internet access in all rooms and public areas of the hotel.
您可以在飯店的所有房間和公共區域享用免費的無線網路。

hold
指的是「**擁有或持有**」，通常指擁有財產、頭銜、內心的想法或態度。

⇨ She **holds** the same view as her father.
她和她父親抱持相同觀點。

own
指的是「**具有所有權的擁有**」。

⇨ The lands around the lake are privately **owned**.
這座湖周圍的土地是私有的。

possess

用法較正式的「**擁有**」或「**具有**」，可以指持有某物，也可以用來表達擁有某種好的能力。

⇨ My student **possessed** great writing skills.
我的學生擁有優秀的寫作技巧。

聯想單字		
ownership	n.	物主的身分；所有權
belongings	n.	財產；攜帶的物品
occupation	n.	占領；占用；職業

publicity

[pʌb`lɪsətɪ]
n. 名聲；宣傳；媒體的關注

衍 public adj. 公眾的 n. 公眾；大眾 publication n. 出版；發行；出版物

The new program has attracted a lot of **publicity**, both positive and negative.
這個新節目吸引了很多關注，正反兩面都有。

聯想單字		
promotion	n.	提升；晉級；促銷活動
campaign	n.	宣傳活動
event	n.	活動
press conference	n.	記者會

pursue

[pɚ`su]
v. 追求；追趕

衍 pursuit n. 追求；尋求；從事

The singer encouraged people to **pursue** their dreams and to achieve their most desired goals in life.
這位歌手鼓勵大家追求自己的夢想，實現自己最渴望的人生目標。

聯想單字		
chase	v.	追逐；追捕
seek	v.	尋找；尋求
flee	v.	逃離，逃跑

queue

[kju]
n. [英]（人或車輛
的）行列；長隊
v. 排隊

If you would like to order, you'll have to join the **queue**.
如果您想點餐，您就必須排隊。

You can purchase the ticket online in advance, so that you don't have to **queue** up for it tomorrow.
你可以事先在線上購票，這樣明天就不必排隊了。

❶ Point 重點 ···
除了上面例句中出現的 **queue up for N**，也可以用 **queue up to V** 來表達「為～排隊」。
⇨ The fans **queued up for** the concert.
歌迷們為了演唱會排隊。

⇨ Some people even **queued up** an hour before the museum opened **to** enter the exhibition early.
有些人為了要早點進去看展覽，甚至在博物館開館的前一個小時就去排隊。

queue 這個字是**英式英文**，在**美式英文**裡則是會用 **line** 這個字來表達「隊伍」，下面介紹一些「排隊」和「插隊」的常見說法。

排隊
⇨ join the **queue/line**
wait in **queue/line**
get/stand in **queue/line**
queue/line up

插隊
⇨ jump the **queue/line**
cut in **queue/line**

register

[`rɛdʒɪstɚ]
n. 登記簿；註冊表
v. 登記；註冊

衍 registration n. 登
記；註冊；掛號

同 sign up phr. 註
冊；報名登記

Guests must write their names in the **register** before entering the building.
在進入大樓前，訪客必須在登記簿上寫下他們的姓名。

The students have to **register** for the courses within 14 days of the start of each semester.
學生必須在每學期開始後的 14 天內登記課程。

❶ Point 重點 ···

register for... 登記～；報名參加～

⇨ Click the blue button in the upper-right corner of the page to **register for** the event.
點擊頁面右上角的藍色按鈕報名參加這次活動。

聯想單字		
login	v.	（電腦或網路）登入
enroll	v.	註冊入學；報名
cash register	n.	收銀機
registration desk	n.	報到桌

rehearse

[rɪ`hɜ·s]
v. 排練；彩排

衍 rehearsal n. 排
練；彩排

The musicians **rehearsed** again and again until they could play the song perfectly.
音樂家們一次又一次地排練，直到他們可以完美演奏這首曲子。

religious

[rɪ`lɪdʒəs]
adj. 宗教的；虔誠
的

衍 religion n. 宗
教；宗教信仰

The elderly woman was very **religious** and attended church every weekend.
這名老婦人非常虔誠，每個週末都上教堂。

聯想單字		
church	n.	教堂
temple	n.	廟宇；神殿
pilgrim	n.	香客，朝聖者
pray	v.	祈禱
worship	v.	膜拜

reservation

[ˌrɛzəˈveʃən]
n. 預訂；預約；保留

衍 reserve v. 預訂；
預約；保留

同 book v. 預訂
booking n. 預訂；預約

⊕ Please confirm your **reservation** via e-mail or fax after you receive our notice.
在收到我們的通知後，請透過電子郵件或傳真確認您的預約。

I want to make a **reservation** for a birthday dinner at that newly opened restaurant.
我想在新開的餐廳預訂生日晚餐。

❶ Point 重點 ··

例句裡出現的 **make a reservation（預約）** 是最常見到的名詞 reservation 用法，而不論是「訂位」還是「訂票」，動詞的 reserve 都可以和字義相同的 book 互換使用。

訂位（請特別注意訂位的「**位**」是用 **table** 而不是 seat！）
book/reserve a table
⇨ I would like to **book/reserve a table** for two at six o'clock tonight.
我想要預訂今天晚上六點的兩位。

make a table reservation
⇨ To **make a table reservation** for lunch or dinner, please fill in the form below.
欲預訂午餐或晚餐的位子，請填寫下方表格。

訂票（book/reserve 的後方直接加上**數量**和**票券名稱**）
book/reserve a ticket
⇨ Could you **book a** plane **ticket** for me?
你可以幫我訂機票嗎？
Is it necessary to **reserve a ticket** in advance?
需要提前訂票嗎？

字尾 **-serve** 有著「**保護、維持、看顧**」的意思，而以此為結尾的常考單字有 **conserve**、**preserve** 和 **reserve**，這三個字長得很像，而且字義都帶有「保存」的含義，一起看看要怎麼正確使用吧！

conserve 的字首 con- 是「強調」的意思，因此字義是「**節省、節約、保存**」，經常與「**自然資源**」搭配使用，多指保存自然資源、精力或有價值的事物。

⇨ We can **conserve** natural resources by utilizing materials more than once.
我們可以透過重複利用原料來節約自然資源。

preserve 的字首 pre- 有 before 的意思，也就是「**提前做好保護、讓事物停留在良好的狀態**」，多指**保存古蹟或食物**等。

⇨ They endeavor to **preserve** the traditional culture of Taiwan.
他們努力保存台灣的傳統文化。

reserve 的字首 re- 有著 back（後方）的意思，和 -serve 組合起來就是「把事物存放在後方等待以後使用」，也就是**為了將來使用而保留的「預訂；預約；保留」**。

⇨ This parking space is **reserved** for customers with children.
這個停車位是保留給有孩子的顧客的。

---

substitute

[ˋsʌbstəˌtjut]
v. 用～代替
n. 代替物

衍 substitution n.
代替；替換

If you run out of eggs, you can use applesauce to **substitute** eggs in this recipe.
如果你的蛋用完了，你可以用蘋果醬來代替這個食譜中的蛋。

Food supplements should not be used as a **substitute** for a diversified diet.
食物營養品不應用作多元飲食的替代品。

❶ Point 重點 ···
substitute A for B 用 A 代替 B
⇨ You can **substitute** oil **for** butter in baking recipes.
你可以用油代替烘焙食譜裡的奶油。
A player that receives a yellow card will be **substituted for** another player.
收到黃牌的球員將被替換為另一名球員。

聯想單字			
substitute teacher	n.	代課老師	
alternative	adj.	替代的；兩者擇一的	n. 供選擇物
replace	v.	取代；以～代替	
replacement	n.	代替；取代；更換	

variety

[vəˋraɪətɪ]
n. 多樣化，變化；
多種

衍 vary v. 使不同；
使多樣化
various adj. 許多
的；多元的，各
式各樣的

A diet that is consistently unbalanced and lacks **variety** is likely to result in malnutrition.
如果飲食一直不均衡且缺乏多樣性，很可能會導致營養不良。

❶ Point 重點 ···
　a variety of... 種種～；各式各樣的～
　⇨ They didn't show up for **a variety of** reasons.
　　他們由於種種原因而沒有出現。

聯想單字		
diversity	n.	多樣性
variety show	n.	綜藝節目

volunteer

[ˌvɑlənˋtɪr]
n. 自願參加者，志工
v. 自願（做）

衍 voluntary adj. 自願的；志願的

The political candidate is recruiting **volunteers** to help with her campaign.
一位競選人正在招募志工來協助她的競選宣傳活動。

They have all **volunteered** to work extra hours to ensure that members are helped as quickly as possible.
為了確保會員能夠盡快得到幫助，他們全都自願加班。

聯想單字			
unpaid	adj.	未繳納的；無報酬的	
willing	adj.	有意願的	
offer	v.	提供；願意（做某事）	n. 提議；報價

⊕	athletic	[æθˋlɛtɪk]	adj. 運動的；體育的；行動敏捷的
⊕	baggage	[ˋbægɪdʒ]	n. 行李
⊕	ballet	[ˋbæle]	n. 芭蕾舞
初	cartoon	[kɑrˋtun]	n. 卡通
⊕	chat	[tʃæt]	v. 聊天 n. 聊天
⊕	cinema	[ˋsɪnəmə]	n. 電影院；電影；電影業
⊕	circus	[ˋsɝkəs]	n. 馬戲團
⊕	climber	[ˋklaɪmə]	n. 攀登者；登山者
初	club	[klʌb]	n. 俱樂部；社團
⊕	comedy	[ˋkɑmədɪ]	n. 喜劇
⊕	craft	[kræft]	n. 工藝；手藝
⊕	creation	[krɪˋeʃən]	n. 創造；創作品
初	customer	[ˋkʌstəmə]	n. 顧客
⊕	drawing	[ˋdrɔɪŋ]	n. 描繪；素描；抽籤
⊕	explore	[ɪkˋsplor]	v. 探索；探勘；探究
⊕	fascinate	[ˋfæsn̩ˏet]	v. 迷住；使神魂顛倒
⊕	fascinated	[ˋfæsn̩ˏetɪd]	adj. 著迷的
⊕	fashion	[ˋfæʃən]	v. 把～塑造成 n. 時尚；時裝
⊕	feast	[fist]	v. 盡情地吃；盛宴款待 n. 盛宴

中	feedback	[`fid͵bæk]	n. 回饋意見
中	fist	[fɪst]	v. 用拳頭打 n. 拳頭
中	frequency	[`frikwənsɪ]	n. 頻率；次數
中	frequent	[`frikwənt]	adj. 頻繁的；屢次的 v. 時常出入於
初	Frisbee	[`frɪzbi]	n. 飛盤
中	gamble	[`gæmbḷ]	v. 賭博；打賭 n. 賭博；打賭
中	gambler	[`gæmbḷɚ]	n. 賭徒
中	gambling	[`gæmblɪŋ]	n. 賭博
中	gossip	[`gɑsəp]	v. 説八卦 n. 八卦；流言蜚語
中	greeting	[`gritɪŋ]	n. 問候；打招呼；問候語
初	guest	[gɛst]	n. 賓客；貴賓
初	guitar	[gɪ`tɑr]	n. 吉他
初	gym	[dʒɪm]	n. 體育館；健身房
初	habit	[`hæbɪt]	n. 習慣
中	headphones	[`hɛd͵fonz]	n. 頭戴式耳機
中	honeymoon	[`hʌnɪ͵mun]	v. 度蜜月 n. 蜜月
中	hum	[hʌm]	v. 哼曲子 n. 嗡嗡聲
中	idol	[`aɪdḷ]	n. 偶像；受崇拜之人或物
中	imitate	[`ɪmə͵tet]	v. 模仿
中	imitation	[͵ɪmə`teʃən]	n. 模仿；仿造
初	invitation	[͵ɪnvə`teʃən]	n. 邀請；邀請函

初	item	[`aɪtəm]	n. 項目；品項；商品
中	keyboard	[`ki͵bord]	n. 鍵盤
初	kite	[kaɪt]	n. 風箏
中	label	[`lebḷ]	v. 貼標籤於 n. 標籤；商標
中	lantern	[`læntɚn]	n. 燈籠
中	leaflet	[`liflɪt]	n. 傳單
中	league	[lig]	n. 同盟；聯盟
中	leap	[lip]	v. 跳；跳躍 n. 跳；跳躍
中	locker	[`lɑkɚ]	n.（公共場所的）置物櫃
中	luggage	[`lʌgɪdʒ]	n. 行李
中	magical	[`mædʒɪkḷ]	adj. 魔術的；魔法的
初	mall	[mɔl]	n. 大型購物賣場
中	medal	[`mɛdḷ]	n. 獎牌；勳章
中	novel	[`nɑvḷ]	n. 小說 adj. 新奇的
中	opening	[`opənɪŋ]	adj. 開始的 n. 開始；（職位的）空缺；孔洞
初	package	[`pækɪdʒ]	n. 包裹 v. 把～打包；打包銷售
初	painting	[`pentɪŋ]	n. 繪畫
中	parachute	[`pærə͵ʃut]	v. 跳傘 n. 降落傘
中	parade	[pə`red]	v. 遊行 n. 行列；遊行
中	paradise	[`pærə͵daɪs]	n. 天堂；樂園
初	partner	[`pɑrtnɚ]	n. 夥伴 v. 合夥

⊕	passport	[`pæs͵port]	n. 護照；通行證
⊕	Ping-Pong	[`pɪŋ͵pɑŋ]	n. 乒乓球，桌球
⊕	pitch	[pɪtʃ]	v. 把～定調；投擲 n. 投擲；音高
⊕	plastic	[`plæstɪk]	adj. 可塑的；塑性的 n. 塑膠；塑膠製品
初	playground	[`ple͵graʊnd]	n. 操場，運動場；遊樂場
⊕	portrait	[`portret]	n. 肖像，畫像；描繪
⊕	portray	[por`tre]	v. 描繪；描寫
⊕	poster	[`postɚ]	n. 海報
初	prize	[praɪz]	n. 獎；獎品；獎金 v. 重視
初	product	[`prɑdəkt]	n. 產品；產物
初	production	[prə`dʌkʃən]	n. 製造；生產
⊕	protective	[prə`tɛktɪv]	adj. 保護的；防護的
⊕	reader	[`ridɚ]	n. 讀者
⊕	receipt	[rɪ`sit]	n. 收據；收到
初	recorder	[rɪ`kɔrdɚ]	n. 錄音（或影像）裝置
⊕	romance	[ro`mæns]	v. 向～求愛 n. 愛情故事；羅曼史
⊕	romantic	[rə`mæntɪk]	adj. 浪漫的；愛情的；不切實際的 n. 浪漫的人；愛幻想者
⊕	scare	[skɛr]	v. 驚嚇；使恐懼 n. 驚恐；驚嚇
⊕	scary	[`skɛrɪ]	adj. 可怕的；令人提心吊膽的

中	scream	[skrim]	v. 尖叫 n. 尖叫
初	seesaw	[`si͵sɔ]	n. 蹺蹺板
初	shop	[ʃɑp]	n. 商店 v. 購物
中	shopping	[`ʃɑpɪŋ]	n. 購物
中	shot	[ʃɑt]	n. 射擊；投籃；拍攝
中	sightseeing	[`saɪt͵siɪŋ]	n. 觀光；遊覽
中	skating	[`sketɪŋ]	n. 溜冰
中	sketch	[skɛtʃ]	v. 畫草圖；速寫 n. 速寫；素描
中	softball	[`sɔft͵bɔl]	n. 壘球
中	souvenir	[`suvə͵nɪr]	n. 紀念品；伴手禮
中	sponsor	[`spɑnsɚ]	v. 支持；贊助 n. 支持者；贊助者
中	sportsman	[`sportsmən]	n. 喜好運動的人；運動員
中	sportsmanship	[`sportsmən͵ʃɪp]	n. 運動家精神
中	stadium	[`stedɪəm]	n. 體育場
中	statue	[`stætʃʊ]	n. 雕像，塑像
初	story	[`storɪ]	n. 故事；樓層
中	storyteller	[`storɪ͵tɛlɚ]	n. 講故事的人
中	studio	[`stjudɪ͵o]	n. 工作室；攝影棚；電影公司
中	suitcase	[`sut͵kes]	n. 小型旅行箱；手提箱
中	sunbathe	[`sʌn͵beð]	v. 做日光浴
初	supermarket	[`supɚ͵markɪt]	n. 超市
中	supporter	[sə`portɚ]	n. 支持者，擁護者

中	sweat	[swɛt]	v. 出汗 n. 汗；汗水
中	tag	[tæg]	v. 給～加標籤 n. 標籤
初	tent	[tɛnt]	n. 帳篷
初	theater	[`θɪətɚ]	n. 劇院；電影院
初	thief	[θif]	n. 小偷
中	tourism	[`tʊrɪzəm]	n. 觀光旅遊；觀光旅遊業
中	tourist	[`tʊrɪst]	n. 遊客
中	training	[`trenɪŋ]	n. 訓練；鍛鍊；培訓
中	traveler	[`trævəlɚ]	n. 旅行的人；遊客
中	trend	[trɛnd]	n. 趨勢；走向
中	triumph	[`traɪəmf]	v. 獲得勝利 n. 勝利
初	trumpet	[`trʌmpɪt]	n. 小喇叭
初	vendor	[`vɛndɚ]	n. 小販；賣家
初	victory	[`vɪktərɪ]	n. 勝利
初	violin	[ˌvaɪə`lɪn]	n. 小提琴
初	visitor	[`vɪzɪtɚ]	n. 訪客
中	wander	[`wandɚ]	v. 漫步；閒逛
中	whistle	[`hwɪsl̩]	v. 吹口哨；吹哨子 n. 口哨；哨子

Chapter 08　Quiz Time

一、請填入正確的對應單字。

01. 特色；特別吸引人的東西；（五官）相貌；以～為特色　　（　　）

02. 入場許可；入場費；承認　　　　　　　　　　　　　　　（　　）

03. 登記簿；註冊表；登記；註冊　　　　　　　　　　　　　（　　）

04. 用～代替；代替物　　　　　　　　　　　　　　　　　　（　　）

05. 需要；必要性；必需品　　　　　　　　　　　　　　　　（　　）

A. admission　　B. necessity　　C. feature　　D. register　　E. substitute

二、請選出正確的答案。

01. We _____ satisfaction to our clients with quality products and service.
    - A. display
    - B. order
    - C. guarantee
    - D. volunteer

02. I am on a limited budget now, so I can't _____ the expense.
    - A. afford
    - B. perform
    - C. queue
    - D. pursue

03. The restaurant is so popular. It's almost impossible to get a _____ even when planning in advance.

    A. leisure
    B. possession
    C. variety
    D. reservation

04. I don't _____ to what he said, but I strongly disapprove of the manner he used to say it.

    A. compose
    B. object
    C. rehearse
    D. elaborate

05. All those who _____ in the event will get a gift.

    A. advertised
    B. participated
    C. featured
    D. substituted

Chapter 09

教育
學校、學科、知識學習

Ch09.mp3

主題單字相關實用片語

(as) easy as pie/ABC/anything	～（某事）非常簡單
a piece of cake / a cakewalk / a breeze / a walk in the park	（代稱）輕而易舉的事
bite the bullet	咬緊牙關
burn the candle at both ends	蠟燭兩頭燒
burn the midnight oil	挑燈夜戰，熬夜學習或工作
catch on	領悟（一開始沒有理解，後來才搞懂）
drop out	輟學；休學
hang in there	堅持下去
hit the books	念書
pass with flying colors	高分通過考試
play hooky	逃學；曠課
pull an all-nighter	熬夜學習或工作
put one's thinking cap on	認真思考（某事）
rack one's brain	絞盡腦汁
sit in (on a class)	旁聽
skip/cut class	翹課
take attendance/the register	點名
take/do a/the roll call	點名
teacher's pet	受老師寵愛的學生
tough grader	分數給得很嚴的人

absence

['æbsn̩s]

n. 不在場；缺席；
缺少

衍 absent adj. 缺席
的；不在場的；
缺少的

反 presence n. 出
席；在場；存在
attendance n. 到
場；出席；出席
人數

Whatever the reason will be for your **absence** from work, the first step is to notify your supervisor.
無論你缺勤的原因是什麼，第一步都是要通知你的主管。

❶ Point 重點 ···
在表達「缺席某個場合」時，**absence 的後面常接 from**，例如 **absence from meeting/work/school**
（缺席會議／工作／學校）。

另外，也很常使用**形容詞 absent** 來表達，在 absent 後面也是接 from，用 **be absent from** 表示「缺席～」。
⇨ Any student who **is absent from** school for 15 or more consecutive days will be withdrawn from our school.
任何連續缺課 15 天或以上的學生將被本校退學。

如果要表達的是「**缺少某事物**」，則後面會接 **of**。
⇨ **absence of** evidence 證據不足
absence of mind 心不在焉

聯想單字			
leave	n. 休假		
notice	n. 通知		
notify	v. 通知		
lack	v. 缺少	n. 欠缺	

abstract

['æbstrækt]

adj. 抽象的；難懂
的
n. 摘要

衍 abstraction n. 抽
象；心不在焉

Use concrete words in your writing and avoid **abstract** terms and vague descriptions as much as possible.
寫作上要使用具體的詞語，盡可能避免使用抽象的用語和模糊的敘述。

反 concrete adj. 有
形的；具體的
n. 混凝土
v. 用混凝土覆蓋
specific adj. 明確
的；具體的

Presenters must submit an application form which includes an **abstract** of no more than 100 words.
演講者必須繳交一份申請表，裡面包含不超過 100 字的摘要。

聯想單字			
	outline	n.	概要；輪廓　v. 略述；畫出～的輪廓
	vague	adj.	模糊的；朦朧的；（想法）不明確的
	ambiguous	adj.	模稜兩可的
	blurry	adj.	看不清楚的；不確定的
	physical	adj.	身體的；物理的

accent

[`æksɛnt]
n. 口音，腔調；重音
v. 強調；著重；突出

The athlete spends much of her time training in Australia and speaks with a slight Australian **accent**.
這位運動員大部分時間都在澳洲訓練，所以講話帶有一點澳洲口音。

You can apply a neutral tone blush to **accent** your cheekbones.
你可以使用中性色調的腮紅來強調你的顴骨。

❶ Point 重點 ······
「口音很重」的形容詞常會用 **heavy**、**thick** 或 **strong**，
「口音很輕」則最常用 **slight** 和 **weak** 來表達。
⇨ speak with a slight/heavy accent
　說話有一點／很重的口音

聯想單字			
	dialect	n.	方言　adj. 方言的
	pronunciation	n.	發音
	intonation	n.	語調；聲調
	conversation	n.	談話，交談
	dialogue	n.	對話；對白

accurate

[ˈækjərɪt]

adj. 準確的；精確的

衍 accuracy n. 正確性；準確性
accurately adv. 準確地；精確地

同 correct adj. 正確的 v. 改正；糾正
exact adj. 確切的；精確的；正確的
precise adj. 精確的；準確的；確切的；明確的

反 inaccurate adj. 不正確的；不精確的
incorrect adj. 不正確的；錯誤的

The company raises funds to develop technology for the **accurate** forecast of floods and storms.
該公司籌措了資金以開發準確預測洪災和暴風雨的科技。

聯想單字	logical	adj.	合乎邏輯的；合理的
	detail	n.	細節；枝微末節　v. 詳細描述
	fact	n.	事實；實際情況

acquire

[əˈkwaɪr]

v. 取得；養成；獲得

衍 acquired adj. 習得的；養成的
acquisition n. 獲得；取得；獲得物

Our members have **acquired** years of experience providing legal services to our clients.
我們的成員在為客戶提供法律服務上有著多年經驗。

❶ Point 重點 ··
雖然 **acquire**、**gain**、**obtain**、**attain** 的中文字義都是「獲得」，然而它們所表達的含義卻各不相同，下面就一起來看看要怎麼分辨吧！

acquire 是「**獲得某種特殊技能或才能**」，也可用來表達「**財務上的購得**」。
⇒ The program allows students to **acquire** the necessary skills before entering the workplace.
該計畫讓學生在進入職場之前，先養成必要的技能。
The company was **acquired** by a larger company.
該公司被一家更大的公司收購了。

gain 是「**經過累積而得到**」或是「**獲得具有利益或有價值的事物**」。

⇨ Studies suggest that most people who frequently diet end up **gaining** weight in the long term.
研究顯示，以長期來看，經常節食的人大部分體重最後都會增加。

obtain 是「**所有權的取得**」，通常會在**較正式**的情境下使用這個字。

⇨ This page provides you a summary of the requirements for **obtaining** your driver's license for the first time.
此頁面提供首次取得駕照所需要求條件的摘要。

attain 是「**經過不懈的努力而獲得**」。

⇨ Sometimes we have to shift our mindset and priorities in order to **attain** our goals.
為了實現我們的目標，有時我們必須改變我們的心態和優先考慮的事項來。

另外，特別要注意的是，「**學到知識**」的說法不能用 learn knowledge 來表達，而是要用 **gain/acquire knowledge**（**獲得知識**）。

approach

[əˈprotʃ]
v. 接近；靠近
n. 接近；靠近；方法

When the bus is **approaching**, make sure you stand in plain eyesight so that the driver can clearly see you.
當公車接近時，請確定自己站在能一眼看清的地方，這樣司機才可以清楚看到你。

In business, adopting a pragmatic **approach** to problems is often more successful than an idealistic one.
在商業上，對問題採取務實的方法往往比理想主義的方法更為成功。

❶ Point 重點 ··
approach 當**名詞**字義「**方法**」時，後面常搭配 **to + N/ Ving** 一起使用，表示「**解決某事的方法**」。

⇨ Is there another **approach to** cancer therapy?
癌症治療有別的方法嗎？

The right **approach to** handling this problem is to think from another perspective.
處理這個問題的正確方法就是從另一個角度來思考。

聯想單字			
	means	n.	方法；手段
	method	n.	方法
	shortcut	n.	近路；（做某事的）捷徑

award

[ə`wɔrd]
v. 授予（獎項等）
n. 獎；獎項

This year, the prize will be **awarded** to a scientific investigation or action that has significantly contributed to animal protection.
今年，該獎項將頒發給對動物保護做出重大貢獻的科學調查或行動。

In the history of the **award**, only one woman has won for Best Director.
在這座獎的歷史上，只有一位女性得到過最佳導演獎。

❶ Point 重點 ······································
聯想單字中的 **prize** 和 **reward**，在字義上容易與 award 混淆，使用時必須特別留意它們之間的差異，並利用上下文來選出最適合的字。

award 指的是「**獎項**」或「**獎項帶來的榮譽**」，其中也包括得獎所連帶得到的獎金。
⇨ The director won a lifetime achievement **award** at the Cannes Film Festival.
這位導演在坎城影展上獲得了終身成就獎。

prize 的重點放在得獎所帶來的「**具體事物**」，指的是「**獎金、獎品、獎項的名次、獎項名稱**」。
⇨ The first **prize** is a week-long trip to the UK.
頭獎是為期一週的英國之旅。

reward 指的是**針對得到的好意或付出**，所給予的「**獎勵、酬謝、回報**」。

⇨ After getting through a rough day, I decided to eat a piece of cake as a **reward**.
在度過了艱難的一天之後，我決定吃塊蛋糕犒賞自己。

除了易混淆的用字之外，在各大測驗中，常會出現與頒獎和得獎有關的表達方式，下面分別介紹最常看到的說法，請一併記住。

頒獎

⇨ 獎項 be awarded to sb 把獎項頒給（某人）
award a prize/medal/honor 頒發獎項／獎牌／榮譽
give/present/hand out/bestow an award to...
頒發獎項給～

得獎

⇨ received/won an award for 因為～而獲獎
is/was awarded for... 因為～而獲獎
win/receive the award (for)（因為～）得獎

聯想單字		
prize	n.	獎賞；獎品；獎金
reward	n.	回報；報酬　v. 回報；報酬
honor	n.	榮譽　v. 使增光；表揚；履行
award ceremony	n.	頒獎典禮
trophy	n.	獎盃
medal	n.	獎章；獎牌

certificate

[sə`tɪfəkɪt]

n. 證書；執照

衍 certification n. 證明；資格認證；資格證書
certified adj. 有合格證書的；經過認證的

Participants of this course will receive a **certificate** which is valid for three years and recognized by the Ministry of Labor.
本課程的參加學員將獲得一張效期三年且獲得勞動部承認的證書。

聯想單字		
diploma	n.	畢業文憑；學位證書
medical certificate	n.	醫療證明
birth/death certificate	n.	出生／死亡證明
gift certificate	n.	禮券

compete

[kəm`pit]
v. 競爭；對抗；比
得上

衍 competition n.
競賽
competitor n.
競爭者；對手
competitive adj.
具有競爭力的；
好競爭的
competitiveness
n. 競爭力

It's difficult for small businesses to **compete** with large companies that have the budget to spend on expensive advertising.

小企業很難和能花預算在昂貴廣告上的大公司競爭。

❶ Point 重點 ⋯⋯⋯⋯⋯⋯⋯⋯⋯⋯⋯⋯⋯⋯⋯⋯⋯⋯⋯⋯⋯

例句中出現的 **compete with** 是「和～競爭」的意思，也可以把 with 換成 **against**。另一個常見的用法是 **compete for...**（為～而競爭）。

⇒ The top three players will **compete for** a chance to win a NT$100,000 grand prize.
前三名的選手將為贏得新台幣 10 萬元大獎的機會而競爭。

聯想單字
rival	n. 對手 v. 競爭 adj. 競爭的	
contest	n. 競賽；爭奪 v. 競爭；角逐	
cope	v. 應對，處理	

comprehension

[ˌkɑmprɪ`hɛnʃən]
n. 理解

衍 comprehend
v. 理解
comprehensible
adj. 可理解的
comprehensive
adj. 廣泛的；有
充分理解力的
comprehensively
adv. 廣泛地

What that lecturer said was completely beyond **comprehension**.

那個講師所說的內容讓人完全無法理解。

聯想單字
meaning	n. 意義	
misunderstand	v. 誤會；誤解	
understanding	n. 理解；領悟 adj. 善解人意的	
realization	n. 領悟；認識	

concentrate

[`kɑnsən‚tret]

v. 集中;全神貫注;濃縮

n. 濃縮物

衍 concentration n. 專注,專心;集中

同 focus v. 集中;聚焦 n.(注意力等的)焦點,中心,重點

反 distract v. 轉移(注意力等);使分心

I'm easily distracted and can't **concentrate** for more than an hour at a time.
我很容易分心,沒辦法專心超過一小時。

Fruit wines can be made either from fruit juice **concentrate** or from the whole fruit.
水果酒可以用濃縮果汁或完整的水果來製作。

❶ Point 重點 ······
concentrate on... 專心～
⇨ I couldn't **concentrate on** my work because of the noise.
我因為噪音無法專心工作。

聯想單字			
	attentive	adj.	認真傾聽的;專心的;體貼的
	attention	n.	注意;專心
	condense	v.	壓縮

conclusion

[kən`kluʒən]

n. 結論;結尾;推論

衍 conclude v. 結束,收尾(文章等);推斷出

Avoid discussing new ideas in the **conclusion** of your essay as it can confuse readers.
請避免在文章的結尾討論新的觀點,因為這樣可能會讓讀者感到困惑。

❶ Point 重點 ······
in conclusion 最後(在致詞做收尾時常用)
⇨ **In conclusion**, I would like to reiterate my appreciation to the committee for the invitation.
最後,我想再次感謝委員會的邀請。

jump to conclusions
過早下結論;倉促做出決定(可以用「直接跳到結論」這個字面翻譯來記)
⇨ I know you found some suspicious things in his office, but don't **jump to conclusions**.
我知道你在他的辦公室裡發現了一些可疑的東西,但不要妄下結論。

聯想單字	description	n. 描述
	discussion	n. 討論
	summary	n. 總結，摘要
	abstract	n. 摘要

define

[dɪ`faɪn]

v. 給～下定義；規
定；界定

衍 definition n.
定義；規定
well-defined adj.
定義明確的
ill-defined adj.
定義不清的

中 Success is hard to **define** because its meaning varies from person to person.

成功難以定義，因為它的含義因人而異。

聯想單字	suppose	v. 猜想；假定
	assume	v. （想當然地）推斷；認定
	presume	v. （按可能性）推定；擅自（做）
	propose	v. 提議；提出

degree

[dɪ`gri]

n. 度；程度；學位

初 Their health care system has achieved some **degree** of success and recognition.

他們的醫療照護系統取得了一定程度的成功和認可。

❶ Point 重點 ··
這裡補充各種「學位」和各階段「學生」的說法：
⇨ bachelor/undergraduate/college degree
學士（大學）學位

master's degree 碩士學位
doctor's/doctoral/doctorate degree 博士學位
undergraduate/college student 大學生
master's student 碩士生
doctor/PhD student 博士生

聯想單字	degree certificate	n.	學位證書
	angle	n.	角度
	temperature	n.	溫度
	degree Celsius	n.	攝氏度數
	degree Fahrenheit	n.	華氏度數

diploma

[dɪ`plomə]
n. 畢業文憑；學位
證書

⊕ He earned his high school **diploma** in just two years and
won a scholarship to attend Harvard University.
他在兩年內就拿到了高中文憑，並獲得獎學金到哈佛大學念
書。

聯想單字		
academy	n.	學院；學會
college	n.	學院；大專
university	n.	（綜合性的）大學
institute	n.	研究機構；（專科性的）學院
graduate school	n.	研究所

distinguished

[dɪ`stɪŋgwɪʃt]
adj. 傑出的；負有
盛名的

衍 distinguish v.
區別，識別；使
（人事物）有所
區別

同 exceptional adj.
特殊的；優秀
的；卓越的
outstanding adj.
傑出的；突出的

⊕ The award is presented to **distinguished** individuals who
have made lasting contributions over their careers.
該獎項是頒給在其職業生涯中做出長久貢獻的傑出個人。

❶ Point 重點 ⋯⋯⋯⋯⋯⋯⋯⋯⋯⋯⋯⋯⋯⋯⋯⋯⋯⋯⋯⋯⋯
distinguished 是由 **distinguish** 衍生出來的單字，可以
利用「**和一般人有所區別 → 特別傑出**」這樣來記，下面
順帶介紹兩個最常看到的 distinguish 用法，請一併記
住。

distinguish A from B 區分 A 和 B
⇨ He failed to **distinguish** a genuine product
from a counterfeit.
他未能區分出真品和贗品。

distinguish between A and B 區分 A 和 B
⇨ I don't know how to **distinguish between**
poisonous and edible mushrooms.
我不知道怎麼區分有毒和可食用的蘑菇。

聯想單字		
distinguished guests	n.	貴賓
superb	adj.	上乘的；一流的
superior	adj.	較優秀的；具優越感的；上級的
excellent	adj.	出色的；傑出的

economic

[ˌikəˈnɑmɪk]
adj. 經濟上的；與經濟有關的

衍 economical adj.
節約的；節儉的
economy n.
經濟；節約
economics n.
經濟學

The outbreak of the pandemic has created both a public health crisis and an **economic** crisis in the country.
疫情的爆發在國內造成了公共衛生和經濟上的危機。

❶ Point 重點 ··
economic 和衍生字中同為形容詞的 economical 長的很像，使用時請記得 **economic** 是「**和貿易、產業或金錢相關**」的經濟，而 **economical** 則是「**不用花費很多金錢或資源**」的經濟。
⇨ It's more **economical** to replace an old heating system than to keep repairing it.
更換舊的暖氣系統比繼續維修更省錢。

聯想單字	economy class	n.	經濟艙
	financial	adj.	金融的；財務的
	finance	n.	金融；財務
	recession	n.	衰退
	growth	n.	成長

education

[ˌɛdʒʊˈkeʃən]
n. 教育

衍 educate v. 教育
educated adj. 受過教育的；有教養的

Nelson Mandela once said that "**Education** is the most powerful weapon which you can use to change the world."
納爾遜·曼德拉曾經說過：「教育是你可以用來改變世界的最有力量的武器。」

聯想單字	grade	n. 等級；分數；年級　v. 將～分級
	semester	n. 學期
	tuition	n. 學費
	scholarship	n. 獎學金

effort

[ˋɛfɚt]
n. 努力；精力；成
果

衍 effortless adj.
輕鬆的；毫不費
力的
effortlessly adv.
輕鬆地；毫不費
力地

初 The company has spent a considerable amount of time and **effort** to complete the project.
這間公司花費了大量的時間和精力來完成該計畫。

❶ Point 重點 ··

spare no effort 不遺餘力地
⇨ Police have **spared no effort** in combating illegal gambling activities and transnational crime.
警方在打擊非法賭博活動和跨國犯罪方面不遺餘力。

make an effort to... 努力做～
⇨ They are **making an effort to** communicate in another language.
他們正在努力用另一種語言溝通。

聯想單字			
practice	v./n.	練習；實踐
attempt	v./n.	企圖；試圖做
achievement	n.	成就
endeavor	v./n.	努力

glimpse

[glɪmps]
n. 瞥見；一瞥
v. 看一眼；瞥見

中 Fans waited excitedly outside the theater, hoping to catch a **glimpse** of their favorite stars.
粉絲們在電影院外興奮地等待著，希望能看到一眼他們最喜歡的明星。

She just **glimpsed** at the letter and then threw it aside.
她只是瞥了一眼信，然後就把它丟到一邊。

聯想單字			
glance	v.	粗略地看一下；一瞥
peek	v.	偷看，偷窺　n. 一瞥
peep	v.	透過小孔偷看

graduate

[ˋgrædʒʊ͵et]
v. 畢業；晉升
n. 畢業生

衍 graduation n.
畢業

⊕ Students who **graduate** in less than four years can pay less in tuition, as well as enter the workplace sooner.
用不到四年的時間畢業的學生可以付更少的學費，也能更快進入職場。

During the pandemic, the fresh **graduates** faced a lot of problems and challenges in their job search.
在疫情期間，應屆畢業生在找工作時面臨了許多困難和挑戰。

❶ Point 重點 ···
不像義務教育階段會用數字序數來稱呼年級，例如 ninth grade students（九年級生），大學裡各年級生的講法都不同，請特別注意。
⇨ freshmen 大一生
sophomore 大二生
junior 大三生
senior 大四生

聯想單字		
alumnus	n.	校友（複數形是 alumni）
graduate student	n.	研究生
graduate school	n.	研究所
postgraduate school	n.	博士班

historical

[hɪs`tɔrɪkl]
adj.（有關）歷史
的；歷史上的（價
格等）

衍 history n. 歷史
historic adj.
歷史上有名（或
重要）的，有歷
史意義的
historian n.
歷史學家

⊕ The production company insists that the film is based on **historical** facts.
製作公司堅稱這部電影是根據史實。

❶ Point 重點 ⋯⋯⋯⋯⋯⋯⋯⋯⋯⋯⋯⋯⋯⋯⋯⋯⋯⋯⋯⋯⋯⋯⋯⋯⋯⋯
historical 和衍生字的 historic，不僅同為形容詞，拼字上也很相似，不過兩者之間並不相同，使用時必須特別注意。

historical 指的是「和歷史有關的；歷史上的（價格等）」，**著重於和歷史本身的關聯性**，而非潛在的無形價值。
⇨ **historical** records 歷史紀錄
historical documents 歷史文件
historical oil prices 歷史油價

historic 指的是「在歷史上具有重要性、有特殊意義或有價值的」，**著重於潛在的無形價值**，而不僅止於和歷史本身的關聯性。
⇨ **historic** site 古蹟
a **historic** battle 具有歷史重要性的戰役
a **historic** figure 具有歷史重要性的人物

聯想單字

ancient	adj. 古老的		
old	adj. 老的；老舊的		
past	adj. 過去的	n. 經過	
present	adj. 現在的	n. 現在	
future	adj. 未來的	n. 未來	

ignorant

[`ɪgnərənt]
adj. 無知的；不知道的

衍 ignore v.
不理會；忽視
ignorance n.
無知；不知情
ignorantly adv.
無知地；不知情地

Many people are **ignorant** of the facts about global warming.
許多人對全球暖化的事實一無所知。

illustrate

[`ɪləstret]
v. 畫插圖；用圖或實例來說明

衍 illustration n. 說明；圖解；插圖

The speaker will **illustrate** his arguments with clear examples and data.
講者將用清楚的例子和數據來說明他的論點。

❶ Point 重點 ···
illustrate 很常會和各種「圖表」的英文一起出現，請一併記下這些單字並分辨它們之間的差異。
⇨ table 表格
chart 圖表（只包含簡單的圖形）
graph 圖表（呈現數學上的關係）
diagram 圖表（描述某個過程或結構；原理解說圖）
pie chart 圓餅圖
bar graph 長條圖
tree diagram 樹狀圖
flow chart 流程圖

聯想單字		
data	n.	數據；資料
detail	v. 詳細說明　n.	細節；詳情
example	n.	例子
instance	n.	例子

informative

[ɪnˈfɔrmətɪv]
adj. 提供資訊的；
增長見聞的

衍 information n.
資訊；消息

The lecture was very educative and **informative**, and both teachers and students benefited a lot from it.
這場講座富有教育意義又內容豐富，讓師生都受益良多。

聯想單字	article	n.	文章；報導
	lecture	n.	講座；演說
	speech	n.	演講
	seminar	n.	研討會
	knowledge	n.	知識
	knowledgeable	adj.	知識淵博的；有見識的
	learning	n.	學習；學識
	learned	adj.	學識豐富的；習得的

inquire

[ɪnˈkwaɪr]
v. 詢問

衍 inquiry n. 詢問

The school may call parents or guardians to **inquire** about the reason for the student's absence.
學校可能會致電家長或監護人，詢問學生缺勤的原因。

❶ Point 重點 ··
例句中出現的 **inquire about（詢問某事）**是 inquire 最常見的用法，about 的後面會接想詢問的事項。
⇨ I would like to **inquire about** the tuition fee and payment methods for your course.
我想詢問一下你們課程的學費和支付方式。

在英文裡有兩個動詞和 inquire 長得很像，分別是 **require** 和 **acquire**，然而這三個字的字義卻完全不同。

require 是「需要；要求」。
⇨ Students are **required** to wear uniforms on campus in accordance with regulations.
學生被要求按照規定在校園內穿著制服。

acquire 是「獲得；養成；購得」。
⇨ Many companies encourage employees to **acquire** more advanced skills which may increase the chance of promotion.
許多公司鼓勵員工養成更進階的技能，這些技能可能會增加升遷的機會。

inspire

[ɪnˋspaɪr]

v. 鼓舞;激勵;啟發

衍 inspiring adj. 激勵人心的;啟發靈感的
inspiration n. 靈感;鼓舞人心的人事物

He is a powerful speaker who uses his own story to **inspire** and motivate audiences.

他是一位很厲害的講者,會用自己的故事來鼓舞和激勵聽眾。

聯想單字			
brain	n.	大腦	
instinct	n.	本能;直覺	
come up with	phr.	想出～;提出～	
idea	n.	構想;主意	
brainstorm	v.	腦力激盪,集思廣益	

instruct

[ɪnˋstrʌkt]

v. 指示;命令;指導

衍 instruction n. 命令;指示;指導
instructor n. 教師;大學講師

The guards have been **instructed** to stop suspicious vehicles or passengers.

警衛被指示要攔下可疑的車輛或乘客。

聯想單字		
guide	v.	引導　n. 指南,方針
direct	v.	指揮;指示
conduct	v.	進行;主持
course	n.	課程
timetable	n.	時間表;課程表

intellectual

[ˌɪntlˋɛktʃʊəl]

adj. 智力的
n. 知識分子

衍 intellect n. 智力
intelligence n. 智慧;智力
intelligent adj. 聰明的;有才智的

Chess is a highly **intellectual** game which can improve your decision-making skills.

西洋棋是一種高度要求智力的遊戲,可以提升決策能力。

Intellectuals are those who apply their intellect and visions to awaken society.

知識分子是那些運用自己的智慧和遠見來喚醒社會的人。

聯想單字		
genius	n.	天賦;天才
talent	n.	天才;天賦
intellectual property	n.	智慧財產權
artificial intelligence (AI)	n.	人工智慧

intermediate

[ˌɪntəˈmidɪət]
adj. 中間的；中等程度的；中級的

The 120-hour course will take students at pre-intermediate level up to **intermediate** level.
這門 120 小時的課程將把初中級程度的學生提升到中級程度。

❶ Point 重點 ···
下面補充各種「等級」、「階級」或「級數」的講法，請一併記下來。

低階
⇨ beginner 初學者　novice 新手；初學者
　basic 基礎，入門　elementary 初級（基礎）

中階
⇨ pre-intermediate 初中級　intermediate 中級
　upper intermediate 中高級　middle-level 中級

高階
⇨ advanced 高級（進階）　professional 專業級
　expert 專家級　senior 高級，高階

聯想單字		
novice	n.	新手；初學者
beginner	n.	初學者；新手
medium	adj.	中間的；中等的
expert	n.	專家
specialist	n.	專家

lecture

[ˈlɛktʃɚ]
n. 講座；演講；教訓
v.（在大學的）講課；教訓

衍 lecturer n. 演講者；（大學中的）講師

The professor will give us a **lecture** on English literature tomorrow afternoon.
那位教授在明天下午會為我們講授英國文學。

After retiring, she continued to **lecture** on historical topics for 10 years.
退休後，她繼續講授與歷史相關的主題達 10 年的時間。

聯想單字		
speaker	n.	講者；議長；喇叭
listener	n.	聽者
audience	n.	聽眾，觀眾
workshop	n.	工作坊
seminar	n.	研討會

major

[ˋmedʒɚ]
adj. 主要的；重大的
v. 主修
n. 大學的主修課程

衍 memory n.
記憶；記憶力
memorandum n.
備忘錄（常簡稱為 memo）

初

Sugar is a **major** cause of obesity and diabetes which may cause kidney failure, heart disease, and strokes.
糖是肥胖和糖尿病的主要肇因，並可能會導致腎衰竭、心臟疾病和中風。

He graduated from the University of Chicago, where he **majored** in philosophy and minored in English.
他畢業於芝加哥大學，主修哲學，輔修英文。

Your **major** in college is your specialized area of study and is important for your first job after graduation.
你在大學的主修就是你的專業學習領域，且對你畢業後的第一份工作來說很重要。

❶ Point 重點 ⋯⋯⋯⋯⋯⋯⋯⋯⋯⋯⋯⋯⋯⋯⋯⋯⋯⋯⋯⋯
你主修什麼？
⇨ What's your **major**?
What do you **major** in?

我的主修是～。
⇨ I'm **majoring** in ~.
I'm a(n) ~ **major**.
My **major** is ~.

聯想單字		
minor	v.	輔修
double major	n.	雙主修
credit	n.	學分；信用；功勞
subject	n.	學科，科目

memorize

[ˋmɛməˌraɪz]
v. 記住；背熟

中

When I was in junior high school, we were required to **memorize** a poem every week.
我讀國中的時候，我們會被要求每週要背一首詩。

聯想單字		
remember	v.	記得；記住
recite	v.	背誦；朗誦
cram	v.	硬塞；死背
learn by heart	phr.	記住；背下來

motivate

[ˋmotəˌvet]

v. 給～動機;激勵

衍 motivation n.
　　動機;積極性

One of the best ways to **motivate** people to do good is by doing it yourself.
其中一個激勵人們去做好事的最佳辦法就是自己身體力行。

obstacle

[ˋɑbstəkl̩]

n. 障礙(物);阻
礙;妨礙

The biggest **obstacle** in our way isn't our competitors but our lack of confidence and fear of the unknown.
我們在路途上的最大障礙,不是我們的競爭對手,而是缺乏信心和對未知事物的恐懼。

❶ Point 重點 ⋯⋯⋯⋯⋯⋯⋯⋯⋯⋯⋯⋯⋯⋯⋯⋯⋯⋯⋯⋯⋯⋯⋯
英文裡常用來表達「阻礙」的字,除了 obstacle 之外,還有聯想單字裡的 **barrier** 和 **hindrance**,不過它們所代表的阻礙類型並不完全相同,因此使用時必須透過上下文來選擇最貼合句意的字。

obstacle 指的是在達到目的或前進的過程中,**必須消除或繞過的障礙物**。
⇨ There are many **obstacles** on the road to success.
在通往成功的道路上有著許多阻礙。

barrier 指的是**需要花時間才能突破的障礙**,或是**實體的屏障**。
⇨ The glass ceiling is defined as the invisible **barrier** that keeps women from advancing to high level positions.
玻璃天花板被定義為是阻礙女性晉升到高位的無形障礙。

hindrance 指的是**妨礙他人或事情發展的人或事物**,用法較為正式。
⇨ These sanctions are a **hindrance** to the country's economic growth.
這些制裁阻礙了該國的經濟成長。

barrier	n. 障礙物;路障,柵欄
hindrance	n. 妨礙,障礙(物)
fence	n. 籬笆,圍籬
difficulty	n. 困難
problem	n. 麻煩,困難

peer

[pɪr]

n. 同輩;同儕

v. 凝視;仔細看

中

Peer pressure is a risk factor for drug use among both children and adults.

同儕壓力對兒童和成人來說都是造成吸毒的一項危險因素。

He **peered** through the window to see if anyone was there.

他仔細地從窗戶往裡面看,要看看有沒有人在那裡。

❶ Point 重點 ···

除了 look 和 see 之外,英文裡面還有各種「盯著看」的說法,一起來看看吧!

peer 是「**仔細看**」或「**盯著看**」,也可以指看不清楚時「**瞇著眼睛看**」的情況。

stare 是「**眼睛睜大、長時間的盯著看**」,多用在展現負面情緒的情況,如驚訝、無禮冒犯、害怕、生氣等。

gaze 是「**長時間的凝視**」,通常是因為對某人或某物有興趣或感到好奇。

glimpse 是「**快速而短暫地一瞥**」,表示非刻意地剛好看到某人或某物。

| peer pressure | n. 同儕壓力 |
| fellow | n. 伙伴;傢伙;同事 |

present

[ˋprɛzn̩t]
adj. 出席的；在場
的；現在的
n. 禮物；現在

衍 presentation n.
贈送；呈現；報
告
presence n.
出席；在場；存
在
represent v.
象徵；代表

反 absent adj.
缺席的；不在場
的；不存在的

The most important thing is to put the failures behind you and be content with your **present** state.
最重要的就是要把失敗拋在腦後，並對你現在的狀態感到滿足。

He stopped at the mall during a work break to look for a Christmas **present** for his son.
他在工作的休息時間去了賣場要找給他兒子的聖誕禮物。

❶ Point 重點 ···
present 也可以**當動詞**，表示「**贈送；呈現；提交**」，
這時的發音唸作 [prɪˋzɛnt]。
⇨ Athletes will be **presented** with medals composed of recycled electronic devices.
運動員將獲贈由回收的電子裝置所製成的獎牌。

at present 目前；現在
⇨ He is **at present** a lecturer in economic sociology at the University of Trento.
他目前是特倫託大學的經濟社會學講師。

promising

[ˋprɑmɪsɪŋ]
adj. 有希望的；有
前途的

衍 promise n.
保證；諾言；
（有）前途
v. 承諾；保證

She is a highly **promising** young artist who has gained recognition for her unique installation works.
她是一位很有前途的年輕藝術家，且因為獨特的裝置藝術作品而獲得認可。

recall

[rɪ`kɔl]

v. 回想；使想起；
召回
n. 回想到的記憶；
記性；召回

Can you **recall** what first inspired you to pursue a career in the sports industry?
你還記得當初是什麼讓你想進體育產業工作的嗎？

Do you have any **recall** of her saying anything like that at the time?
你記得她當時有說過那樣的話嗎？

❶ Point 重點 ···
recall 當**動詞**時，後面可加 **Ving** 或 **that** 子句（that 可省略不寫）。

⇨ They **recalled seeing** people gathered outside earlier in the day.
他們記得當天稍早有看到人們聚集在外面。

⇨ She **recalled that** she had an unhappy childhood and felt that she did not receive enough attention from her mother.
她回想起自己有個不快樂的童年，而且覺得自己沒有從媽媽那裡得到足夠的關愛。

refer

[rɪ`fɝ]

v. 提到;查閱;涉及

衍 reference n.
提及;參考文獻;出處

In his speech, he **referred** to the evolution of the fight against financial crime over the last decade.

在演講中,他提到了打擊金融犯罪在過去十年間的演變。

❶ Point 重點 ···

refer to 可以當作「**提到**」,也有「**參閱、參考某處**」的意思。

⇒ If you want to know more information, please **refer to** our website.

如果您想知道更多資訊,請查看我們的網站。

另外,**for your reference (FYR)**(**提供你參考**)是在寫信時常常會用到的表達方式,特別是工作上的信件往來。

⇒ This calendar is provided **for your reference** only and may be subject to last minute changes.

這份行事曆僅供參考且有可能會在最後一刻更動。

聯想單字		
infer	v.	推斷;推論
chapter	n.	章節
section	n.	小節;(條文等的)款

remark

[rɪ`mɑrk]

v. 說;談論;察覺
n. 言辭;評論;察覺

衍 remarkable adj.
值得注意的;非凡的

He **remarked** that what fascinated him most about literature was its ability to inspire the imagination of the reader.

他說,文學最讓他著迷的就是它能夠啟發讀者想像力的能力。

The actress clapped back at Internet commenters who made rude **remarks** about her weight.

這位女演員反擊那些對她的體重發表無禮言論的網友。

聯想單字		
language	n.	語言
state	v.	陳述
statement	n.	(正式的)聲明;說明

resolution

[ˌrɛzəˈluʃən]

n. 決心;決定;決議

衍 resolve v. 解決;解除;下定決心 n. 決心;堅定的信念

I made a **resolution** to balance my work life and personal life.

我下定決心要在工作和生活中取得平衡。

聯想單字		
New Year's resolution	n.	新年新希望
determination	n.	堅定;確定;決心
solution	n.	解決辦法

respond

[rɪˈspɑnd]

v. 做出反應;回應

衍 response n. 反應;回答

The officials **responded** angrily to the report, saying it is based on inaccurate information.

官員們憤怒地回應這份報告,表示這份報告所基於的資訊並不準確。

session

[ˈsɛʃən]

n. (議會等的)會議;(進行某活動的)一段時間

Later, you might have a brainstorming **session** with your team to think about ways to solve the problem.

待會你們可以和你們團隊一起進行腦力激盪,想出解決這個問題的方法。

聯想單字		
lesson	n.	課;教訓
seminar	n.	研討會
workshop	n.	工作坊
training	n.	培訓
lecture	n.	講座

summarize

[`sʌməˌraɪz]

v. 總結；概述

衍 summary adj. 概括的；（未經討論或正式程序）立即的
n. 總結；摘要

同 recap v. 扼要重述；概括說明

In case you don't have time to watch the video, I'll **summarize** the main points for you.
為免大家沒有時間看影片，我會幫大家總結重點。

聯想單字

outline	v.	概述；列大綱
paraphrase	v.	改述；換句話說
rewrite	v.	重寫
explanation	n.	解釋

translate

[træns`let]

v. 翻譯；轉化

衍 translation n. 翻譯；譯文
translator n. 譯者

The novel has been **translated** into many languages and adapted into movies.
這部小說已被翻譯成多種語言並被改編成了電影。

❶ Point 重點 ···
translate from A into B 從 A 翻譯成 B
⇨ I'm trying to **translate** my book **from** Chinese **into** English.
我正在嘗試把我的書從中文翻譯成英文。

聯想單字

interpret	v.	口譯
interpreter	n.	口譯員
interpretation	n.	詮釋；口譯
edit	v.	編輯

初	alphabet	[`ælfə͵bɛt]	n. 字母
中	architecture	[`ɑrkə͵tɛktʃɚ]	n. 建築學
初	basis	[`besɪs]	n. 基礎
初	blackboard	[`blæk͵bord]	n. 黑板
中	chalk	[tʃɔk]	n. 粉筆
中	chemistry	[`kɛməstrɪ]	n. 化學
中	composition	[͵kɑmpə`zɪʃən]	n. (音樂、文字等的) 作品；構成
中	compute	[kəm`pjut]	v. 計算；估算；推斷
中	concept	[`kɑnsɛpt]	n. 概念；觀念
中	conjunction	[kən`dʒʌŋkʃən]	n. 連接詞；結合
中	consonant	[`kɑnsənənt]	n. 子音
初	crayon	[`kreən]	n. 蠟筆
中	dictate	[`dɪktet]	v. 口述；聽寫
中	dictation	[dɪk`teʃən]	n. 口述；聽寫
初	dictionary	[`dɪkʃən͵ɛrɪ]	n. 字典
中	digit	[`dɪdʒɪt]	n. 數字
中	digital	[`dɪdʒɪtl̩]	adj. 數位的；數字的
中	edition	[ɪ`dɪʃən]	n. 版本
中	electronics	[ɪlɛk`trɑnɪks]	n. 電子學
中	engineering	[͵ɛndʒə`nɪrɪŋ]	n. 工程設計；工程學

	單字	音標	詞性/中文
中	equality	[ɪ`kwɑlətɪ]	n. 相等；平等
中	essay	[`ɛse]	n. 論說文；短文
中	experiment	[ɪk`spɛrəmənt]	v. 進行實驗 n. 實驗；試驗
中	experimental	[ɪk͵spɛrə`mɛntḷ]	adj. 實驗性的；試驗性的
中	fiction	[`fɪkʃən]	n. 小說；虛構，捏造
中	fluent	[`fluənt]	adj. 流利的；流暢的
初	geography	[`dʒɪ`ɑgrəfɪ]	n. 地理
中	globe	[glob]	n. 球狀物；地球儀
中	grammar	[`græmɚ]	n. 文法
中	grant	[grænt]	v. 同意；授予 n. 獎學金；授予
中	guidance	[`gaɪdṇs]	n. 指導；引導；領導
初	hall	[hɔl]	n. 大廳；講堂
中	handwriting	[`hænd͵raɪtɪŋ]	n. 手寫；筆跡
中	idiom	[`ɪdɪəm]	n. 慣用語，俚語
初	importance	[ɪm`pɔrtṇs]	n. 重要性
中	improvement	[ɪm`pruvmənt]	n. 改進，改善，增進
中	indication	[͵ɪndə`keʃən]	n. 指示；暗示
初	kindergarten	[`kɪndɚ͵gɑrtṇ]	n. 幼稚園
中	laboratory	[`læbrə͵torɪ]	n. 實驗室；研究室
初	law	[lɔ]	n. 法律
初	leader	[`lidɚ]	n. 領袖；領導者

初	letter	[`lɛtɚ]	n. 信；字母
初	library	[`laɪˌbrɛrɪ]	n. 圖書館
中	literary	[`lɪtəˌrɛrɪ]	adj. 文學的；文藝的
中	literature	[`lɪtərətʃɚ]	n. 文學；文學作品
中	logic	[`ladʒɪk]	n. 邏輯；邏輯學
初	marker	[markɚ]	n. 標記；麥克筆
中	masterpiece	[`mæstɚˌpis]	n. 傑作；名作
中	mathematical	[ˌmæθəˋmætɪkl]	adj. 數學的
中	meaningful	[`minɪŋfəl]	adj. 意味深長的；有意義的
中	microscope	[`maɪkrəˌskop]	n. 顯微鏡
中	nursery	[`nɝsərɪ]	n. 托兒所；育兒室
初	opinion	[əˋpɪnjən]	n. 意見
中	overnight	[`ovɚˋnaɪt]	adj. 一夜之間的；在夜間的 adv. 一夜之間；一整夜
中	paragraph	[`pærəˌgræf]	n.（文章的）段落
中	philosophical	[ˌfɪləˋsafɪkl]	adj. 哲學的
中	philosophy	[fəˋlasəfɪ]	n. 哲學
中	phrase	[frez]	v. 用～的方式表達 n. 片語；詞組
初	physics	[`fɪzɪks]	n. 物理學
中	plural	[`plʊrəl]	adj. 複數的 n. 複數
初	poem	[`poɪm]	n. 詩

中	poetry	[`poɪtrɪ]	n. 詩;詩歌;韻文
中	potential	[pə`tɛnʃəl]	adj. 潛在的;可能的 n. 可能性;潛力
中	practical	[`præktɪkḷ]	adj. 實用的;實際的
初	principle	[`prɪnsəpḷ]	n. 原則
初	problem	[`prɑbləm]	n. 問題,麻煩
中	proper	[`prɑpɚ]	adj. 適合的;適當的
中	properly	[`prɑpɚlɪ]	adv. 恰當地;正確地
中	proverb	[`prɑvɝb]	n. 諺語,格言
中	publication	[͵pʌblɪ`keʃən]	n. 出版;發行;刊物
中	publish	[`pʌblɪʃ]	v. 出版;發行;刊載
初	reason	[`rizṇ]	n. 理由;原因 v. 推論;判斷
中	researcher	[ri`sɝtʃɚ]	n. 研究人員;調查者
中	revision	[rɪ`vɪʒən]	n. 修訂;校訂;修正
中	rhyme	[raɪm]	v. 押韻 n. 押韻;韻腳
中	rhythm	[`rɪðəm]	n. 節奏;韻律
中	scan	[skæn]	v. 細看;掃視;掃描 n. 粗略瀏覽;掃描檢查
中	scholar	[`skɑlɚ]	n. 學者
中	scientific	[͵saɪən`tɪfɪk]	adj. 科學的
中	scold	[skold]	v. 責罵

初	spelling	[ˋspɛlɪŋ]	n. 拼字；拼法
初	stationery	[ˋsteʃənˏɛrɪ]	n. 文具
中	suggestion	[səˋdʒɛstʃən]	n. 建議；提議
中	supposed	[səˋpozd]	adj. 假定的；據說的
中	survey	[səˋve]	v. 調查；測量；認真審視 n.（民意）調查；測量
中	tease	[tiz]	v. 戲弄；取笑 n. 戲弄；愛戲弄他人者
中	text	[tɛkst]	n. 正文；原文；文本
初	textbook	[ˋtɛkstˏbʊk]	n. 教科書；課本
中	theme	[θim]	n. 主題
中	theory	[ˋθiərɪ]	n. 學說；理論
初	thought	[θɔt]	n. 思維；想法
初	topic	[ˋtɑpɪk]	n. 主題；話題
中	verse	[vɝs]	n. 詩；韻文
中	version	[ˋvɝʒən]	n. 說法；版本
初	vocabulary	[vəˋkæbjəˏlɛrɪ]	n. 字彙
中	workbook	[ˋwɝkˏbʊk]	n. 練習簿，習作簿
中	writing	[ˋraɪtɪŋ]	n. 書寫；寫作；文學作品；著作

Chapter 09 Quiz Time

一、請填入正確的對應單字。

01. 有希望的；有前途的 （　）

02. 詢問 （　）

03. 給～動機；激勵 （　）

04. 努力；精力；成果 （　）

05. 接近；靠近；方法 （　）

A. inquire　　B. promising　　C. effort　　D. approach　　E. motivate

二、請選出正確的答案。

01. His job is to _____ people on the use of the gym equipment.
    A. memorize
    B. refer
    C. instruct
    D. summarize

02. These two companies are _____ with each other to attract and hire various skilled employees.
    A. calculating
    B. recalling
    C. defining
    D. competing

03. We _____ knowledge through learning, education, and training.

    A. acquire
    B. major
    C. award
    D. concentrate

04. It is so important for sales professionals to _____ quickly to customers.

    A. concentrate
    B. respond
    C. recall
    D. glimpse

05. As an entrepreneur, I would say the biggest _____ is not embracing failure.

    A. resolution
    B. certificate
    C. obstacle
    D. comprehension

Chapter 10

自然

環境、天氣、
自然現象

Ch10.mp3

主題單字相關實用片語

a drop in the ocean	滄海一粟；杯水車薪
a place in the sun	好位置；幸運的位置
a storm in a teacup	小題大作；大驚小怪
a needle in a haystack	海底撈針
be snowed under (with sth)	要做的事多到焦頭爛額
can't see the wood for the trees	見樹不見林（太專注於細節，而沒有注意整體大局）
chasing rainbows	做白日夢；追求不切實際的目標
come rain or shine	不管發生什麼事；風雨無阻
dog days	酷熱的日子
every cloud has a silver lining	黑暗中總有一線光明
go/swim against the tide	逆着潮流而行；反其道而行
have/with a face like thunder	看起來非常憤怒
head in the clouds	做白日夢；不切實際；心不在焉
hot air	空話；大話
out of the woods	脫離險境；走出困境
take a shine to sb	立刻喜歡上（某人）
the calm before the storm	暴風雨前的寧靜
the final/last straw	壓垮駱駝的最後一根稻草
tip of the iceberg	冰山一角
walking on sunshine	興高采烈；非常開心

absorb

[əb`sɔrb]

v. 吸收；減緩（震動、衝力等）；理解

衍 absorbed adj. 全神貫注的
absorbent adj. 能吸收（液體）的

Plants will **absorb** carbon dioxide and release oxygen during the process of photosynthesis.
在光合作用的過程中，植物會吸收二氧化碳並釋放出氧氣。

❶ Point 重點 ·······························
最常見的 absorb 用法是被動態的 **be absorbed in...**（全神貫注於～），請注意**介系詞 in** 的後面只能接動名詞或名詞。
⇒ He **was** so **absorbed in** his book that he didn't even notice me.
他太沉迷於他的書了，甚至沒有注意到我。

atmosphere

[`ætməsˌfɪr]

n. 大氣；（特定場所的）氛圍；氣氛

Lamps which emit a warm glow can create a relaxed **atmosphere** and add interest to your living space.
散發出溫暖光芒的檯燈可以營造出放鬆的氛圍，並為生活空間增添趣味。

聯想單字		
oxygen	n.	氧氣
carbon dioxide	n.	二氧化碳
hydrogen	n.	氫氣
greenhouse gas	n.	溫室氣體
greenhouse effect	n.	溫室效應

bloom

[blum]

n. 花朵；開花
v. 開花；綻放；繁榮

反 wither v.
枯萎；凋謝

An annual community celebration is held in November each year when the roses are coming into **bloom**.
每年十一月玫瑰要盛開時都會舉行社區的慶祝活動。

These flowers will **bloom** all summer and come in a variety of colors.
這些花會在整個夏天綻放，開出各種顏色。

❶ Point 重點 ···

雖然 **bloom**、**blossom** 和 **flower** 都有著「開花」的意思，但其實這三個字在意義上和用法上都不完全相同，一起來看看吧！

bloom 用來表示「**觀賞性的花朵盛開**」，如 rose（玫瑰）、tulip（鬱金香）、lily（百合）等，也可以單純泛指「**樹木等植物開出花簇**」。

⇨ You can visit Yangmingshan during spring to enjoy the colorful **bloom** of the wild flowers.
你可以在春天去陽明山欣賞五彩繽紛的野花盛開。

blossom 指的是「**樹（尤其是果樹或者會結果實的灌木上）所開的花**」，也可以指「**花簇中的一朵**」。

⇨ The apple trees will **blossom** next month.
蘋果樹會在下個月開花

flower 是**較通用的詞**，不管是觀賞用的花，還是果樹的花都可以使用 flower。

⇨ The plants in my garden **flowered** beautifully.
我花園裡的植物開花開得很漂亮。

這裡一併補充兩種最常用到的「開花」說法：

come into bloom 開花

⇨ By March, these plants will **come into bloom** and bloom until late April,
到了三月，這些植物就會開花，並一直開到四月下旬。

in full bloom 盛開

⇨ Guests are recommended to visit the park in June when the roses are **in full bloom**.
建議訪客在玫瑰盛開的六月參觀公園。

聯想單字		
blossom	n.	（樹上的）花朵；花簇
	v.	開花；深入發展；變得更有魅力
flower	n.	花；開花植物　v. 開花
petal	n.	花瓣
bud	n.	花苞；芽　v. 發芽；開始生長

circumstance

[ˋsɝkəmˌstæns]

n. 情況;形勢

Under normal **circumstances**, your package will be delivered within 5 business days.
在正常情況下,您的包裹會在 5 個工作日送達。

❶ Point 重點 ....

under no circumstances 這個片語是很常看到的 circumstance 相關說法,表示「**在任何情形下決不,無論如何不**」,特別要注意的是,使用這個表達方式的句子**必須倒裝**,也就是**必須將助動詞放在主詞前面**。

⇨ **Under no circumstances** will I allow you to go to a party where liquor is being served.
我無論如何都不會讓你參加有供應酒類的派對。

在英文裡,可以指「**情況**」或「**狀態**」的常見單字有 **condition**、**situation** 和 **circumstance**,下面簡單說明這三個字間的差異,使用時請透過上下文選擇最適合的字。

condition 指的是「**某事物的狀態;狀況;條件**」。
⇨ weather **conditions** 天氣狀態
health **conditions** 身體狀況
work **conditions** 工作條件
living **conditions** 生活環境(條件)

situation 指的是與人事物相關的一些條件和狀況,在相互運作下所形成的「**處境**」或「**形勢**」。
⇨ economic/financial/political **situation**
經濟/財政/政治情勢
current **situation** 現況
complicated **situation** 複雜的處境

circumstance 指的是在特定情境或事件下的「**情況**」或「**處境**」,也可以指與特定決策或行動相關的具體「**狀態**」。
⇨ in/under certain **circumstance** 在特定情況下
in/under any **circumstance** 在任何情況下

climate

(初)

[`klaɪmɪt]
n. 氣候

In Taiwan, the **climate** is subtropical in some areas, with mild winters and hot, rainy summers.
台灣的部分地區屬於副熱帶氣候，冬天不會太冷，夏天則是炎熱多雨。

❶ Point 重點 ···
climate vs. **weather**
weather 指的是「**天氣**」，是一個地區在**短時間**內，例如一天或一週內的天氣狀況。
⇨ How is the weather today?
　 What's the weather like today?
　 今天天氣如何？

climate 指的是「**氣候**」，是一個地區在**長時間**中，如一季、一年或數年間的一般氣候狀態。
⇨ The climate there is cooler in summer and chilly in winter.
　 那裡的氣候是夏季比較涼爽、冬季寒冷。

聯想單字		
weather	n.	天氣
environment	n.	環境
tropical	adj.	熱帶的
climate change	n.	氣候變遷
global warming	n.	全球暖化

creature

(中)

[`kritʃɚ]
n. 生物；動物

衍 create v. 創造；
　 創作

Blue whales are the largest **creatures** to have ever lived on Earth and can weigh more than 150 tons.
藍鯨是地球有史以來最大的生物，體重可以超過 150 噸重。

聯想單字		
being	n.	生命；生物；存在
living creatures	n.	生物
mankind	n.	人類
monster	n.	怪物
wildlife	n.	野生動植物

crystal

[ˋkrɪstl̩]

n. 水晶；結晶
adj. 水晶的；水晶製的；清澈透明的

We always set the table with **crystal** and flowers on Thanksgiving and Christmas.
在感恩節和聖誕節時，我們總是會用水晶和花朵來擺設餐桌。

Our modern **crystal** chandeliers can add a sense of luxury to your dining area.
我們的新式水晶吊燈可以為您的用餐區增添奢華感。

crystal ball	n.	水晶球
crystal clear	phr.	清澈透明的；清楚明瞭的；顯而易見的
mineral	adj.	礦物的　n. 礦物

cultivate

[ˋkʌltəˏvet]

v. 耕作；培植；培養

衍 cultivation n.
　耕種；培養

It is really hard to practically **cultivate** ginseng for 6 years without pesticides.
要想在不用農藥的情況下實際種植六年的人參真的很困難。

agriculture	n.	農業
crop	n.	農作物
nurture	v.	養育；培育
sow	v.	播種
harvest	v./n.	收穫

disaster

[dɪˋzæstɚ]

n. 災害；災難

衍 disastrous adj.
　災害的；災難性的；悲慘的
　disastrously adv.
　災難性地；悲慘地

同 catastrophe n.
　大災難；不利的局面

They sought to find out how the **disaster** happened and how such accidents could be avoided in the future.
他們試圖釐清災難是如何發生的，以及將來該如何避免此類事故發生。

emergency	n.	緊急狀況；緊急
tragedy	n.	悲劇
natural disaster	n.	自然災害
disaster film	n.	災難片
disaster area	n.	災區

drought

[draʊt]
n. 乾旱

Some people have been forced to flee their homes because of **drought** and other natural disasters caused by climate change.

因為由氣候變遷所造成的乾旱和其他自然災害，有些人被迫逃離了他們的家園。

❶ Point 重點 ··

在各種測驗中，經常會出現各種與「天然災害」相關的字彙，請一併記下來。

⇨ flood 洪水；水災
　 tsunami 海嘯
　 typhoon 颱風
　 hurricane 颶風
　 tornado 龍捲風
　 sandstorm 沙塵暴
　 landslide/landslip/mudslide 山崩；土石流
　 forest fire/wildfire 森林大火

聯想單字		
nature	n.	自然
season	n.	季節
dry season	n.	旱季
wet season (= rainy season)	n.	雨季

electronic

[ɪlɛk`trɑnɪk]
adj. 電子的

衍 electronics n.
電子學
electric adj.
用電的；電力的；令人震驚的
electricity n.
電；電力

Electronic waste refers to all types of electronic products that have reached the end of their useful life and are no longer usable.

電子垃圾是指已到達使用年限且無法再使用的各種電子產品。

聯想單字		
electronic book	n.	電子書
electronic devices	n.	電子設備
power outage	n.	停電

environment

[ɪnˋvaɪrənmənt]
n. 環境

衍 environmental
adj. 環境的；有
關環境保護的
environmentalist
n. 環保主義者

We should take preventive measures to protect the **environment** from pollution and maintain the ecological balance.
我們應該採取預防措施來保護環境免於汙染並維持生態平衡。

聯想單字			
working environment	n.	工作環境
home environment	n.	家庭環境
environmental protection	n.	環境保護
recyclable	adj.	可回收的
sustainable development	n.	永續發展

explode

[ɪkˋsplod]
v. 爆炸；（情感）
爆發；激增

衍 explosion
n. 爆炸；擴張
explosive
adj. 爆炸性的；
易爆炸的
n. 炸藥

A bomb **exploded** in the corner of the parliament building.
一枚炸彈在議會大樓的角落爆炸了。

聯想單字			
dynamite	n.	火藥
give off	phr.	發出；發散
bomb	n.	炸彈　v. 轟炸
terrorist	n.	恐怖分子
terrorist attack	n.	恐怖攻擊

expose

[ɪkˋspoz]
v. 暴露；接觸到；
揭發

衍 exposure n.
接觸；暴露；遭
受；曝光

You should wear sunscreen for any activities that may **expose** your skin to the sun, or you may get a sunburn.
在從事任何可能會讓皮膚暴露在陽光底下的活動時，你都應該要擦防曬乳，不然可能會曬傷。

❶ Point 重點 ··
expose 的後面常會出現 **to**，並在 **to** 的後面接事物，表示「暴露或接觸到某事物」。
⇨ Living with alcoholic parents may **expose** children **to** violence and long-term insecurity.
與酗酒的父母一起生活，可能會使孩子暴露在暴力和長期的不安全感之中。

extinct

[ɪk`stɪŋkt]

adj. 絕種的；滅絕
的

衍 extinction n.
絕種；滅絕

同 die out phr.
逐漸滅絕

⊕ Some species are at risk of becoming **extinct** due to
climate change.
由於氣候變遷，一些物種面臨滅絕的危險。

聯想單字			
extinct volcano	n.	死火山
endangered	adj.	瀕臨絕種的
species	n.	物種

fertile

[`fɝtl]

adj. 肥沃的；富饒
的；點子多的

衍 fertilize v. 施
肥；使受孕
fertilizer n. 肥料
fertility n. 生殖
力；肥沃度

反 infertile adj. 土
地貧瘠的；不能
生育的
barren adj. 貧瘠
的；荒蕪的；不
孕的

⊕ For quick-growing vegetables like lettuce, they will grow
well in **fertile** soil and won't need any fertilizer.
對於像萵苣這種生長快速的蔬菜來說，它們可以在肥沃的土
壤中長得很好，而且不需要任何肥料。

forecast

[`for͵kæst]

v. 預測;預報

n. 預報

同 predict v. 預測

Given the insufficient investment in oil production, oil prices are **forecasted** to increase substantially.
由於對石油生產的投資不足,油價預期會大幅上漲。

These sales **forecasts** are essential to almost every line of business, and especially the sales teams within the companies.
這些銷售預測對幾乎所有的業務產品線來說都至關重要,尤其是公司內部的銷售團隊。

❶ Point 重點 ···

當 forecast 做為動詞使用時,過去式和過去分詞的形態可以寫作 forecast 或 forecasted,請特別注意。

forecast 和 **predict** 意義相近,一般也常會互換使用,不過其實它們還是有著些微的不同,使用時可以透過上下文來判斷要使用 forecast 還是 predict。

forecast 指的是「**以現有資料或數據等客觀條件為基礎**」來做預測。

⇨ Experts have **forecasted** continued increases in electricity rates.
專家預測電費將持續上漲。

predict 指的是「**以一般事實、無具體根據的直覺或個人意見為基礎**」來做預測。

⇨ I **predict** that the team will have a better record than it has had in the past few years.
我預測這隊的戰績會比他們過去幾年的更好。

聯想單字		
prediction	n.	預測
anticipate	v.	期待;預料
anticipation	n.	期望;預料
weather forecast	n.	天氣預報
estimate	v.	估計 n. 估計;估計值;報價

frozen

[`frozn]
adj. 冰凍的；凍僵
的

衍 freeze v. 結冰；
凝固（動詞三態
為 freeze-froze-
frozen）
n. 結冰；凍結
freezing adj.
非常寒冷的
freezer n. 冷凍櫃

In winter, when this river is **frozen** to a certain degree,
you can safely walk on it as if it were land.
在冬天的時候，當這條河結冰到一定程度，你就可以像在陸
地上一樣走在上面。

❗ Point 重點 ··
動詞的 **freeze** 也有 Don't move!（不准動！）的意思，
常用於警察與歹徒對峙的情境。
⇨ **Freeze**, or I'll shoot.
不准動，否則我會開槍。

在英文裡有好幾種和「寒冷」有關的說法，所指的程度
各不相同，一起來看看吧！

cool：**涼爽的**，令人舒適的冷度。
chilly：**冷颼颼**或**冷得刺骨**，冷到讓人有不舒服的感覺。
cold：**寒冷的**，最普遍的說法，尤其指比體溫更低的溫
度。
freezing：**非常寒冷的**，常會以 **freezing cold** 的方式
使用。
frozen：**凍僵的**，冷的程度會讓人行動受限。
frosty：**嚴寒的**，冷到結霜的程度。

聯想單字		
frozen food	n.	冷凍食品
frost	n.	霜；嚴寒　v. 結霜
frosty	adj.	嚴寒的；霜凍的；冷淡的
refrigerator	n.	冰箱

harvest

[`hɑrvɪst]
n. 收穫
v. 收割；收穫；獲
得

Because the weather conditions are favorable, the local
farmers had a record **harvest** this season.
由於天氣狀況良好，當地農民在本季得到了破紀錄的收穫
量。

A number of villages use modern machines instead of
traditional methods to **harvest** the wheat.
一些村莊使用現代機械而非傳統方法來收割小麥。

invade

[ɪn`ved]

v. 侵略；侵犯；
入侵

衍 invasion n.
入侵；侵犯

The cancer cells may **invade** other parts of the body, interfering with normal body functions.
癌細胞可能會侵入身體的其他部位，干擾正常的身體功能。

magnificent

[mæg`nɪfəsənt]

adj. 壯觀的；豪華
的；極好的

Unfortunately, we were not able to see the **magnificent** view of the Great Wall because the visibility was poor.
可惜的是，我們沒辦法看到萬里長城的壯觀景色，因為能見度很差。

❶ Point 重點 ···

magnificent 會用來形容**景觀或建築物**等事物規模宏大、雄偉或呈現出來的氣勢驚人，因此**不會用來形容人**。

英文裡用來形容「美景」的字有很多，這裡補充一些最常出現在各大測驗之中的常考單字，請一併記住。
⇒ breathtaking 令人嘆為觀止的；令人屏息的
spectacular 壯觀的；壯麗的
glorious 壯觀的；壯麗的
stunning 令人驚豔的；極迷人的
picturesque 美景如畫的

聯想單字		
vast	adj.	廣大的
landscape	n.	（陸上的）景色，風景
scene	n.	場景；景色
view	n.	景色；視野
natural wonder	n.	自然奇觀

mysterious

[mɪs`tɪrɪəs]
adj. 神祕的

衍 mystery n. 神祕
的事物；謎

A team of researchers will be exploring an unknown and **mysterious** region of the moon.
一組研究人員將探索月球上的一個未知且神祕的區域。

聯想單字		
miracle	n.	奇蹟
magic	n.	魔法；魔術；神奇的力量
magical	adj.	魔幻的；不可思議的
secret	n.	祕密
secretive	adj.	遮遮掩掩的

native

[`netɪv]
adj. 出生地的；土
生土長的

The giant panda is **native** to the central-western and southwestern parts of China.
大貓熊原生於中國中西部和西南部。

聯想單字		
native language	n.	母語
native speaker	n.	母語人士
aboriginal	adj.	原住民的 n. 原住民
racial	adj.	種族的
tribe	n.	部落；種族

nourish

[`nɝɪʃ]
v. 養育；滋養；培
養

衍 nourishment
n. 營養；養分

同 nurture
v. 養育；培育
n. 培養

This night cream is suitable for all skin types and can gently calm and **nourish** our skin.
這款晚霜適合所有的膚質，且能夠溫和鎮靜和滋養肌膚。

nuclear

[`njuklɪɚ]

adj. 核能的

Scientists have found a new way of treating water contaminated by **nuclear** waste.

科學家們發現了一種新方法，可以用來處理被核廢料汙染的水。

聯想單字			
nuclear power	n.	核能
nuclear power plant	n.	核電廠
nuclear weapon	n.	核武器
nuclear waste	n.	核廢料

nutrition

[nju`trɪʃən]

n. 營養；營養物質

衍 nutrient n. 養分
nutritious adj.
營養豐富的；營
養價值高的
nutritional adj.
營養相關的
malnutrition n.
營養不良

A **nutrition** label provides information on the ingredients and nutritional makeup of a food.

營養標示會提供食品原料和營養組成的相關資訊。

聯想單字			
dietary supplement	n.	營養補充品
vitamin	n.	維他命，維生素
mineral	n.	礦物質
lack	n.	缺少；缺少物　v. 缺少；沒有
sufficient	adj.	充足的

organic

[ɔr`gænɪk]

adj. 有機的

衍 organism n.
有機體

There is not enough evidence to say that **organic** foods are more or less nutritious than non-organic foods.

沒有足夠的證據可以說明有機食品會比非有機食品更有或更沒有營養。

聯想單字			
fertilizer	n.	肥料
chemical	adj.	化學的　n. 化學製品
genetically modified food	n.	基因改造食物

overlook

[ˌovəˈlʊk]
v. 眺望；俯瞰；忽略

⊕ Our spacious and well-decorated room **overlooked** the beach.
我們寬敞又裝修精美的房間可以遠眺海灘。

phenomenon

[fəˈnɑməˌnɑn]
n. 現象；非凡的人（或事物）

衍 phenomenal adj.
非凡的；傑出的

⊕ Lightning is a natural **phenomenon** that we may witness numerous times a year.
閃電是一種自然現象，我們一年可能會目擊許多次。

❶ Point 重點 ··
請特別注意 phenomenon 的**複數形是 phenomena**。

聯想單字			
lightening	n.	閃電	
thunder	n.	雷聲	v. 打雷
rainfall	n.	下雨；降雨量	
tide	n.	潮汐；潮水	

plentiful

[ˈplɛntɪfəl]
adj. 豐富的；充足的

衍 plenty n.
充足；大量

同 abundant adj.
大量的；充足的
ample adj.
大量的；豐富的

反 scarce adj.
缺乏的；不足的；稀有的

⊕ The high altitude, fertile soils and **plentiful** rainfall provide perfect conditions for growing coffee beans.
高海拔、肥沃的土壤和充足的降雨為種植咖啡豆提供了完美的條件。

❶ Point 重點 ··
名詞的 plenty 若以 **plenty of...** 的形式來使用，則意義上與形容詞的 plentiful 相同，都是「**大量的～；很多的～**」的意思。
⇒ We have **plenty of** time for a cup of coffee before we get on the train.
在上火車之前，我們有很多時間去喝杯咖啡。

pollution

[pəˋluʃən]

n. 汙染

衍 pollute v. 汙染
polluted adj.
受汙染的
pollutant n.
汙染物;汙染源

Research suggests that asthma and exposure to air **pollution** are linked.

研究顯示氣喘與暴露在空氣汙染之中有關。

聯想單字		
air/water pollution	n.	空氣／水汙染
contamination	n.	汙染
emission	n.	排放物;排放
sewage	n.	廢水

prevent

[prɪˋvɛnt]

v. 防止;預防;阻止

衍 prevention n. 預防;防止;阻止
preventive adj.
防止的;預防的
(＝ preventative)

Poor weather conditions **prevented** the attendee from arriving at the ceremony in time.

惡劣的天氣狀況使與會者無法及時到達典禮現場。

❶ Point 重點 ⋯⋯⋯⋯⋯⋯⋯⋯⋯⋯⋯⋯⋯⋯⋯⋯⋯

英文裡用來表達「**防止;阻止**」的說法有很多,下面介紹幾種最常使用的表達方式,**請特別注意與動詞搭配使用的介系詞是 from**。

prevent ... from 預防／避免~做某事

⇨ Active and close supervision is a way that parents can **prevent** their child **from** using drugs.
積極和密切的監督是父母可以用來預防孩子吸毒的一個方法。

stop ... from 阻止~;避免~

⇨ How can we **stop** children **from** going to inappropriate sites while using the Internet at home?
我們能如何阻止孩子在家上網時進入不恰當的網站呢?

keep ... from 阻止~;讓~不做(持續性動作)

⇨ Pet owners should **keep** their dogs **from** eating chocolate.
飼主應該要阻止他們的狗吃巧克力。

protect ... from 保護~免於~

⇨ They have promoted children's rights and **protected** them **from** being abused.
他們提倡兒童的權利,並保護他們免於虐待。

save ... from 拯救～免於～

⇒ The children **saved** the dog from **freezing** to death.
孩子們拯救了一隻狗，讓牠免於凍死。

protective

[prə`tɛktɪv]
adj. 保護的；防護性的

衍 protect v.
　保護；防護
　protection n.
　保護；防護

When using any chemical products, you should absolutely wear a **protective** mask and goggles to protect yourself.
使用任何化學產品時，絕對要戴上防護面罩和護目鏡來保護自己。

聯想單字		
protective gear	n.	防護裝置
protective clothing	n.	防護衣物
defensive	adj	防禦的；防禦用的
defensive action	n.	防禦動作

refugee

[ˌrɛfjʊ`dʒi]
n. 難民

衍 refuge n.
　庇護；庇護所

During the Cold War, thousands of **refugees** fled Soviet territory to seek asylum elsewhere.
在冷戰期間，成千上萬的難民逃離了蘇聯領土，到別處尋求庇護。

❶ Point 重點 ⋯⋯⋯⋯⋯⋯⋯⋯⋯⋯⋯⋯⋯⋯⋯⋯⋯⋯⋯⋯⋯⋯⋯⋯⋯⋯⋯⋯⋯
refugee 的重音在後面，而衍生字的 refuge 則是唸 [`rɛfjudʒ]，發音時要特別留意。

聯想單字		
refugee camp	n.	難民營
immigrant	n.	（遷入的）移民　adj. 遷入的；移民的
escape	v.	逃跑　n. 逃跑
flee	v.	逃走；逃離；消散
asylum	n.	避難；庇護

resource

[rɪ`sors]
n. 資源；財力（常複數）

衍 resourceful adj.
　足智多謀的

Canada is a world leader in the production and use of energy from renewable **resources**.
加拿大在再生能源的生產和使用方面處於世界領先的地位。

聯想單字		
natural resources	n.	天然資源
property	n.	財產；不動產；所有物
belongings	n.	隨身物品；擁有物

scarce

[skɛrs]

adj. 缺乏的；不足的；（數量上）稀有的

衍 scarcely adv.
　幾乎不
　scarcity n.
　缺乏；不足

反 plentiful adj.
　充足的；大量的

Severe droughts and **scarce** rain have forced water restrictions in southern Europe.
嚴重的乾旱和稀少的降雨迫使南歐地區限制用水。

聯想單字		
rare	adj.	（機率上）稀有的；罕見的
lack	n.	缺少；缺少的東西　v. 缺少；沒有
available	adj.	可獲得的；可用的
unavailable	adj.	無法獲得的；不可用的

shortage

[ˈʃɔrtɪdʒ]

n. 缺少；不足

同 lack n. 缺少；缺
　少的東西
　v. 缺少；沒有

The second drought in three years has created a widespread **shortage** of food and water.
三年來的第二次乾旱造成了大範圍的食物和水的短缺。

❶ Point 重點 ⋯⋯⋯⋯⋯⋯⋯⋯⋯⋯⋯⋯⋯⋯⋯⋯⋯⋯⋯⋯⋯⋯

shortage vs. **lack**
shortage 指的是「**目前雖然還有某樣東西，但數量低於預期，不夠使用**」，常用來指「**資源**」方面的不足。
⇨ a **shortage** of food 食物不足
　a **shortage** of funds 資金不足
　a water **shortage** 缺水

lack 指的是「**某樣需要或想要的東西不存在或數量上不夠**」，重點放在「**缺乏**」之上，不論具體還是抽象的事物都可使用。
⇨ **lack** of sleep 缺乏睡眠
　lack of confidence 缺乏信心
　lack of effort 缺乏努力

兩者基本上用法類似，然而 lack 所指的缺乏程度較 shortage 更嚴重。

smooth

[smuð]

adj. 平滑的；順利
的；流暢的；香醇
的；圓滑的
v. 撫平；使順利

衍 smoothly adv.
順利地；平穩地
smoothie n. 果昔

Our experts will guide you through each stage of the process, making sure everything is **smooth** and successful.
我們的專家將指導您進行這項流程的各階段，確保一切順利成功。

Before getting into the room, he straightened his tie and **smoothed** his hair.
在進房間之前，他把領帶整理好並順了一下頭髮。

sufficient

[səˋfɪʃənt]

adj. 足夠的；充分
的

反 insufficient adj.
不充分的；不足
的
deficient adj. 有
缺陷的；不足
的；缺乏的

The lack of **sufficient** sun exposure could affect mental health and increase the chances of depression and anxiety.
缺乏足夠的陽光照射可能會影響心理健康，並增加憂鬱和焦慮的可能性。

❶ Point 重點 ……………………………………………………
雖然字義同樣都有著「足夠的」意思，但 **enough**、**sufficient**、**adequate** 並不完全相同，使用時可以透過上下文來選擇最恰當的字。

enough 指的是數量上「**足夠的；綽綽有餘的**」，且有超出所需之量的感覺。

sufficient 指的是「**充足的；充分的**」，足以應付所需，甚至還有多出來的量。

adequate 指的是達到某個最低標準的「**恰當的；足夠的；合適的**」數量，傳達出一種「**剛好**」的感覺。

假設一杯飲料 50 元，你身上有 50 元，就是 adequate；身上有 60 ~ 70 元，則是 sufficient，如果身上有 100 元，就會用 enough。

另外，enough 的用法較廣泛，sufficient 和 adequate 則較正式。

surround

[sə`raʊnd]

v. 圍繞，環繞；包圍

衍 surrounding n. 環境；周圍的事物
adj. 周圍的；附近的

Police **surrounded** a house in search of the suspect and weapons.

警察包圍了一間房子來尋找嫌犯和武器。

territory

[`tɛrə͵torɪ]

n. 領土；版圖；地盤；知識領域

The country prohibits the passage of foreign troops across its **territory**.

該國禁止外國軍隊通過其領土。

聯想單字		
region	n.	地區
province	n.	省；州
district	n.	區；轄區；行政區

universal

[͵junə`vɝsl]

adj. 全體的；普遍的

Doves have long been a **universal** symbol of peace and humanity.

鴿子長期以來一直是和平與人道的普遍象徵。

universe

[`junə͵vɝs]

n. 宇宙；領域；範疇

There's still quite a bit of disagreement among theories about how the **universe** began.

在關於宇宙是如何開始的理論中仍存在著相當多分歧。

聯想單字		
space	n.	太空；空間
galaxy	n.	銀河
planet	n.	行星
satellite	n.	衛星
meteor	n.	流星
gravity	n.	地心引力

urban

[`ɝbən]
adj. 都市的

衍 urbanize v.
都市化
urbanization n.
都市化

反 rural adj.
鄉村的；農村的

The accelerating **urban** development has led to increased levels of air and noise pollution.
都市的加速發展導致空氣和噪音汙染的程度增加。

❶ Point 重點 ···
範圍從小到大來看，village（村莊）→ town（城鎮）→ city（城市）→ country（國家，也有鄉村的意思）。

聯想單字	countryside	n.	鄉間；農村
	global	adj.	全球的
	state	n.	（主權）國家
	nation	n.	（民族）國家

vanish

[`vænɪʃ]
v. （突然）消失；
絕跡

同 disappear v.
消失；失蹤

Many species have **vanished** and natural habitats have been strongly impacted by human activities.
許多物種已經消失，且自然棲息地受到了人類活動的強烈影響。

witness

[`wɪtnɪs]
n. 目擊者；證人
v. 目擊；作證

If you have been in a crash, we strongly recommend getting the testimonies of any **witnesses** to the accident.
如果你遇到了車禍，我們強烈建議要取得所有事故目擊者的證詞。

Several people **witnessed** the suspect get out of the taxi near the intersection.
有幾個人目擊到嫌犯在十字路口的附近下了計程車。

❶ Point 重點 ···
witness 和 see、watch、hear 一樣屬於**感官動詞，後面必須接原形動詞或分詞**（Ving 或 Vpp）。

⊕	ape	[ep]	v. 模仿 n. 人猿
⊕	aquarium	[ə`kwɛrɪəm]	n. 水族館；魚缸
⊕	ash	[æʃ]	n. 灰燼
⊕	atom	[`ætəm]	n. 原子
⊕	atomic	[ə`tɑmɪk]	adj. 原子的
⊕	bamboo	[bæm`bu]	n. 竹子
⊕	bay	[be]	n. 海灣
⊕	beast	[bist]	n. 野獸
⊕	beetle	[`bitl̩]	n. 甲蟲
⊕	breeze	[briz]	v. 吹著微風 n. 微風
⊕	brook	[brʊk]	n. 小河；小溪
⊕	bubble	[`bʌbl̩]	v. 沸騰；冒泡 n. 泡泡
⊕	bud	[bʌd]	v. 使發芽 n. 芽；花蕾
⊕	buffalo	[`bʌfl̩ˌo]	n. 水牛
⊕	bull	[bʊl]	n. 公牛
⊕	bush	[bʊʃ]	n. 灌木
⊕	buzz	[bʌz]	v. 嗡嗡叫 n. 嗡嗡聲
初	cage	[kedʒ]	n. 籠子；鳥籠；獸籠
⊕	camel	[`kæml̩]	n. 駱駝
⊕	canal	[kə`næl]	n. 運河；水道

⊕	canyon	[`kænjən]	n. 峽谷
⊕	cape	[kep]	n. 岬；海角
⊕	cattle	[`kætl̩]	n. 牛隻；牲口；家畜
⊕	cave	[kev]	n. 洞穴；山洞 v. 讓步；妥協
⊕	chick	[tʃɪk]	n. 小雞
⊕	clay	[kle]	n. 黏土
⊕	cliff	[klɪf]	n. 懸崖；峭壁
⊕	coal	[kol]	n. 煤；煤炭
初	coast	[kost]	n. 海岸
⊕	cock	[kɑk]	n. 公雞
⊕	continent	[`kɑntənənt]	n. 大陸；洲
⊕	continental	[ˌkɑntə`nɛntl̩]	adj. 洲的；大陸的
⊕	crawl	[krɔl]	v. 爬行；蠕動 n. 緩慢移動
⊕	cricket	[`krɪkɪt]	n. 蟋蟀
⊕	crow	[kro]	n. 烏鴉 v. 啼叫
⊕	cub	[kʌb]	n. 幼獸
⊕	daylight	[`deˌlaɪt]	n. 日光；白晝
⊕	decay	[dɪ`ke]	v. 腐朽；衰退 n. 腐朽；衰退
初	desert	[dɛ`zɝt]	n. 沙漠
⊕	dirt	[dɝt]	n. 汙物；塵土，灰塵
⊕	ditch	[dɪtʃ]	v. 拋棄 n. 溝渠
⊕	dragonfly	[`drægənˌflaɪ]	n. 蜻蜓

⊕	drift	[drɪft]	v. 漂流;漂移
⊕	drown	[draʊn]	v.(被)淹沒;(使)淹死
⊕	dusk	[dʌsk]	n. 薄暮;黃昏
⊕	dust	[dʌst]	v. 擦去灰塵 n. 灰塵;塵土
⊕	dusty	[`dʌstɪ]	adj. 滿是灰塵的
⊕	echo	[`ɛko]	v. 發出回聲;附和 n. 回聲;回響
初	element	[`ɛləmənt]	n. 要素;成分
⊕	exploit	[ɪk`splɔɪt]	v. 開採;利用;剝削
⊕	extreme	[ɪk`strim]	adj. 極端的;極度的 n. 極端;極度
⊕	extremely	[ɪk`strimlɪ]	adv. 極端地;極其;非常
⊕	feather	[`fɛðɚ]	n. 羽毛
初	field	[fild]	n. 原野;運動場;領域
⊕	flame	[flem]	v. 燃燒 n. 火焰;火舌
⊕	flash	[flæʃ]	v.(使)閃光;(使)閃爍 n. 閃光;閃爍
⊕	flea	[fli]	n. 跳蚤
⊕	flock	[flɑk]	v. 聚集;蜂擁 n.(飛禽或牲畜等的)群;人群
⊕	foam	[fom]	v. 起泡沫 n. 泡沫
初	fog	[fɑg]	n. 霧
⊕	foggy	[`fɑgɪ]	adj. 有霧的

中	fort	[fort]	n. 堡壘；要塞
中	fountain	[`faʊntɪn]	n. 泉水；噴泉
中	gap	[gæp]	n. 缺口；差距
中	giraffe	[dʒə`ræf]	n. 長頸鹿
中	glow	[glo]	v. 發光；發熱 n. 灼熱；光輝
初	goose	[gus]	n. 鵝
初	ground	[graʊnd]	n. 地面；土壤；依據；領域
中	hatch	[hætʃ]	v. 孵出；策劃
中	hawk	[hɔk]	n. 鷹；隼
中	heaven	[`hɛvən]	n. 天堂；極樂
中	heavenly	[`hɛvənlɪ]	adj. 天堂的；無比美好的
中	hell	[hɛl]	n. 地獄；極大的困境
中	herd	[hɝd]	v. 放牧 n.（牛羊等的）群
初	hill	[hɪl]	n. 山丘
中	hive	[haɪv]	n. 蜂巢
初	hole	[hol]	n. 洞
中	hollow	[`halo]	adj. 空心的；空洞的 n. 坑；洞
中	horizon	[hə`raɪzn̩]	n. 地平線；視野
中	horn	[hɔrn]	n. 角；號角；喇叭
中	humidity	[hju`mɪdətɪ]	n. 濕氣；濕度
中	iceberg	[`aɪsˌbɝg]	n. 冰山
中	icy	[`aɪsɪ]	adj. 冰冷的；極冷的

🈯	indoor	[ˋɪnˏdor]	adj. 室內的
🈯	indoors	[ˋɪnˋdorz]	adv. 在室內；在屋裡
🈯	inner	[ˋɪnɚ]	adj. 裡面的；內心的
🈯	internal	[ɪnˋtɝnl]	adj. 內部的
初	island	[ˋaɪlənd]	n. 島嶼
🈯	jungle	[ˋdʒʌŋgl]	n. 熱帶叢林
🈯	ladybug	[ˋledɪˏbʌg]	n. 瓢蟲
🈯	lawn	[lɔn]	n. 草坪；草地
🈯	leopard	[ˋlɛpɚd]	n. 豹；花豹
🈯	lighten	[ˋlaɪtn̩]	v. 使光明；變亮
🈯	lighthouse	[ˋlaɪtˏhaʊs]	n. 燈塔
🈯	live	[lɪv]	v. 生活；居住 adj. 活的；現場直播的 （發音 [laɪv]） adv. 直播地（發音 [laɪv]）
🈯	magnet	[ˋmægnɪt]	n. 磁鐵
🈯	magnetic	[mægˋnɛtɪk]	adj. 磁鐵的；磁性的
🈯	mainland	[ˋmenlənd]	n.（相對於離島的）大陸
🈯	marble	[ˋmɑrbl]	n. 大理石
🈯	mature	[məˋtjʊr]	adj. 成熟的 v. 成熟
🈯	meadow	[ˋmɛdo]	n. 牧草地
🈯	melt	[mɛlt]	v. 融化；熔化
🈯	mist	[mɪst]	n. 薄霧；水蒸氣

⊕	moist	[mɔɪst]	adj. 潮濕的；微濕的
⊕	moisture	[`mɔɪstʃɚ]	n. 濕氣，水氣
⊕	moonlight	[`mun͵laɪt]	n. 月光
⊕	moth	[mɔθ]	n. 蛾
⊕	mountainous	[`mauntənəs]	adj. 多山的；有山的
⊕	mow	[mo]	v. 割（草、穀類植物等）
初	mud	[mʌd]	n. 泥巴
⊕	muddy	[`mʌdɪ]	adj. 泥濘的
⊕	nationality	[͵næʃɚ`nælətɪ]	n. 國籍
⊕	naturally	[`nætʃərəlɪ]	adv. 天生地；自然地
⊕	neighborhood	[`nebɚ͵hʊd]	n. 鄰近地區
⊕	oak	[ok]	n. 橡樹
⊕	orbit	[`ɔrbɪt]	v. 繞軌道運行 n. 軌道
⊕	origin	[`ɔrədʒɪn]	n. 起源；由來
⊕	original	[ə`rɪdʒənl]	adj. 最初的；原始的 n. 原版；原作
⊕	outer	[`autɚ]	adj. 外圍的；在外的
⊕	owl	[aʊl]	n. 貓頭鷹
⊕	paw	[pɔ]	v. 用爪子抓 n. 爪；爪子
⊕	pebble	[`pɛbl]	n. 鵝卵石
⊕	pest	[pɛst]	n. 害蟲；討厭的人
⊕	pine	[paɪn]	n. 松樹 v. 消瘦；衰弱

⊕	pit	[pɪt]	n. 坑洞；礦坑；陷阱
㊪	plain	[plen]	n. 平原 adj. 樸素的；不好看的；明顯的 adv. 完全地
⊕	plum	[plʌm]	n. 李子；梅子 adj. 非常好的
㊪	pond	[pɑnd]	n. 池塘；小池子
⊕	pony	[`ponɪ]	n. 小馬
㊪	pool	[pul]	n. 水池；水塘；美式撞球
⊕	port	[port]	n. 港市；港
⊕	poultry	[`poltrɪ]	n. 家禽
⊕	reflect	[rɪ`flɛkt]	v. 反射；反映；反省
⊕	reflection	[rɪ`flɛkʃən]	n. 反射；反映；反省
⊕	ripe	[raɪp]	adj. 成熟的
⊕	rot	[rɑt]	v. 腐敗；腐爛 n. 腐敗；腐爛
⊕	rotten	[`rɑtṇ]	adj. 腐爛的；發臭的；腐敗的
⊕	rust	[rʌst]	v. 生鏽 n. 鏽；鐵鏽
㊪	sand	[sænd]	n. 沙
⊕	seagull	[`sigʌl]	n. 海鷗
⊕	seaside	[`si͵saɪd]	n. 海邊，海濱
⊕	shade	[ʃed]	v. 遮蔭 n. 遮蔭處；暗處；陰影處
⊕	shadow	[`ʃædo]	v. 尾隨；跟蹤 n. 陰影；影子；黑眼圈

中	shiny	[`ʃaɪnɪ]	adj. 閃閃發亮的
初	shore	[ʃɔr]	n. 岸；濱
中	slope	[slop]	v. 使傾斜；使有坡度 n. 斜坡；坡度
中	smog	[smɑg]	n. 煙霧
中	smoking	[`smokɪŋ]	n. 冒煙；抽菸
中	smoky	[`smokɪ]	adj. 冒煙的；煙霧瀰漫的
中	soil	[sɔɪl]	v. 弄髒；玷汙 n. 土壤
中	solar	[`solɚ]	adj. 太陽的；日光的
中	spark	[spɑrk]	v. 引起；觸發 n. 火花
中	sparkle	[`spɑrkl̩]	v. 閃耀；充滿活力 n. 閃耀；活力
中	sparrow	[`spæro]	n. 麻雀
中	squirrel	[`skwɝəl]	n. 松鼠
中	sticky	[`stɪkɪ]	adj. 黏的；棘手的；天氣濕熱的
中	sting	[stɪŋ]	v. 刺；螫；叮 n. 螫針；刺
初	stone	[ston]	n. 石頭
中	stream	[strim]	n. 溪流 v. 流動
中	sunlight	[`sʌnˌlaɪt]	n. 日光
中	sunrise	[`sʌnˌraɪz]	n. 日出；黎明
中	sunset	[`sʌnˌsɛt]	n. 日落；日落時間
初	tail	[tel]	n. 尾巴

初	temperature	[`tɛmprətʃɚ]	n. 溫度；體溫
中	thunderstorm	[`θʌndɚ͵stɔrm]	n. 大雷雨
中	timber	[`tɪmbɚ]	n. 木材；林木
中	tin	[tɪn]	n. 錫
中	tortoise	[`tɔrtəs]	n. 陸龜
初	tower	[`taʊɚ]	n. 塔
中	trunk	[trʌŋk]	n. 樹幹
中	twinkle	[`twɪŋkl̩]	v.（星星等）閃爍；閃耀 n. 閃爍；閃耀
中	underground	[`ʌndɚ͵graʊnd]	adj. 地下的；不公開的 n. 地下鐵
中	underwater	[`ʌndɚ͵wɔtɚ]	adj. 水中的；水面下的 adv. 在水下；在水中
初	valley	[`vælɪ]	n. 山谷
中	vapor	[`vepɚ]	n. 蒸汽；霧氣
中	volcano	[vɑl`keno]	n. 火山
初	waterfall	[`wɔtɚ͵fɔl]	n. 瀑布
中	web	[wɛb]	n. 蜘蛛網；網狀物；網路
中	weed	[wid]	v. 除草 n. 雜草；大麻
中	widespread	[`waɪd͵sprɛd]	adj. 廣泛的；遍布的
中	wilderness	[`wɪldɚnɪs]	n. 荒野；荒地
中	willow	[`wɪlo]	n. 柳

中	worldwide	[`wɝld͵waɪd]	adj. 遍及全球的 adv. 在世界各地
中	worm	[wɝm]	v. 蠕動；鑽過 n. 蠕蟲；懦夫
初	yard	[jɑrd]	n. 庭院；碼
中	zone	[zon]	v. 劃分區域 n. 地帶；地區

Chapter 10　Quiz Time

一、請填入正確的對應單字。

01. 情況；形勢 　　　　　　　　　　（　　　）

02. 有機的 　　　　　　　　　　　　（　　　）

03. 暴露；接觸到；揭發 　　　　　　（　　　）

04. 領土；版圖；地盤；知識領域 　　（　　　）

05. 平滑的；順利的；撫平 　　　　　（　　　）

> A. expose　　B. territory　　C. circumstance　　D. organic　　E. smooth

二、請選出正確的答案。

01. In case the weather changes, be sure to bring enough clothes to ＿＿＿＿＿＿ yourself from getting a cold.

　　A. nourish

　　B. absorb

　　C. forecast

　　D. prevent

02. We need to increase the number of staff on site to ensure we have _____ people to guide and direct our visitors.

    A. sufficient
    B. electronic
    C. scarce
    D. protective

03. The _____ in the river has also resulted in an overall decline in its fish population.

    A. drought
    B. harvest
    C. pollution
    D. climate

04. Some areas of the country are experiencing a _____ of teachers, especially in specific subjects.

    A. bloom
    B. resource
    C. shortage
    D. creature

05. Inadequate _____ , poor intake of drinking water, and hot weather can lead to various health problems.

    A. phenomenon
    B. nutrition
    C. atmosphere
    D. refugee

健康

疾病、醫療、
傷病、感受

Ch11.mp3

主題單字相關實用片語

(as) fit as a fiddle	身體非常健康
(feel/be) under the weather	身體不舒服
(have) a new lease of life	變得比之前更有活力
a bitter pill (to swallow)	必須接受的殘酷事實
a taste of your own medicine	以其人之道，還治其人之身
as sick as a dog	病得很嚴重
back on one's feet	（病後）恢復健康；痊癒
be (as) right as rain	（病後）完全康復；十分健康
be alive and well/kicking	充滿活力的；精力旺盛
be full of beans	精力充沛
be on the mend	（病後）身體逐漸康復
be out of sorts	有些不舒服；有點不高興
be the picture of health	看起來非常健康
black out	暫時失去意識；昏厥
fall ill	生病
go under the knife	接受外科手術；接受開刀
have a frog in one's throat	說話困難；聲音嘶啞
kick the bucket	死掉
pull through	（尤指從致命的重病中）恢復健康；度過難關
turn one's stomach	反胃；感到噁心

abandon

[ə`bændən]

v. 丟棄；拋棄；中止

n. 盡情；放縱

衍 abandoned
adj. 被遺棄的

It is not clear now if the dog escaped or was **abandoned** by its owner.
目前還不清楚這隻狗是自己逃跑還是被主人遺棄的。

At Thanksgiving, there will be a general air of festivity and **abandon**.
感恩節的時候，到處都有著慶祝和放縱的氛圍。

---

abuse

[ə`bjus]

n. 濫用；辱罵；虐待

v. 濫用；虐待

衍 abuser n. 濫用者；虐待者
abusive adj. 辱罵的；虐待的

Alcohol **abuse** can lead to various illnesses such as heart disease and strokes.
酗酒可能會導致各種疾病，例如心臟疾病和中風。

Many physically **abused** children will become aggressive or have other behavioral problems.
許多受到肢體虐待的兒童會變得有攻擊性或有其他的行為問題。

❶ Point 重點 ···
abuse 這個字很常和其他形容詞或名詞搭配使用，這裡補充一些最常出現的搭配詞，請一併記住。
⇒ sexual abuse 性虐待
physical abuse 肢體虐待
verbal abuse 言語虐待
emotional abuse 精神虐待
drug abuse 藥物濫用
alcohol abuse 酗酒
child abuse 虐童
animal abuse 虐待動物

聯想單字		
bully	v.	霸凌　n. 惡霸，霸凌者
victim	n.	受害人
social worker	n.	社工
domestic violence	n.	家暴
helpline	n.	求助電話

acceptable

[ək`sɛptəbl]
adj. 可以接受的；
令人滿意的

衍 accept v. 接受；
答應；承認

Bullying and harassment is absolutely not **acceptable** in a workplace environment.
霸凌和騷擾在職場中是絕對不能被接受的事。

聯想單字		
agreeable	adj.	可以接受的；令人愉悅的
enjoyable	adj.	令人愉快的
satisfactory	adj.	令人滿意的；夠好的

accompany

[ə`kʌmpənɪ]
v. 陪伴；伴隨

衍 company n. 公司；陪伴；同伴
companion n. 同伴；夥伴
companionship n. 情誼

Severe depression is always **accompanied** by lack of energy as well as a sense of suffering.
嚴重的憂鬱症總會伴隨無力和痛苦的感受。

❶ Point 重點
當 accompany 以「主動狀態」表示「**主動陪同某人做某事**」時，後面**不用加介系詞**。
⇨ Her husband **accompanied** her to the hospital.
她的丈夫陪她去醫院。

accompany 表示「**伴隨；搭配**」的意思時，後面常接介系詞 **by**（也可加 with，但 by 更常見）。
⇨ Lightning is always **accompanied by** the sound of thunder.
閃電總是伴隨著打雷的聲音。
Today's dinner is BBQ chicken **accompanied by** potato salad.
今天的晚餐是烤雞搭配馬鈴薯沙拉。

聯想單字		
intimate	adj.	親密的　n. 密友
partner	n.	夥伴
partnership	n.	夥伴情誼

accuse

[ə`kjuz]

v. 指控，控告；指
責

衍 accusation n. 指
控，控告；指責

The doctor is **accused** of abusing his position of power and violating the patient's privacy.
該名醫生被指控濫用職權侵犯病患的隱私。

❶ Point 重點 ···
accuse 的後面經常搭配介系詞 **of**，表示「**控告～**」或「**被控告～**」。

⇨ A woman **accused** him **of** stealing her cell phone.
一名婦人指控他偷了她的手機。

He was **accused of** fraud and sentenced to prison.
他被指控詐欺並被判入獄。

聯想單字		
blame	v.	責怪；把～歸咎於
charge	v.	指控（違反法律）
curse	v.	咒罵　n. 詛咒

ache

[ek]

n.（持續性的）疼痛
v.（持續）疼痛

Taking painkillers on an empty stomach can result in stomach **ache** or other issues.
空腹服用止痛藥可能會導致胃痛或發生其他問題。

I felt that every muscle in my body was **aching** and had completely lost my appetite.
我覺得全身肌肉都在痛，且完全沒有食慾。

❶ Point 重點 ···
在英文裡最常用來表達「疼痛」的 ache、pain 和 sore，分別表達了不同程度和類型的痛，使用時必須透過上下文來挑選適合的用字。

ache 指的是「**長時間且持續性的鈍痛**」，帶有隱隱作痛的意味，例如 **headache**（頭痛）、**toothache**（牙痛）和 **stomach ache**（胃痛）。

pain 指的是肉體受傷或精神創傷所帶來的「**強烈疼痛或痛苦**」，不論是慢性還是急性都可用，例如 **sharp pain**（劇痛）、**nerve pain**（神經痛）。

sore 指的是身體部位因為受傷、過度使用或發炎引起的「**痠痛或疼痛**」，例如常見的 **sore throat**（喉嚨痛）或 **muscle sore**（肌肉痠痛）。

awake

[ə`wek]
adj. 醒著的
v. 喚醒，使醒過來；使領悟

衍 awaken v. 喚醒，使醒過來

反 asleep adj. 睡著的

⊕ Drinking caffeinated drinks may help you stay **awake** at work or while studying.
喝含咖啡因的飲料可能有助於你在工作或念書時保持清醒。

What **awoke** me from my sleep was the construction noise.
把我從睡夢中吵醒的是施工噪音。

❶ Point 重點 ···
wake vs. **awake**
wake 在表達「**醒來；喚醒**」的時候是純粹的**動詞**，後面通常會搭配介系詞 **up**；而 **awake** 則多半被用作**形容詞**，表達「**醒著的**」；當動詞時則和 **wake** 字義相同。

casualty

[`kæʒjʊəltɪ]
n.（嚴重事故或戰爭中的）傷亡人員；受害者

⊕ A fire broke out in the factory last night but there were no **casualties**.
昨晚工廠發生火災，但沒有人員傷亡。

聯想單字		
fatality	n.	（因事故或暴力而死的）死者；死亡
injury	n.	傷害；受傷
		（複數形態 injuries 是「傷者」的意思）
survivor	n.	倖存者

clinic
[`klɪnɪk]
n. 診所

衍 clinical adj. 臨床
的;門診的;冷
漠的

The **clinic** provides free healthcare services and medicines to people living in far-off areas.
該診所為居住在偏遠地區的人們提供免費的醫療照護服務和藥品。

❶ Point 重點 ……………………………………………
一般來說,**clinic** 的規模較小,且會以「**專科門診**」為主,例如皮膚科、眼科等等,而 **hospital** 則是**規模較大、提供多種分科**的醫療機構,且除了門診病患外,也會收治病人進行檢查或手術等醫療手段。

下面補充幾種常見的「**看醫生**」說法,這些表達方式經常出現在各種測驗之中,請一併記住。
⇨ go to see the doctor
   go to the doctor
   see the doctor
   have a doctor's appointment
   (這裡的 appointment 是「約診」的意思)

特別要注意的是,如果說的是 **go to hospital**,通常是指**要開刀動手術等較嚴重的情況**,而不只是感冒看醫生的這種狀況。

聯想單字		
clinical trial	n.	臨床試驗
infirmary	n.	醫務室
medical center	n.	醫學中心
hospital	n.	醫院
dental clinic	n.	牙醫診所
drugstore	n.	藥妝店
pharmacy	n.	藥局

disabled

[dɪs`ebḷd]

adj. 失能的；身心障礙人士的

衍 disable v. 使傷殘；使喪失能力
disability n. 殘疾；缺陷；失能

Each of these sites has wheelchair and **disabled** accessible toilets.

每一個地點都設有輪椅及無障礙廁所。

❶ Point 重點 ···

字首 dis- 帶有 "not, opposite, away"（否定；反對；分開）的意思，在記的時候可以利用「dis（不）＋able（可以）＝喪失能力」來幫助加深印象。

從前在提及「身心障礙人士」時，會用 **handicapped** 這個字，指的是「**身體或智力上的殘疾**」，然而，**現在這個說法不僅已經過時，還非常冒犯他人**，因此一定要避免使用。

disabled 則是比較中性的講法，如果想用更委婉的方式表達，可以說 **a person with a disability**，或是用「**~ challenged（~受到挑戰的）**」來表達。

下面是一些常見的表達方式，建議使用粗體字的說法，沒有加粗的那些說法容易冒犯他人，使用時務必小心。

disabled 失能的
⇨ **physically challenged** 肢體上受到挑戰的

retarded 智力遲鈍的；弱智的
⇨ **mentally challenged** 心智上受到挑戰的

mute/dumb 啞巴
⇨ **verbally challenged** 口語上受到挑戰的

blind 瞎子
⇨ **visually challenged** 視覺上受到挑戰的

聯想單字		
accessibility	n.	無障礙（設施／環境等）；可利用性
wheelchair	n.	輪椅
crutch	n.	拐杖
wheelchair ramp	n.	身心障礙專用通道

disorder

[dɪsˋɔrdɚ]
n. 混亂；騷亂；失調

衍 disordered adj.
混亂的；雜亂
的；失調的
disorderliness n.
混亂；雜亂

反 order
n. 順序；整齊
v. 命令；訂購

He was grounded because his entire room was in **disorder**.
他被禁足了，因為他整個房間都亂七八糟的。

聯想單字		
personality disorder	n.	人格障礙
mental disorder	n.	精神疾病
messy	adj.	混亂的；雜亂的
mess	n.	髒亂；困境
tidy	adj.	整齊的　v. 整理，收拾
tidiness	n.	整齊；整潔

drunk

[drʌŋk]
adj. 喝醉的
n. 酒鬼；酗酒者

I got **drunk** at the farewell party and barely remembered what happened.
我在歡送會上喝醉了，幾乎不記得發生了什麼事。

❶ Point 重點 ·······························
酒駕的說法是 **drunk driving**，也就是「**喝醉開車**」的意思，這裡補充一些其他常見的交通違規說法，請一併記下來。
⇒ hit-and-run 肇事逃逸
run a (red) light 車輛闖紅燈
jaywalking 行人隨意穿越馬路
illegal parking 違停
speeding 超速
wrong-way driving 逆向行駛

聯想單字		
alcohol	n.	酒精；酒
vomit	v.	嘔吐
throw up	phr.	嘔吐

emergency

[ɪ`mɝdʒənsɪ]
n. 緊急情況；突發事件

衍 emerge v. 浮現；出現

Staff should be trained in advance to assist disabled people in an **emergency**.

工作人員應事先接受訓練，以便在緊急情況下協助身心障礙人士。

聯想單字

emergency room	n.	急診室
emergency exit	n.	緊急出口

endure

[ɪn`djʊr]
v. 忍耐，忍受；耐久

衍 endurance n. 忍耐；耐久力
endurable adj. 可以持續的；耐用的

This job requires the ability to **endure** long periods of physical labor and lift and move heavy objects.

這份工作要求具備忍受長時間的體力勞動及能夠舉起和搬動重物的能力。

❶ Point 重點 ·······························

endure 和聯想單字中的 tolerate 和 bear 的字義相似，且經常替換使用，不過它們之間還是有著些微差異。

endure 常用來表示「**忍受痛苦、困難、不愉快的事**」。
⇨ Would you rather **endure** a toothache than ever step into a dental clinic?
你寧可忍受牙痛，也不願意踏進去牙醫診所嗎？

tolerate 指的是「**容忍、勉強接受某種自己不認同的行為或信念**」。
⇨ The actress insisted that she wouldn't tolerate any cheating from her husband.
這名女演員堅稱自己絕不會容忍丈夫出軌。

bear 常被用來指「**承受重量或壓力**」，也可以指「**忍受、忍耐**」或「**承擔**」。
⇨ Stinky tofu is considered a delicacy for Taiwanese, but many foreigners cannot **bear** the smell of it.
臭豆腐對台灣人來說是美食，但很多外國人無法忍受它的味道。

聯想單字

tolerate	v.	忍受；寬恕
bear	v.	忍受；承擔

fatal

[`fetl]
adj. 致命的；毀滅性的

衍 fatally v. 致命地
fatality n.（因事故或暴力而死的）死者；死亡

If patients cannot be treated quickly enough, in most cases, the illness is **fatal** within 24 hours.
如果患者無法得到足夠快速的治療，在大多數情況下，該疾病會在 24 小時內致命。

❶ Point 重點 ··

英文裡要表達和「**致命**」相關的內容時，最常使用的字有 **fatal**、**deadly**、**mortal**、**lethal**，雖然這四個字很常互換使用，但它們並非完全相同，使用時請透過上下文來選擇最適合的用字。

fatal 強調的是「**死亡的不可避免性**」，多用來指傷病的情況，是較正式的用字。
⇨ This illness is **fatal** in one half of patients.
這種疾病在一半的患者中是致命的。

deadly 指的是「**能致命或實際已造成死亡的事物**」。
⇨ A butcher knife is a **deadly** weapon.
屠刀是一種致命的武器。

mortal 指的是「**導致死亡的直接原因**」，或是「**終有一死的**」。
⇨ Wildlife biologists determined that the bear had suffered a **mortal** injury.
野生動植物學家判定這隻熊受了致命的傷。

lethal 指的是「**某物本身具有致命的效果**」。
⇨ Alcohol is **lethal** when used in a manner that is out of control.
若以失控的方式使用，那麼酒精就會致命。

聯想單字		
death	n.	死亡
disease	n.	疾病
illness	n.	（身體或精神上的）疾病
sickness	n.	患病狀態；疾病；噁心
destructive	adj.	破壞性的

infection

[ɪnˈfɛkʃən]
n. 傳染；感染

衍 infect
　v. 傳染；感染
　infectious
　adj. 傳染性的；
　有感染力的

White blood cells are a vital part of the immune system that defend the body against **infection**.
白血球是免疫系統用來保衛身體不被感染的重要部分。

聯想單字		
virus	n.	病毒
bacterium	n.	細菌（複數形是 bacteria）
germ	n.	細菌；病菌
flu	n.	流行性感冒
fever	n.	發燒

inject

[ɪnˈdʒɛkt]
v. 注射；注入

衍 injection n. 注射

The scientist **injected** the drug into both groups of rats.
科學家將藥物注射到了兩組老鼠之中。

❶ Point 重點 ··
give someone a shot/an injection 幫某人打針
get a shot/an injection 接受打針

聯想單字		
vaccine	n.	疫苗　adj. 疫苗的
vaccinate	v.	接種疫苗

injured

[ˈɪndʒəd]
adj. 受傷的

衍 injure v. 受傷
　injury n. 傷害；
　受傷

A dozen people were **injured** during a shooting at a mall, but fortunately, there were no fatalities.
有十二個人在商場槍擊事件中受了傷，不過幸運的是無人喪命。

❶ Point 重點 ··
同樣表達「**受傷的**」，**injured**、**wounded** 和 **hurt** 的意義和用法並不相同，使用時要特別留意。

injured 是最廣義的受傷，可指「**情感或身體**」的傷害，亦可指「**財產或財務**」上的損失（傷）。

wounded 多指「**身體上的受傷**」，尤其是撕裂傷，但亦可指「**心靈或精神上受到的創傷**」。

hurt 可以用在「**情感或身體的受傷**」，不一定要有實質的傷口，也可以指「**受傷的情緒**」。

聯想單字		
bandage	n.	繃帶　v. 用繃帶包紮
bleed	v.	流血
bloody	adj.	流血的；出血的
wound	n.	傷口；創傷
cut	n.	割傷

insurance

[ɪnˈʃʊrəns]
n. 保險

衍 insure v.
　　為～投保

The **insurance** covers the cost of damage caused to the other driver's vehicle and any treatment fees if the other driver is injured.

本保險涵蓋對其他駕駛的車輛所造成的損壞費用，以及若其受傷所需的所有治療費用。

聯想單字		
medical insurance	n.	醫療保險
accident insurance	n.	意外險
life insurance	n.	壽險
insurance policy	n.	保單
cover	v.	涵蓋；適用於；支付
claim	v.	（根據權利）提出要求　n. 索賠

involve

[ɪnˈvɑlv]
v. 捲入；牽涉；
包含

衍 involved adj.
　　複雜難解的
　　involvement n.
　　牽連；參與

The development of the shopping mall will **involve** an investment of €100M.

這座購物中心的開發將涉及 1 億歐元的投資。

❶ Point 重點 ·····································

involve 後面常搭配介系詞 **in/with**，表示「**參與～；投入～；牽連～**」等意義。

⇨ We should be **involved in** dealing with bullying issues as it's everyone's responsibility.
我們都應該要參與處理霸凌問題，因為這是所有人的責任。

⇨ He is a professional dog trainer and has been **involved with** animal rights for many years.
他是一名專業的訓犬師，且多年來一直投入動物權益的相關事務。

isolate

[`aɪsḷˌet]
v. 孤立；隔離

衍 isolation n.
孤立；隔離

The international anti-terrorism norms **isolate** the country from financial markets.
國際反恐規範將該國隔離在金融市場之外。

❶ Point 重點 ·····································

isolate vs. **separate**
isolate 指的是「**完全分離、阻絕、隔離**」的動作，因此會造成「**孤立的狀態**」或「**與世隔絕**」的感覺，而不是單純的分隔或區分。

⇨ To help control further spread of the virus, people who are confirmed to have the disease should be **isolated** from other patients.
為了有助於進一步控制病毒傳播，應將確診該疾病的人與其他病患隔離開來。

separate 則單純是指「**分開**」或「**隔開**」的動作，但沒有完全隔絕的意味。

⇨ **Separating** egg whites from yolks may be tricky at first.
一開始要把蛋白和蛋黃分開可能滿難的。

liberate

[ˋlɪbəˌret]

v. 解放；使自由

衍 liberal adj. 自由
　開放的
　liberty n. 自由；
　自由權
　liberation n. 解
　放；解放運動

⊕ The government is taking the necessary steps to **liberate** the people from this situation.
政府正在採取必要措施以將人民從這種情況中解放出來。

medical

[ˋmɛdɪkl]

adj. 醫學的；醫療
的

衍 medicine n. 藥
　物；醫學

⊕ Because of conflict, people found it difficult to get food and **medical** supplies.
由於衝突，人們發現要取得食物和醫療用品很困難。

❶ Point 重點 ··
medical 會和其他名詞組合，形成固定的搭配詞，這些搭配詞不僅在日常生活中常常看到，也經常出現在各大考試之中，請一併記住。
⇨ medical care 醫療照護
　medical treatment 治療手段，醫療處置
　medical record 醫療紀錄，病歷
　medical device 醫療器材
　medical personnel/worker 醫療人員
　medical examination 醫療檢驗
　medical profession 醫療從業人員
　medical condition 疾病
　medical facility 醫療機構
　medical research 醫療研究

obedient

[əˋbidjənt]
adj. 服從的；順從的

衍 obey v. 服從；聽從；遵守
obedience n. 服從，順從

反 disobedient adj. 不服從的；違反規則的

Research shows that bigger dogs tend to be more **obedient** than lighter ones.
研究顯示，體型比較大的狗通常比體型較小的狗更聽話。

❶ Point 重點 ·····························
be obedient to... 遵守，遵從～（某人或某事物）
⇨ Every citizen should **be obedient to** the rules and laws of the country.
每個公民都應該遵守國家的規定和法律。

除了 be obedient to 之外，下面一併介紹幾種「遵守」的表達方式。

不用搭配介系詞	必須搭配介系詞
⇨ comply with	⇨ obey
abide by	follow
conform/keep/stick to	observe

overcome

[͵ovɚˋkʌm]
v. 戰勝；克服

She managed to **overcome** her fear of the camera and decided to pursue a career in acting.
她設法克服了對鏡頭的恐懼，並決定投入演員生涯。

❶ Point 重點 ·····························
overcome 經常會和負面的名詞搭配，如 **difficulties**（困難）、**obstacles**（阻礙）、**problems**（難題；麻煩）、**resistance**（阻力）等等。

overcome vs. **conquer**
overcome 的意思是「克服、戰勝」，多用於如克服難題、不良習慣等一般的情境。

然而 **conquer** 的意思是「**征服**」，常用於表示「**攻下**」或「**占領**」的**戰爭情境**之中，不過也可以用在表達**戰勝恐懼或疾病**等的一般情境之中。
⇨ The Spanish once **conquered** the Aztecs and took control of much of Mexico.
西班牙人曾一度征服了阿茲特克人並控制了墨西哥的大部分地區。

permission

[pɚˋmɪʃən]

n. 允許；許可

衍 permit
　　v. 允許；許可
　　n. 許可證

反 prohibition
　　n. 禁止；禁令
　　forbiddance
　　n. 禁止
　　ban
　　n. 禁止；禁令
　　v. 禁止

Do not allow outsiders or strangers to enter the office without **permission**.
未經許可，不得允許讓外人或陌生人進入辦公室。

❶ Point 重點 ···
permission to V 允許做～
⇨ If you are under 18, you will need **permission** from your parents **to** take part in our activities.
如果您未滿 18 歲，您需要獲得父母的許可才能參加我們的活動。

聯想單字	authorization	n. 授權；批准
	approval	n. 批准；認可；贊成
	admission	n. 准許進入；入場費；承認

persuade

[pɚˋswed]

v. 說服；勸服

衍 persuasion n.
　　說服；勸說
　　persuasive adj.
　　有說服力的；勸說的

They are trying to **persuade** local and foreign businesses to invest in the project.
他們正試圖說服當地和外國的企業投資該專案。

聯想單字	debate	v. 辯論；爭辯　n. 辯論；爭論
	dispute	n. 爭議；爭端　v. 對～抱持不同意見
	convince	v. 使信服，使相信；說服

pill

[pɪl]

n. 藥丸；藥片
（[口] 避孕藥）

The woman has been told by her doctor to take three **pills** a day.
這名女子的醫生告訴她每天要吃三顆藥丸。

❶ Point 重點 ···
特別要注意的是，吃藥的「吃」不是 eat，一般 eat 吃的是食物類，**而 take 吃的則是藥品或營養補充品，例如 take medicine/vitamin（吃藥／維他命）**。另外，英文裡的 drug 會讓人聯想到有成癮性的毒品，而 medicine 才是專門用來治療或預防各式疾病的藥物。

聯想單字		
capsule	n.	膠囊
tablet	n.	藥錠，藥片
dose	n.	（藥物的）一劑
painkiller	n.	止痛藥
cough syrup	n.	咳嗽糖漿
aspirin	n.	阿斯匹靈
drug	n.	藥物；毒品

pregnant

[`prɛgnənt]
adj. 懷孕的

衍 pregnancy n.
懷孕

It is customary for people to yield their seats for elderly, **pregnant**, and disabled passengers.
人們習慣會讓座給老人、孕婦和行動不便的乘客。

聯想單字		
abortion	n.	墮胎
birth	n.	出生
give birth to	phr.	生產
deliver	v.	生產；傳遞；運送
childbirth	n.	分娩，生產
infant	n.	嬰兒
baby	n.	幼兒；寶貝

relief

[rɪ`lif]
n.（痛苦或負擔等
的）緩和；解除；
鬆一口氣的感覺

衍 relieve v. 緩和；
減輕；解除
relieved adj. 感
到鬆一口氣的；
放心的

同 alleviation n. 減
輕；緩解；緩和

I felt a sense of **relief** when we had achieved our mission.
當我們完成任務時，我感到如釋重負。

❶ Point 重點 ……………………………………………………
a sense/feeling of 的後面可以加**情緒或感受**，表示
「～感」，這種表達方式經常出現在日常生活或各種測
驗之中，請一定要知道。
⇨ a sense of well-being 幸福感
a sense of satisfaction 滿足感
a sense of achievement 成就感
a sense of relief 解脫感，鬆一口氣
a sense of guilt 罪惡感
a sense of frustration 挫敗感

除了情緒或感受外，也可以用來表示**天賦或能力**。
⇨ a sense of humor 幽默感
a sense of balance 平衡感
a sense of direction 方向感
a sense of rhythm 節奏感

remedy

[ˋrɛmədɪ]
n. 療法；補救辦法
v. 補救；改進

Italians have regarded the combination of lemon and espresso as a **remedy** for headaches.
義大利人認為檸檬和濃縮咖啡的組合是治療頭痛的辦法。

That mistake must be **remedied** as soon as possible, or the problems will continue to occur.
這個錯誤必須盡快補救，否則問題會持續發生。

❶ Point 重點 ┈┈┈┈┈┈┈┈┈┈┈┈┈┈┈┈┈┈┈┈┈
意義相近的 **treatment**、**therapy** 和 **remedy** 有時會被混用，然而它們的使用情境其實並不相同，這裡簡單說明這三個字之間的差異，使用時請透過上下文來選擇最恰當的用字。

treatment 指的是「治療」，強調「**採用藥物等醫療手段的過程及方法**」。
⇨ New drug formulations could be used in the **treatment** of infections.
新的藥物配方可能可以用在感染治療上。

therapy 一般強調的是「**身體、心理或情緒上的治療**」，多指病人初癒後，為了改善身心靈整體狀況而進行的一系列療程，且不會使用藥物或手術等治療手段。
⇨ The rehabilitation center provides different physical **therapies** for patients to relieve their pain.
復健中心為病患提供不同的物理治療，以減輕他們的痛苦。

remedy 除了表示「**用來緩解或改善某種症狀的有效方法**」，也可引申為「**解決問題的方法**」。

⇒ The best **remedy** for fatigue is to get enough sleep on a regular basis.
消除疲勞的最佳方法就是定期獲得充足的睡眠。

聯想單字		
cure	n.	治癒方法；對策
heal	v.	癒合；治癒（可指肉體傷口或精神創傷）
soothe	v.	撫慰；緩和；減輕

resist

[rɪˋzɪst]
v. 抵抗；抗拒

衍 resistance n.
抵抗；反抗
resistant adj.
抵抗的

I'm a bit of a bookworm, and I can never **resist** the temptation to buy a new book.
我還滿愛看書的，而且我總是無法抗拒誘惑去買新書。

❶ Point 重點 ·····································
當 resist 的後面要接動詞時，要將原形動詞改成動名詞的 Ving。

⇒ I can't **resist laughing** whenever he tells a joke.
每次他講笑話我都會忍不住笑出來。

significant

[sɪgˋnɪfəkənt]
adj. 重要的；顯著的；有特殊意義的

衍 significantly adv.
顯著地；意味深長地
significance n.
重要性；特別意義

反 insignificant adj.
小的；無足輕重的；無意義的

There has been a **significant** increase in the cost of manufacturing and transportation in the past year.
在過去的一年中，製造和運輸的成本顯著增加。

聯想單字		
considerable	adj.	相當多的；相當重要的
important	adj.	重要的；重大的
unusual	adj.	不尋常的
unique	adj.	獨特的
noticeable	adj.	顯著的，顯而易見的

starve

[stɑrv]

v. 餓死；挨餓

衍 starving adj.
挨餓的；非常飢
餓的
starvation n.
（常造成死亡
的）飢餓；挨餓

Many animals **starved** to death because of the chronic food shortage in the zoo.
由於動物園長期食物短缺，許多動物因此餓死。

❶ Point 重點 ···

starving vs. **hunger**

hunger 指的是人對進食需求的感受，屬於正常的生理現象，**痛苦程度並非無法忍受，且不威脅到性命安全**。

starvation 指的是「**挨餓的狀態**」，以及因長期缺乏食物所造成的嚴重痛苦，甚至會到死亡的程度，**語氣比 hunger 更強烈**。

這裡補充一些常見的「飢餓」說法：
⇨ feeling peckish 有點嘴饞、有點餓
I have a craving for... 我想吃／喝～
hungry as a wolf/bear/lion 餓得像～
I could eat a horse. 我餓扁了。
I'm starving! 我超餓！
My stomach is growling/rumbling.
我的肚子在咕嚕咕嚕叫（飢腸轆轆）。

聯想單字		
hunger	n.	飢餓
famine	n.	飢荒
malnutrition	n.	營養不良
food security	n.	糧食安全
food distribution	n.	糧食分配
poverty	n.	貧窮；貧乏

surgery

[ˋsɝˋdʒərɪ]
n. 外科手術

衍 surgeon n.
外科醫生

Getting enough vitamin D will increase the chances of a good recovery after **surgery**.
在手術後攝取足夠的維生素 D 會提升恢復良好的機會。

❶ Point 重點 ···
醫生為病人「**動手術**」的常用說法是 **perform an operation**，動詞 perform 在這裡是「執行」的意思，而病人「**接受手術**」的常見說法則是 **have/undergo an operation**，動詞 undergo 是「經歷」的意思，口語上也會說 **go under the knife**，如果要具體說明是什麼樣的手術，則可以用 **have/undergo surgery on...**（動～的手術）來表達。

聯想單字	plastic surgery	n.	整型手術
	operation	n.	手術；實施
	physician	n.	（內科）醫生
	patient	n.	病患

tend

[tɛnd]
v. 傾向；往往會；
照料

衍 tendency n.
傾向；趨勢

Children who do not have affectionate parents **tend** to have lower self-esteem and to feel more alienated.
沒有獲得父母關愛的孩子往往自尊心較低落且會覺得比較無法融入人群。

❶ Point 重點 ···
tend to... 傾向～；易於～
⇨ Most of us **tend to** get distracted easily by surrounding activities.
我們大多數人往往容易因周圍的活動而分心。

therapy

[ˋθɛrəpɪ]

n. 治療；療法

衍 therapist n.
治療師

Have you had any **therapy** for your depression or social anxiety?
你對你的憂鬱症或社交焦慮進行過任何治療嗎？

聯想單字		
therapy session	n.	療程
speech therapy	n.	語言治療
group therapy	n.	團體治療
physical therapy	n.	物理治療
music therapy	n.	音樂治療

threat

[θrɛt]

n. 威脅；構成威脅的人（或事物）

衍 threaten v.
威脅；恐嚇

The report found that one million species were under **threat** of extinction because of human activity.
報告發現，有一百萬個物種因人類活動而面臨滅絕的威脅。

❶ Point 重點 ···
pose a threat to... 對～造成威脅
⇨ Hurricanes may **pose a threat to** people living along the coasts.
颶風可能會對住在沿岸的人們造成威脅。

unconscious

[ʌnˋkɑnʃəs]

adj. 不省人事的；無意識的

衍 unconsciousness
n. 無意識；失去知覺

反 conscious adj.
意識到；有意識的；故意的

Someone who is **unconscious** is in a state similar to sleep and unable to respond to people and activities.
沒有意識的人是處於類似於睡眠的狀態，且無法對人和活動進行回應。

❶ Point 重點 ···
unconscious of... 沒有意識到～；未發覺～
⇨ They're still seemingly **unconscious of** the mistakes they made.
他們看來仍沒有意識到自己犯下的錯誤。

聯想單字		
pass out	phr.	昏迷；失去知覺
faint	v.	昏厥；暈倒　adj. 微弱的
sensible	adj.	明智的；意識到的

violate

[ˈvaɪəˌlet]

v. 違反；違背（法律等）

衍 violation n.
違反；違背（法律等）

A student who is accused of **violating** the conduct code will be given a written notice.
被指控違反行為規範的學生將收到書面通知。

❶ Point 重點 ···
和 violate 長得很像、且有相同字根的 **violent（暴力的）**和 **violence（暴力；暴力行為）**也是經常出現在各大測驗中的單字，請一併記下來。

vital

[ˈvaɪtl]

adj. 極其重要的；充滿生氣的；與生命相關的

Water plays a **vital** role in the formation of different rock types.
水在不同類型的岩石形成中扮演著至關重要的角色。

聯想單字	vital signs	n.	生命徵象
	critical	adj.	至關重要的；關鍵的
	necessary	adj.	必需的　n. 必需品
	energy	n.	精力；能量

warn

[wɔrn]

v. 警告；告誡

衍 warning
n. 警告；警報
adj. 警告的；告誡的

I was **warned** not to open the windows as mosquitoes and flies would come in.
我被警告不要開窗戶，因為蚊子和蒼蠅可能會跑進來。

❶ Point 重點 ···
warn against/off Ving 警告不要做某事
⇨ The police officers **warned** colleagues **against going** out on police operations without protective equipment.
這名警員警告同僚不要在沒有防護裝備的情況下出警。

聯想單字	alert	n.	警報　adj. 警覺的　v. 使警覺
	alertness	n.	機警；警覺
	alarm	n.	警報；警器　v. 令某人擔心或害怕
	alarming	adj.	令人擔憂的

	accustomed	[əˋkʌstəmd]	adj. 慣常的；習慣的
⊕	admirable	[ˋædmərəbl]	adj. 值得讚揚的；令人欽佩的
⊕	admiration	[͵ædməˋreʃən]	n. 欽佩；羨慕
⊕	agreement	[əˋgrimənt]	n. 同意；合約
⊕	appreciation	[ə͵priʃɪˋeʃən]	n. 欣賞；感謝
⊕	argument	[ˋɑrgjəmənt]	n. 爭吵；爭論；論點
⊕	blink	[blɪŋk]	v. 眨眼睛；閃爍
⊕	breath	[brɛθ]	n. 呼吸；氣息
⊕	breathe	[brið]	v. 呼吸
⊕	breed	[brid]	v. 繁殖；飼養 n. 品種
初	cancer	[ˋkænsɚ]	n. 癌症
⊕	cherish	[ˋtʃɛrɪʃ]	v. 珍惜；愛護
⊕	chew	[tʃu]	v. 咀嚼 n. 咀嚼
⊕	choke	[tʃok]	v. 窒息；噎住；堵塞
⊕	collapse	[kəˋlæps]	v. 倒塌；崩潰；昏倒 n. 倒塌；崩潰；昏倒
⊕	comfortably	[ˋkʌmfɚtəblɪ]	adv. 舒服地；舒適地
⊕	congratulate	[kənˋgrætʃə͵let]	v. 祝賀；恭喜
初	congratulation	[kən͵grætʃəˋleʃən]	n. 祝賀

曲	cradle	[`kredl̩]	v. 撫育 n. 搖籃
曲	dare	[dɛr]	v. 敢；膽敢
曲	deceive	[dɪ`siv]	v. 欺騙；矇騙
曲	defeat	[dɪ`fit]	v. 戰勝；擊敗 n. 失敗
曲	deserve	[dɪ`zɝv]	v. 應受；值得
曲	disappoint	[ˌdɪsə`pɔɪnt]	v.（使）失望；（使）沮喪
曲	disapproval	[ˌdɪsə`pruvl̩]	n. 不贊成
曲	disapprove	[ˌdɪsə`pruv]	v. 不贊成；不同意
曲	doze	[doz]	v. 打瞌睡
曲	drowsy	[`draʊzɪ]	adj. 昏昏欲睡的
曲	examination	[ɪɡˌzæmə`neʃən]	n. 檢查；檢驗；考試
曲	exhaust	[ɪɡ`zɔst]	v. 使精疲力盡；耗盡 n.（引擎的）廢氣
初	failure	[`feljɚ]	n. 失敗
曲	faint	[fent]	adj. 微弱的 v. 昏厥；暈倒 n. 昏厥；暈倒
曲	fate	[fet]	n. 命運
曲	forgetful	[fɚ`ɡɛtfəl]	adj. 健忘的
曲	fortunate	[`fɔrtʃənɪt]	adj. 幸運的
曲	fortunately	[`fɔrtʃənɪtlɪ]	adv. 幸運地
初	freedom	[`fridəm]	n. 自由

⊕	frustrate	[ˋfrʌsˏtret]	v. 挫敗；灰心；氣餒
⊕	funeral	[ˋfjunərəl]	n. 葬禮
⊕	gene	[dʒin]	n. 基因
⊕	grave	[grev]	n. 墓穴，埋葬處
⊕	grief	[grif]	n. 悲痛；哀悼
⊕	grieve	[griv]	v. 悲痛；哀悼
⊕	harm	[hɑrm]	v. 損害；傷害 n. 損害；傷害
⊕	harmful	[ˋhɑrfəl]	adj. 有害的
初	health	[hɛlθ]	n. 健康
⊕	heartbreak	[ˋhɑrtˏbrek]	n. 心碎
⊕	horrify	[ˋhɔrəˏfaɪ]	v. 使恐懼
⊕	horror	[ˋhɔrɚ]	n. 恐怖；震驚；毛骨悚然
⊕	inconvenient	[ˏɪnkənˋvinjənt]	adj. 不方便的
初	instrument	[ˋɪnstrəmənt]	n. 樂器；器械
⊕	intend	[ɪnˋtɛnd]	v. 想要；打算
⊕	intention	[ɪnˋtɛnʃən]	n. 意圖
⊕	interfere	[ˏɪntɚˋfɪr]	v. 干涉；干預
⊕	interference	[ˏɪntɚˋfɪrəns]	n. 干涉；干預；干擾
⊕	itch	[ɪtʃ]	v. 發癢 n. 癢
⊕	laser	[ˋlezɚ]	n. 雷射
⊕	laughter	[ˋlæftɚ]	n. 大笑；笑聲
⊕	luck	[lʌk]	n. 運氣

⊕	luckily	[ˋlʌkɪlɪ]	adv. 幸運地；幸好
⊕	mental	[ˋmɛntḷ]	adj. 精神的；心理的
⊕	misfortune	[mɪsˋfɔrtʃən]	n. 不幸；惡運
⊕	mislead	[mɪsˋlid]	v. 誤導；把～引入歧途
⊕	misleading	[mɪsˋlidɪŋ]	adj. 誤導的；引入歧途的
⊕	murder	[ˋmɝdɚ]	v. 謀殺；兇殺 n. 謀殺；兇殺
⊕	murderer	[ˋmɝdərɚ]	n. 謀殺犯；兇手
⊕	nap	[næp]	v. 打盹；小睡 n. 打盹；小睡
⊕	nursing	[ˋnɝsɪŋ]	n. 護理 ；養育
初	pain	[pen]	n. 疼痛；痛苦 v. 使痛苦
初	peace	[pis]	n. 和平
⊕	persist	[pɚˋsɪst]	v. 堅持；固執
⊕	persuasion	[pɚˋsweʒən]	n. 說服；勸說
⊕	poisonous	[ˋpɔɪzənəs]	adj. 有毒的；有害的
⊕	powerless	[ˋpaʊɚlɪs]	adj. 無力量的；無權力的
⊕	pressure	[ˋprɛʃɚ]	v. 對～施加壓力；迫使 n. 壓力
⊕	protein	[ˋprotin]	n. 蛋白質
⊕	protest	[prəˋtɛst]	v. 抗議；反對 n. 抗議；異議
⊕	psychological	[͵saɪkəˋlɑdʒɪkḷ]	adj. 心理的；心理學的
⊕	quarrel	[ˋkwɔrəl]	v. 爭吵 n. 爭吵
⊕	radiation	[͵redɪˋeʃən]	n. 輻射

中	recovery	[rɪ`kʌvərɪ]	n. 恢復；痊癒；找回
中	refusal	[rɪ`fjuzḷ]	n. 拒絕
中	refuse	[rɪ`fjuz]	v. 拒絕
中	risk	[rɪsk]	v. 冒險；使遭受危險 n. 危險；風險
中	sacrifice	[`sækrə͵faɪs]	v. 犧牲 n. 犧牲；祭品
初	safety	[`seftɪ]	n. 安全
中	shame	[ʃem]	v. 使感到羞恥；羞辱 n. 遺憾；羞愧；恥辱
中	sickness	[`sɪknɪs]	n. 患病狀態；噁心
中	sigh	[saɪ]	v. 嘆氣；嘆息 n. 嘆氣；嘆息
中	situation	[͵sɪtʃʊ`eʃən]	n. 處境；情況
中	sneeze	[sniz]	v. 打噴嚏 n. 噴嚏
初	soul	[sol]	n. 靈魂
初	spirit	[`spɪrɪt]	n. 精神
中	spit	[spɪt]	v. 吐（口水） n. 唾液，口水
中	status	[`stetəs]	n. 身分地位；現狀
中	steady	[`stɛdɪ]	adj. 平穩的 v. 使穩定
中	strength	[strɛŋθ]	n. 力量；力氣
中	strengthen	[`strɛŋθən]	v. 加強；增強
初	success	[sək`sɛs]	n. 成功

	suck	[sʌk]	v. 吸；吮
⊕	suicide	[ˋsuəˌsaɪd]	n. 自殺；自殺行為
⊕	survival	[səˋvaɪvl]	n. 倖存；存活
初	swallow	[ˋswɑlo]	v. 吞嚥；吞沒 n. 吞嚥
⊕	swell	[swɛl]	v. 腫脹
⊕	symptom	[ˋsɪmptəm]	n. 症狀
初	tear	[tɪr]	n. 眼淚 v. 撕開（發音：[tɛr]）
⊕	temper	[ˋtɛmpɚ]	n. 脾氣 v. 使緩和；使溫和
⊕	tickle	[ˋtɪkl]	v. 使發癢；使開心
⊕	tough	[tʌf]	adj. 強韌的；棘手的
⊕	tremble	[ˋtrɛmbl]	v. 發抖；顫抖 n. 發抖；顫抖
⊕	unfortunate	[ʌnˋfɔrtʃənɪt]	adj. 不幸的；可惜的
⊕	unfortunately	[ʌnˋfɔrtʃənɪtlɪ]	adv. 不幸地；可惜地
⊕	unusual	[ʌnˋjuʒʊəl]	adj. 不尋常的；獨特的
⊕	victim	[ˋvɪktɪm]	n. 受害者
⊕	weaken	[ˋwikən]	v. 削弱；減弱
⊕	weep	[wip]	v. 哭泣 n. 哭泣
⊕	wink	[wɪŋk]	v. 眨眼示意；燈光閃爍 n.（示意的）眨眼，眼色
⊕	worn	[worn]	adj. 磨損的；疲憊的
⊕	wrinkle	[ˋrɪŋkl]	v. 起皺紋 n. 皺；皺紋

Chapter 11　Quiz Time

一、請填入正確的對應單字。

01. 受傷的　　　　　　　　　　　　　　（　　）
02. 緩和；解除；鬆一口氣的感覺　　　（　　）
03. 孤立；隔離　　　　　　　　　　　　（　　）
04. 陪伴；伴隨　　　　　　　　　　　　（　　）
05. 說服；勸服　　　　　　　　　　　　（　　）

| A. relief | B. injured | C. persuade | D. accompany | E. isolate |

二、請選出正確的答案。

1. Donations by businesses, organizations and individuals are very _____ for the university.

    A. significant
    B. obedient
    C. awake
    D. pregnant

2. The developers need to get _____ to demolish the building because it is in a conservation area.

    A. infection
    B. ache
    C. permission
    D. emergency

3. Pet owners should maintain good habits and under no circumstances should they _____ their pets.

   A. warn
   B. overcome
   C. accuse
   D. abandon

4. Large-sized marine animals face a greater _____ of extinction than smaller ones.

   A. threat
   B. abuse
   C. insurance
   D. therapy

5. Due to COVID-19, students had to _____ long delays in obtaining visas.

   A. violate
   B. endure
   C. tend
   D. inject

Chapter 12

量測
單位、距離、計量、金錢、時間

Ch12.mp3

主題單字相關實用片語

(at) the eleventh hour	最後一刻
(in) the middle of nowhere	在荒郊野外
a hundred/thousand/million and one	非常多
A penny saved is a penny earned.	能省則省。
a stone's throw	很短的距離；一石之遙
a tall order	艱鉅的任務；難以做到的事
above and beyond sth	高於某種程度；超出某個範圍
at all cost(s)	不惜任何代價
behind the times	過時
bread and butter	謀生的方式
bring home the bacon	養家餬口
call it a day	結束工作；收工
follow your nose	憑直覺做事；一直向前走
go Dutch	各付各的
in the long run	長遠來看
kill time	打發時間，殺時間
nine times out of ten	十之八九
on the dot	準時
throw (your) money/cash around	揮霍金錢
time flies	時光飛逝

accommodate

[əˋkɑməˌdet]
v. 為～提供住宿；
容納；適應

派 accommodation
　　n. 住宿設施，住
　　處；適應

The hotel can **accommodate** up to a maximum of 500 guests daily, from budget travelers to VIP guests.
這家飯店每天最多可容納多達 500 位的客人，從預算有限的旅客到 VIP 級的貴客都包括在內。

acre

[ˋekɚ]
n. 英畝

The villa is surrounded by 70 **acres** of lavender fields and unspoiled forest.
這座別墅被 70 英畝的薰衣草田和未受破壞的森林所環繞。

❶ Point 重點 ···
英文裡的「**面積**」用的是 **area** 這個字，常見的面積單位有：**square meter**（平方公尺）、**square kilometer**（平方公里）、**acre**（公畝）和 **hectare**（公頃）。

特別要注意的是，台灣在計算土地面積時常用的「**坪**」，其實並沒有相對應的英文單字，如果要用英文表達，**通常會換算成平方公尺**。

amount

[əˋmaʊnt]
n.（不可數的）數
量；總數

Crowdfunding means that individuals come together to donate **amounts** of money online to support projects.
群眾募資是指人們一起在網路上捐出一定數額的金錢來支持專案。

❶ Point 重點 ···
number、amount、quantity 表達的都是東西的「數量」，但 **number** 會用在「**可數名詞**」，**amount** 則用在「**不可數名詞**」，而不管是「**可數或不可數名詞**」都可以用 **quantity** 來表達數量。

此外，number 和 amount 的前面都可以加上如 huge（龐大的）、small（小的）、great（很多的）等的形容詞來強調數量多寡，後面則是會先接介系詞 of 再接事物，例如 **a large amount of money**（一大筆錢）或 **a small number of people**（一小群人）。

balance

[`bæləns]
n. 平衡；秤；餘額
v. 使平衡；權衡；
使帳目收支平衡

中

Training wheels are extra wheels that can be attached to bicycles to help beginning riders keep their **balance**.
輔助輪是可以另外安裝到自行車上的輪子，用來幫助剛開始學騎車的人保持平衡。

I'm not sure the **balance** of the annual budget is enough to pay for the trip.
我不確定剩下的年度預算足夠支付這趟旅行的費用。

Research shows that one in three working parents struggle to **balance** career and family.
研究顯示，有三分之一的在職父母難以在事業和家庭間取得平衡。

❶ Point 重點 ⋯⋯⋯⋯⋯⋯⋯⋯⋯⋯⋯⋯⋯⋯⋯⋯⋯⋯⋯

lose one's balance 失去平衡
⇨ The singer suddenly **lost his balance** and fell off the edge of the stage.
　那位歌手突然失去平衡，從舞台的邊緣摔了下來。

strike a balance (between something)
（在某事物之間）取得平衡
⇨ Time management is the key to **striking a balance between** work and family.
　時間管理是在工作和家庭間取得平衡的關鍵。

be/hang in the balance 懸而未決；事情尚未有定論
⇨ Because of the scandal, the politician's political career is now **hanging in the balance**.
　由於這件醜聞，這位政治人物的政治生涯現在前景未明。

benefit

[ˋbɛnəfɪt]
n. 利益，好處
v. 得益，對～有幫
助

衍 beneficial adj. 有
益的，有利的
beneficiary n. 受
益人，受惠者

The development project will bring many **benefits** to the city, both financially and socially.
這個開發計畫將為該市帶來許多好處，在財政和社會上都是。

Almost 400,000 citizens **benefited** from the housing program in first half of the year.
上半年有近 40 萬公民受益於住房計畫。

聯想單字
benefits package	n.	員工福利
welfare	n.	社會福利
well-being	n.	幸福，福祉
advantage	n.	優點；優勢
profit	n.	利潤；獲益

billion

[ˋbɪljən]
n. 十億

衍 billionaire n.
億萬富翁

The company has invested **billions** of dollars in renewable energy projects.
這間公司已在可再生能源的計畫上投資了數十億美元。

❶ Point 重點 ·····························
在英文裡，**數字是三個零進一次位、打上一個逗點**，所以只要掌握逗點的位置和位數的說法，就可以輕鬆表達了。
⇨ hundred 百
thousand 千
10 thousand 萬
100 thousand 十萬
1 million 百萬
10 million 千萬
100 million 一億
billion 十億
10 billion 百億
100 billion 千億
trillion 兆

bunch

[bʌntʃ]

n. 串；束；一群人

Sending a **bunch** of red roses is one of the best ways to show your affection.

送一束紅玫瑰是表達愛意的最佳方式之一。

❶ Point 重點 ....

bunch 通常會以 **a bunch of** 的形式出現，**後面會接可以用「一束～；一串～」來當量詞的事物**，例如 a bunch of flowers（一束花）、a bunch of grapes（一串葡萄）、a bunch of keys（一串鑰匙）等等。

另外，和 bunch 長得有點像、且也常會用來表達「一束花」的 **bundle**（束；捆）也是很常見的量詞，**不過 bundle 只能用在「可以被綑綁和束起的事物」上**，例如 a bundle of newspaper（一捆報紙）、a bundle of magazines（一捆雜誌）、a bundle of clothes（一捆衣服）。

這裡一併補充一些常見的量詞，這些量詞所代表的數量有時會成為答題關鍵，所以請一併記住。

⇒ a couple of 兩個；幾個
  a dozen 一打（12 個）（後面不加 of）
  dozens of 幾十個
  a score of 二十個
  scores of 很大量的
  tons of 一大堆的；一大群的
  a pinch of 一小撮
  a handful of 一把
  a spoonful of 一湯匙
  a cup/glass of 一杯
  a pile of 一堆；一疊
  a pair of 一雙；一副

calculate

[ˋkælkjəˌlet]
v. 計算

衍 calculation n.
　計算
　calculating adj.
　工於心計的
　calculator n.
　計算機

It is difficult to **calculate** the cost because there are so many uncertainties.
因為有太多的不確定因素，所以要計算成本很難。

❶ Point 重點 ···
　同樣都是「計算」，calculate、count 和 compute 的意義並不相同，**calculate** 是「**透過加減乘除等方式計算出數量**」，**count** 是「**按順序數數、累加數字**」，而 compute 和 calculate 的意思差不多，不過 **compute** 會**更追求精準度**或是用**更嚴謹的方式**進行計算，且是較為正式的用法。

capacity

[kəˋpæsətɪ]
n. 容量；容積；
辦事能力

The stadium has a **capacity** of 35,000 and is mostly used for live concerts or other activities.
這個體育場可容納 35,000 人，主要用於演唱會或其他活動。

classify

[ˋklæsəˌfaɪ]
v. 將～分類

衍 classified adj.
　分類的；（文件）機密的
　classification n.
　分類

These plants are **classified** into different groups to avoid confusion.
這些植物被分類成不同組以避免混淆。

combine

[kəmˋbaɪn]
v. 結合；綜合

衍 combination n.
　結合；聯合；組合

The program **combines** education with activities like sports and welfare services.
該計畫將教育與像是體育和社福服務等活動相結合。

反 separate v.
分類；區分

● Point 重點 ⋯⋯⋯⋯⋯⋯⋯⋯⋯⋯⋯⋯⋯⋯⋯⋯⋯⋯

combine vs. **merge**
combine 是「將事物結合在一起」，**原本的特質在結合後仍然會同時存在**。
⇨ **Combine** the flour and water in a bowl, and mix them with your hands until a soft dough forms.
　麵粉和水混合在一個碗裡，然後用手把它們混在一起直到形成柔軟的麵團。

merge 是「將較小的事物合併」，強調**在合併之後會互相融合而形成更大的事物**。
⇨ The board of the company decided to **merge** the two subsidiaries.
　公司董事會決定要合併這兩家子公司。

---

considerable ⊕
[kən`sɪdərəbḷ]
adj. 相當大的；相當多的

衍 considerably
　adv. 相當；非常

The company spends **considerable** funds on recruiting, hiring, and even training employees annually.
該公司每年都會花費大筆資金在招聘、雇用和甚至是培訓員工上。

● Point 重點 ⋯⋯⋯⋯⋯⋯⋯⋯⋯⋯⋯⋯⋯⋯⋯⋯⋯⋯

considerable vs. **considerate**
considerable 是「**數量相當多的**」，而 **considerate** 則是「**體貼周到的；貼心的**」，意思完全不同，一定要特別注意。
⇨ In the library, if you must make or receive calls, please be **considerate** of others and keep calls short.
　在圖書館內，如果必須撥打或接聽電話，請為他人著想並長話短說。

considerable 使用時可搭配 number 或 amount，寫成 **a considerable number/amount of**（大量～），其中 considerable 也可以換成 large（大的），of 後面若要接**可數名詞**，則前面用 **number**，**amount** 則是接**不可數名詞**，可以用「number 是數字，數字可以數 → 所以後面接可數名詞」來幫助記憶。

constitute

[ˋkɑnstəˌtjut]

v. 構成，組成；
被視為

衍 constitution n.
憲法；章程；構
成

The data indicates that women **constitute** a majority of the workforce in the fields of education and health.

這些數據指出，女性在教育和健康領域中占據了大部分的勞動力。

❶ Point 重點 ···

英文裡有很多可以表達「**某事物是由～所組成**」的說法，不過，不同表達方式會呈現出**全部列舉**和**部分列舉**的差別，這部分有點難懂，我們來看句子吧！

⇒ My dinner **consisted of** a sandwich, soup, and salad.
我的晚餐（的組成）是三明治、湯和沙拉。
consist of 是**全部列舉的表達方式**，表示就只有這些，沒有別的東西了。

⇒ My dinner **included** a salad.
我的晚餐包含了一份沙拉。
include 是**部分列舉的表達方式**，表示除了沙拉外，晚餐裡還有別的東西，只是沒有舉出來。

透過上面的兩個例子，就可以知道全部列舉和部分列舉的差別在哪裡了，下面是最常見的幾種表達方式，使用時必須透過上下文來選擇最恰當的說法。

全部列舉
consist of
consist 只能用在主動語態的句子裡，be consisted of 是錯誤的用法！
⇒ North America **consists of** Canada, the United States and Mexico.
北美洲由加拿大、美國和墨西哥組成。

be composed of
compose 當「組成」的字義使用時較少使用主動語態。
⇒ The novel is composed of 10 brief chapters.
這本小說由 10 個簡短的章節組成。

make up

不論主動還是被動語態都可使用，**但用被動語態表達時，後面要接介系詞 of**。

⇨ Lawyers, doctors, and teachers **make up** the committee.

The committee **is made up of** lawyers, doctors, and teachers.

該委員會是由律師、醫生和教師組成。

部分列舉

include

⇨ The price **includes** flights, transfers, and accommodation.

這個價格包括機票、交通和住宿。

contain

⇨ The report **contains** detailed financial and operational information.

這份報告包含詳細的財務和營運資訊。

consume

[kən`sjum]

v. 消耗；消費；花費；大量吃喝

衍 consumer n.
消費者
consumption n.
消費；消耗；消費量

The new policy will ensure that more of what we **consume** is recycled and reused.

新的政策將確保更多我們所消費的東西都會被回收再利用。

❶ Point 重點 ···

consume 因為有著「大量吃喝」的意思，所以有時可以用來與 eat 或 drink 替換使用。

contribute

[kən`trɪbjut]

v. 貢獻；捐獻；
投稿

衍 contribution n.
貢獻；捐獻；投
稿

Teachers of the school have **contributed** one day's salary to help students who need assistance due to the COVID-19 lockdown.

這間學校的老師們捐出了一日薪水來幫助因新冠肺炎封城而需要協助的學生。

❶ Point 重點 ·····························

contribute vs. **donate**

contribute 所捐獻的是「**有價值的東西**」，例如努力、資源、心力等等，**並不專指金錢上的捐獻**。

donate 捐獻的則特別是「**金錢或其他財務上**」的協助，不會是其他與金錢無關的事物。

聯想單字	donate	v.	捐獻（金錢等）
	charity	n.	慈善事業；慈善
	welfare	n.	福利救濟；社會福利

costly

[`kɔstlɪ]

adj. 昂貴的；
值錢的

衍 cost n. 費用；成
本；代價 v. 花費

同 expensive adj. 昂
貴的

反 cheap adj. 便宜
的

The historic church will undergo complicated and **costly** renovations for an estimated 10 months.

這座歷史悠久的教堂將進行複雜又昂貴的整修，估計會進行 10 個月。

❶ Point 重點 ·····························

這裡一併補充一些可用來表達「昂貴」的單字，請一併記下來。

⇨ expensive 昂貴的
pricey 貴重的
high-priced/high-cost 高價的
overpriced 過於昂貴的

特別要注意的是，像 costly、expensive 或 cheap（便宜的；廉價的）這種形容詞，**修飾的都是物品「本身」，而非物品的「price（價格）」**。

⇨ Many people may think that home fitness equipment is too **expensive**.
很多人可能會覺得居家健身器材太貴了。

若要修飾的是 price（價格）或 rent（租金）等與數字相關的事物，則要用 **high** 或 **low** 來表達。
⇒ The product is good but the **price** is a bit **high**.
這個產品不錯，但價格有點高。

decade
[`dɛked]
n. 十年

The country's fertility rate has fallen dramatically over the past **decade**.
那個國家的生育率在過去十年間急遽下降。

❶ Point 重點 ··
這裡補充一些除了 decade 之外的常用時間量詞。
⇒ score 二十（年）
century 百年；世紀
millennium 千年；千禧年

decline
[dɪ`klaɪn]
v. 下降；減少；衰退
n. 下降；減少；衰退

This is the first time the company's annual revenue have **declined** since 2019.
這是該公司自 2019 年以來首次年營業額衰退。

Tourism has been affected by the pandemic, resulting in a **decline** in the number of foreign tourists.
旅遊業受到了疫情影響，造成外國觀光客的數量下降。

❶ Point 重點 ··
在英文裡除了 decline 之外，還有幾個很常用來表達「減少」或「降低」的單字，不過它們的用法並不相同，使用時要特別注意。
⇒ fall/drop（程度）下降
decrease（數量）減少
shrink（大小）縮小；下降
slump/plunge/plummet（在短時間內突然）暴跌

在使用這些動詞時，有一些副詞特別常一起出現，可以一起記下來。
⇒ rapidly 快速地
dramatically 大大地；明顯地
gradually 逐漸地
constantly 持續地
moderately 適度地

deficit

[`dɛfəsɪt]
n. 赤字；逆差；虧損

反 surplus n. 餘額；盈餘；順差
　 adj. 剩餘的；多餘的

Reducing the budget **deficit** through tax increases may slow economic growth.
通過增加稅收來減少預算赤字可能會拖慢經濟成長。

聯想單字		
trade deficit	n. 貿易逆差	
trade surplus	n. 貿易順差	
budget	v. 把～編入預算	n. 預算
bank account	n. 銀行帳戶	
margin	n. 利潤；邊緣	

depth

[dɛpθ]
n. 深度；（聲音）低沉；（色彩）濃厚；（知識）深奧

Visitors can dive to a **depth** of 100 feet to see stunning coral reefs and fish.
遊客可以潛到 100 英尺的深度，觀看令人驚豔的珊瑚礁和魚。

❶ Point 重點 ··
一個物體的方方面面，除了 deep（深的）和 depth（深度）之外，這裡一併補充長、寬和高的說法。

length 長度 → 形容詞為 **long**
width 寬度 → 形容詞為 **wide**
height 高度 → 形容詞為 **high**

要說明物體的長、寬、高和深度時，可以說：

The length/width/height/depth of＋sth...
某物的長／寬／高／深是～
⇨ **The length of** the desk is 36 inches.
　 這張桌子的長度是 36 英寸。

數字＋單位＋in length/width/height/depth
有～（數字單位）長／寬／高／深
⇨ The pool is **five feet in depth**.
　 這座游泳池有五英尺深。

direction

[dəˋrɛkʃən]

n. 方向；指導；發展方向

衍 direct
v. 指導；指向
adj. 直接的；筆直的
adv. 直接地；筆直地
directly adv. 直接地；筆直地
director n. 導演

初 The roads here are confusing, so it's better to stop and ask someone which is the right **direction** to drive.

這裡的路很難懂，所以我們最好停下來去問人要往哪個方向開才正確。

❶ Point 重點 ··

這裡補充問路時常用的說法，這些都是很實用的句型，一起看看吧！

可以告訴我去～（某地點）要怎麼走嗎？

⇨ Can you give me directions to...?
Can you tell me the way to...?
Could you tell me how to get to...?
How do I get to...?
Is there... near here?
Where is the nearest...?

可以用地圖告訴我怎麼走嗎？

⇨ Can you show me on the map?

為問路的人指路時的常用說法

⇨ go down/along... 沿著～（某路走）
go straight/forward for... 直走～（多遠的距離）
cross/go across... 穿越～
turn left/right 左／右轉

聯想單字			
sense of direction	n.	方向感	
alongside	prep.	在～旁邊	
aside	adj.	在旁邊	
beside	prep.	在旁邊	
nearby	adj.	附近的	adv. 在附近

distance

(初)

[`dɪstəns]

n. 距離；路程；疏遠

v. 疏遠

衍 distant adj. 遙遠的；冷漠的

The employees need to commute quite a **distance** from their homes to the work place.

員工需要通勤相當長的一段距離才能從家裡到公司。

He announced that he plans to **distance** himself from politics after retiring.

他宣布自己計劃在退休後遠離政治。

❶ Point 重點 ······

within walking distance

走路就可以到的距離（表示很近）

⇒ My office is **within walking distance** to the MRT station.

我的辦公室離捷運站在走路就可以到的距離。

social distancing

保持社交距離

（此處是將 distance 的動詞形態轉為動名詞的 Ving）

⇒ If you're not feeling well now, then we should keep **social distancing**.

如果你現在覺得不舒服，那麼我們應該要保持社交距離。

equivalent

(中)

[ɪ`kwɪvələnt]

adj. 相等的；等同的

n. 等值；相等

衍 equal adj. 相等的；相當的；相等的事物

v. 等於；比得上

They believe women and men should be paid the same for **equivalent** jobs.

他們認為女性和男性在從事同等工作時應獲得相同的報酬。

There has been a long-standing belief that one dog year is **equivalent** to seven human years.

長久以來人們一直認為狗的一歲相當於人類的七歲。

estimate

[`ɛstəˌmet]

v. 估計；估算；報價

n. 估計；估算；報價

衍 estimation n. 判斷；評價；估計
underestimate
v. 低估
overestimate
v. 高估

Experts **estimate** that the number of people with diabetes will increase sharply in the coming years.

專家估計在未來幾年內，糖尿病患者的人數將急遽增加。

The insurance company had made a rough **estimate** of the amount required to repair the damaged car.

保險公司粗略估算了維修損壞的汽車所需的金額。

聯想單字		
propose	v.	提出；提報
rough estimate	n.	粗估
conservative estimate	n.	保守估計
value	n.	價值；價格　v. 估價

evaluate

[ɪˈvæljʊˌet]

v. 評估；估價

反 evaluation n. 評估；評價

With only one complete year of data, it is extremely difficult to **evaluate** the program's effectiveness.

只憑一個完整年度的數據，非常難以評估這個專案的有效性。

extension

[ɪkˈstɛnʃən]

n. 伸展；延伸；延期；電話分機

衍 extend v. 延長；延伸
extensive adj. 廣闊的；廣泛的；大量的

The couple planned to leave Taiwan this month but applied for an **extension** to stay until next February.

這對夫婦原本打算在這個月離開台灣，但後來申請了延長停留到明年二月。

聯想單字		
dial	v.	撥號；打電話　n. 錶盤；刻度盤
extension number	n.	分機號碼

gallon

[ˋgælən]

n. 加侖（歐美常用的液體和容量單位）

Due to the oil shortage, gas prices last week hit an all-time high of $5 per **gallon**.

由於石油短缺，上週天然氣價格創下每加侖 5 美元的歷史新高。

❶ Point 重點 ‥‥‥‥‥‥‥‥‥‥‥‥‥‥‥‥‥‥‥‥‥‥‥‥

這裡一併補充各種「**度量衡（weights and measures）**」的單位說法，這些單位常常出現在對話或文章之中，有時也會成為解題的關鍵，所以請特別注意。

重量單位 Unit of Weight
⇨ gram (g) 公克　kilogram (kg) 公斤
　 ton (t) 公噸　pound (lb) 磅　ounce (oz) 盎司

長度單位 Unit of Length
⇨ millimeter (mm) 毫米　centimeter (cm) 公分
　 meter (m) 公尺　kilometer (km) 公里
　 inch (in) 英寸　foot (ft) 英尺　mile (mi) 英里

容積單位 Unit of Volume
⇨ milliliter (ml) 毫升　cubic meter (m^3) 立方公尺
　 liter (l) 公升　gallon (gal) 加侖

面積單位 Unit of Area
⇨ square meter (m^2) 平方公尺
　 square kilometer (km^2) 平方公里
　 are (a) 公畝　hectare (ha) 公頃　acre (ac) 英畝

immediate

[ɪˋmidɪət]

adj. 立即的，立刻的；直接的

衍 immediately adv. 立即；馬上

If your goods are faulty, you may request an **immediate** refund within 7 days of purchase.

如果商品有問題，您可以在購買後的 7 天內要求立即退款。

聯想單字		
shortly	adv.	不久；很快
prompt	adj.	敏捷的；迅速的；及時的
instant	adj.	無需等待的；立即的

locate

[loˋket]
v. 確定～的地點；
使～座落於；找出

⑪ location n. 位
置；地點；據點
local adj. 當地
的，本地的
n. 當地居民，本
地人

The hotel is **located** in the city center with a short walk to attractions and restaurants.
這間飯店座落於市中心，步行不遠便可抵達景點和餐廳。

❶ Point 重點 ⋯⋯⋯⋯⋯⋯⋯⋯⋯⋯⋯⋯⋯⋯⋯⋯⋯⋯

「**位於～；座落於～**」的英文表達方式很常出現在各大考試之中，請特別留意主被動語態及搭配使用的介系詞。

使用主動語態，後面以介系詞表明相對位置
be 動詞 / lie＋介系詞
⇒ The hotel **is in** the center of the city, in walking distance to the MRT station.
這間飯店在市中心，步行即可到達捷運站。

⇒ Those houses **lie in** the eastern part of the village.
那些房子位於這座村莊的東部。

使用被動語態，後面以介系詞表明相對位置
be located / be situated＋介系詞
⇒ The marketing department **is located near** the break room.
行銷部門位在靠近休息室的地方。

⇒ The office **is situated next to** the post office.
辦公室位於郵局旁邊。

multiply

[ˈmʌltəplaɪ]
v. 相乘；大幅增加；繁殖

衍 multiple adj. 多個的；多種的
n. 倍數

Count your heartbeats for 30 seconds and **multiply** the number of beats by two, then the number you get is your heart rate.
數你的心跳數 30 秒，然後將心跳數乘以二，那麼你得到的數字就是你的心率。

❶ Point 重點 ···
「加、減、乘、除」的英文說法是 **plus/and**（加）、**minus**（減）、**times/multiplied by**（乘）及 **divided by**（除），「等於」的說法則是 **equals/is/is equal to**，特別要注意的是，在講等於時，**不管主詞的數字是多少，使用的動詞都是單數。**

另外，這裡的 **multiply** 和 **divide** 都必須使用**被動語態**！表示「被某個數字乘或除」，例如：

3 **multiplied by** 4 equals 12. ($3\times4=12$)
100 **divided by** 10 is 10. ($100\div10=10$)

numerous

[ˈnjumərəs]
adj. 許多的；大量的

衍 number n. 數字

The couple faced **numerous** difficulties in the early days of the business.
這對夫妻在創業初期遇到了很多困難。

❶ Point 重點 ···
這裡一併補充其他可用來表達「**數量很多**」的說法。
⇨ a lot of/lots of 很多
   many（可數）/ much（不可數）許多的
   plenty of 許多的
   various/a variety of 各式各樣的；種類繁多的
   diverse/a diversity of 多樣的；多元的
   countless 無數的
   a large/considerable number（可數）/
   amount（不可數）of 數量龐大的
   quite a few（可數）/ little（不可數）相當多的

occasional

[əˋkeʒənl]
adj. 偶爾的

衍 occasionally
   adv. 偶爾

Forecasters say that there will be **occasional** showers on Monday with a few thunderstorms.
預報員說週一會下偶陣雨和部分大雷雨。

partial

[ˋpɑrʃəl]
adj. 不完全的；部
分的；偏心的；偏
愛的

反 impartial adj. 公
   正的；無偏見的

If the packaging is damaged, you can only be offered a **partial** refund.
如果包裝毀損，那麼您只能拿到部分退款。

聯想單字		
largely	adv.	大部分，多半
entire	adj.	全然的；整個的
complete	adj.	完整的；完全的
incomplete	adj.	不完全的；不完整的

penny

[ˋpɛnɪ]
n. [英] 便士；[美加]
分（幣）；一小筆
錢

She said that her laser eye surgery was expensive but worth every **penny**.
她說雖然她做的雷射近視手術很貴，但花的每一分錢都值得。

❶ Point 重點 ⋯⋯⋯⋯⋯⋯⋯⋯⋯⋯⋯⋯⋯⋯⋯⋯⋯⋯⋯⋯⋯

penny 當作單位時，在英國叫做「便士」，在美加地區則是指「美分」，如果指的是硬幣本身，會用 pennies，複數形則是 pence 或 pennies。

下面補充兩個常見的表達方式：
It won't cost you a penny.
不會花你一毛錢。
⇨ There are plenty of gift ideas that **won't cost you a penny**.
這裡有很多關於送禮的點子，且不會花你一毛錢。

pinch pennies
精打細算；省吃儉用（pinch 是「捏」的意思）
⇨ They continue to find ways to **pinch pennies** to make ends meet.
他們繼續尋找方法來節省開支以維持收支平衡。

permanent

[`pɝ·mənənt]

adj. 永久的；固定的

反 impermanent
　 adj. 不持久的；
　 暫時的
　 temporary adj.
　 暫時的；臨時的

If you have monthly expenses and a mortgage to pay, a **permanent** job may be ideal for you.

如果你每個月都有開銷和貸款要付，那麼一份固定的工作可能對你來說會比較理想。

聯想單字			
for good	phr.	永遠；永久地
everlasting	adj.	永久的；不朽的
eternal	adj.	永久的；永恆的
perpetual	adj.	永恆的；長期的
immortal	adj.	不朽的；不死的

postpone

[post`pon]

v. 延後；延期（字首 post- 表示「之後；後來；後面」）

Due to the current situation, the concert has been **postponed** to next year.

由於目前的情況，這場演唱會已經延後到明年了。

❶ Point 重點 ···

postpone vs. **delay**

postpone 通常是因為各種原因而**主動提出延後的要求**，而 **delay**（延遲；耽擱）則是因為**不可控的因素**，逼不得已才延遲

⇨ The meeting has been **postponed** until Thursday.

那場會議已經延後到週四了。

⇨ The game was **delayed** for one hour due to heavy rain.

由於大雨，那場比賽延誤了一個小時。

聯想單字			
play for time	phr.	拖延時間直到情勢對自身有利
lag	v.	落後；延遲　n. 落後；延遲
put off	phr.	延後；拖延

pound

[paʊnd]

n. 英鎊；磅（重量
單位）

v. 連續重擊；猛烈
襲擊

初

The **pound** is the standard unit of money used in the UK and other countries.
英鎊是英國和其他國家使用的標準貨幣單位。

My heart **pounded** with excitement as I stood on the stage and looked at the sea of faces in the audience.
當我站在台上看著人山人海的觀眾時，我的心臟興奮地猛烈跳動。

primary

[ˋpraɪ͵mɛrɪ]

adj. 首要的；主要
的

反 secondary adj.
次要的

中

Our **primary** concern is to ensure that they have access to clean water and sanitation.
我們最主要關切的是要確保他們能使用乾淨的水和衛生設備。

❶ Point 重點 ⋯⋯⋯⋯⋯⋯⋯⋯⋯⋯⋯⋯⋯⋯⋯⋯⋯⋯⋯
這裡一併補充一些經常出現的 primary 搭配詞，請一併記住。
⇒ primary education 初等教育
primary school 小學（= elementary school）
primary color 原色
primary care 初級醫療照護
primary election 初選

proceed

[prəˋsid]

v. 繼續進行；前進

中

The company's board of directors decided not to **proceed** with the investment plan.
公司董事會決定不繼續進行該投資計畫。

property

[`prɑpətɪ]
n. 財產；不動產；
所有物

When using fireworks, we must minimize the risk of injuries to people and damage to **property**.

在放煙火的時候，我們必須把造成人受傷和財產損失的風險降到最低。

❶ Point 重點 ………………………………………………………………

英文之中最常看到的「**財產**」說法有 **property**、**possession**、**asset**、**belongings** 和 **wealth**，各代表了不同意義上的財產，使用時請透過上下文來選擇最恰當的用字。

property 是意義最廣泛的財產，**不論是有形還是無形的所有物都可以用 property**，不過經常被用來指土地、房屋等不動產。

possession（所有物；財產）的重點在於「**實質掌控**」，只要擁有該人事物的實質掌控權，就可以用 possession 這個字。

asset（資產；財產）指的是**具有經濟價值，且可產出更多經濟利益**的財產，例如股票、債券、不動產、現金等等可以用來操作投資的資產。

belongings（所有物；隨身物品）是指個人所有物，例如衣物、包包、書等等，這些私人物品通常**具有情感價值**或是**可以表現出個人身分**，但不一定具有經濟上的價值。

wealth（財富）則是把所有資產減去負債後的剩餘部分，可以**用來評斷一個人的經濟狀態**，通常 wealth 會包括如儲蓄、投資、不動產等部分。

聯想單字			
intellectual property	n.	智慧財產	
bankrupt	adj. 破產的	n. 破產者	v. 使某人破產
capital	n.	資金；資本	
fortune	n.	財富；幸運；命運	

quantity

[`kwɑntətɪ]

n. 量；數量

The price of a good or service will vary according to the **quantity** demanded.

商品或服務的價格會根據需求量而變化。

聯想單字		
quality	n.	品質
quota	n.	配額
sufficient	adj.	足夠的
adequate	adj.	足夠的；適當的
insufficient	adj.	不足的

rate

[ret]

n. 率；速率；價格
v. 評估；評價

衍 rating n.
　　等級；級別

The free online program consists of 8 lessons and allows everyone to work at their own **rate**.

免費的線上課程共有 8 堂，而且每個人都可以按照自己的速度學習。

The reason why we didn't **rate** this restaurant a five star was because of the service.

我們沒有給這家餐廳打五顆星的原因就是它的服務。

❶ Point 重點 ···
　　與 rate 相關的搭配詞經常出現在各種文章和試題之中，請一併記住。
　　⇨ mortality rate 死亡率
　　　unemployment rate 失業率
　　　inflation rate 通貨膨脹率
　　　growth rate 成長率
　　　success rate 成功率
　　　failure rate 失敗率
　　　crime rate 犯罪率
　　　a five-star rating 五星評價

scarcely

[`skɛrslɪ]
adv. 勉強；幾乎
不；剛～就～

衍 scarce adj.
難得的；稀少的
scarcity n.
缺乏；短缺

同 hardly adv.
幾乎不
barely adv.
僅僅；幾乎不

I could **scarcely** believe it when she told me she was pregnant.
當她告訴我她懷孕時，我幾乎無法相信。

❶ Point 重點 ···

像 **scarcely**、**barely** 和 **hardly** 這種本身就**帶有否定意味的副詞**，**放在句首時**，後面的句子就**必須倒裝**，也就是動詞或助動詞的位置要和主詞互換。

⇒ **Scarcely had** he arrived at the station **when** the train began to leave.
幾乎是他到車站的時候，火車就開走了。

⇒ **Barely** did he hold back his tears.
他幾乎無法忍住眼淚。

⇒ **Hardly** was he a responsible man.
他是個不怎麼負責任的人。

suspension

[sə`spɛnʃən]
n. 暫停，中止；
懸掛

衍 suspend v. 暫
停，中止；懸掛

The unions agreed to the **suspension** of the strike starting tonight.
工會同意從今晚開始暫停罷工行動。

聯想單字		
suspension bridge	n.	吊橋
halt	v.	停止；停下　n. 停止
stop	v.	停止；中途停留；阻止
	n.	停止；停留；站牌

temporary

[ˋtɛmpəˌrɛrɪ]
adj. 暫時的；
臨時的

衍 temporarily adv.
暫時地：臨時地

反 permanent adj.
永久的；固定的
long-term adj.
長期的

More than 200 flood victims relocated to **temporary** evacuation centers.
超過 200 名的洪水災民被重新安置在臨時疏散中心裡。

聯想單字		
non-stop	adj.	不停頓的；不間斷的
full-time	adj.	全職的
part-time	adj.	兼職的
temporary worker	n.	臨時員工
permanent worker	n.	正職員工

worthy

[ˋwɝðɪ]
adj. 有價值的；值
得尊敬的；值得的
n. 大人物

衍 worth adj.
值～（金額等）
的；～（某事）
值得做的
n. 價格；價值
worthwhile adj.
值得花錢（或時
間、精力）的

同 valuable adj. 有
價值的；值錢的

反 worthless adj.
沒有價值的；
不值錢的
useless adj. 無用
的；無價值的

The matter is scarcely **worthy** of the chairman's time.
這件事根本不值得主席花時間。

The committee is composed of several experts with a wide range of expertise and local **worthies**.
該委員會由幾位具有廣泛專業知識的專家和當地大老所組成。

❶ Point 重點 ··
worth、worthy 和 worthwhile 不只長得像，意思也很像，不過他們的用法並不相同，請特別注意後方所接的動詞形態及介系詞。

worth 值～（金額等）的；～（某事）值得做的
表達某事物的價值 → be worth＋金錢價值
⇒ This house **is worth 1 million dollars**.
這間房子價值 100 萬美元。

某事值得做 → be worth doing something
⇒ Although the city is frequently crowded with tourists, it **is worth visiting** for its variety of tourist attractions.
雖然這個城市經常擠滿遊客，但它因為有著各式各樣的景點而很值得去。

某事物／某人是值得的 → be worth it
⇨ Eventually, the effort **was** totally **worth it**.
　最終，這種努力完全是值得的。

worthy 有價值的；值得尊敬的；值得的
值得做某事 → be worthy to do something 或
　　　　　　　 be worthy of N.
⇨ It **is worthy to note** that traditional media is gradually losing its popularity.
　值得注意的是，傳統媒體正逐漸失去人氣。

⇨ His positive and hardworking attitude **is worthy of respect**.
　他積極努力的態度值得尊敬。

worthwhile 值得花錢（或時間、精力）的
表達某人事物值得投入 → worthwhile＋N. 或
　　　　　　　　　 be worthwhile
⇨ I don't think it was a **worthwhile visit**.
　我不認為去那一趟值得。

⇨ Your trust **is worthwhile**.
　你的信任很值得。

	allowance	[ə`lauəns]	n. 津貼；零用錢
⊕	altitude	[`æltə͵tjud]	n. 高度；海拔
⊕	amid	[ə`mɪd]	prep. 在～之間；在～之中
⊕	angle	[`æŋgl]	n. 角度
⊕	apart	[ə`pɑrt]	adj. 分開的 adv. 相隔；除外
⊕	arise	[ə`raɪz]	v. 升起；發生
⊕	arrival	[ə`raɪvl]	n. 到達
⊕	ascend	[ə`sɛnd]	v. 攀登；上升
⊕	ascending	[ə`sɛndɪŋ]	adj. 上升的；增長的
⊕	average	[`ævərɪdʒ]	adj. 平均的 v. 平均為 n. 平均；平均數
⊕	bargain	[`bɑrgɪn]	v. 討價還價 n. 划算的交易；特價品
⊕	beg	[bɛg]	v. 乞討；懇求
⊕	beggar	[`bɛgɚ]	n. 乞丐
⊕	beneath	[bɪ`niθ]	adv. 在下面 prep. 在～之下
⊕	bet	[bɛt]	v. 打賭 n. 賭注
⊕	broke	[brok]	adj. 沒錢的

㊣	check	[tʃɛk]	n. 支票；檢查 v. 檢查
㊣	checkout	[ˋtʃɛkˌaʊt]	n. 結帳處
㊣	container	[kənˋtenɚ]	n. 容器；貨櫃
㊣	contemporary	[kənˋtɛmpəˌrɛrɪ]	adj. 當代的；現代的 n. 同時代的人
㊣	continual	[kənˋtɪnjʊəl]	adj. 不間斷的；連續的
㊣	continuous	[kənˋtɪnjʊəs]	adj. 連續的；不斷的
㊣	credit	[ˋkrɛdɪt]	n. 賒帳；信用；功勞；學分 v. 相信（不大可能的事）； 把錢存進帳戶
㊣	deadline	[ˋdɛdˌlaɪn]	n. 截止期限
㊉	debt	[dɛt]	n. 債務；借款
㊣	deposit	[dɪˋpazɪt]	v. 存放；存錢 n. 存款；押金
㊣	dip	[dɪp]	v. 浸；泡 n. 價格下跌
㊣	downward	[ˋdaʊnwɚd]	adj. 向下的 adv. 向下
㊣	due	[dju]	adj. 應支付的；到期的 n. 應付款項
㊣	duration	[djʊˋreʃən]	n. 持續；持久；持續時間
㊉	duty	[ˋdjutɪ]	n. 義務；關稅
㊣	earnings	[ˋɝnɪŋz]	n. 收入；利潤
㊣	economy	[ɪˋkɑnəmɪ]	n. 經濟；節約
㊣	enormous	[ɪˋnɔrməs]	adj. 巨大的

⊕	expense	[ɪk`spɛns]	n. 費用；支出；消耗
⊕	extent	[ɪk`stɛnt]	n. 程度；範圍
⊕	finance	[faɪ`næns]	v. 籌措資金 n. 財務；金融
⊕	financial	[faɪ`nænʃəl]	adj. 財務的；金融的
⊕	gigantic	[dʒaɪ`gæntɪk]	adj. 巨大的；龐大的
⊕	gradual	[`grædʒʊəl]	adj. 逐漸的；逐步的
⊕	gradually	[`grædʒʊəlɪ]	adv. 逐步地；漸漸地
⊕	greatly	[`gretlɪ]	adv. 極其；非常；大大地
⊕	halfway	[`hæf`we]	adv. 在中途的
⊕	hijacker	[`haɪ,dʒækɚ]	n. 強盜；劫盜
⊕	hijacking	[`haɪdʒækɪŋ]	n. 劫持
⊕	hourly	[`aʊrlɪ]	adj. 每小時的
⊕	impose	[ɪm`poz]	v. 推行；強加於
⊕	increasingly	[ɪn`krisɪŋlɪ]	adv. 漸增地；越來越多地
⊕	inflation	[ɪn`fleʃən]	n. 通貨膨脹
⊕	investment	[ɪn`vɛstmənt]	n. 投資
⊕	investor	[ɪn`vɛstɚ]	n. 投資者
⊕	landmark	[`lænd,mɑrk]	n. 地標；里程碑
⊕	lately	[`letlɪ]	adv. 近來；最近
⊕	latitude	[`lætə,tjud]	n. 緯度
⊕	lengthen	[`lɛŋθən]	v. 加長；延長

⊕	limitation	[ˌlɪməˈteʃən]	n. 極限；限度
⊕	load	[lod]	v. 裝；裝載 n. 負重；工作量
⊕	loan	[lon]	v. 借出 n. 貸款
初	loss	[lɔs]	n. 損失；虧損
⊕	mainly	[ˈmenlɪ]	adv. 主要地；大部分地
⊕	maturity	[məˈtjʊrətɪ]	n. 成熟；（支票等的）到期
⊕	meantime	[ˈminˌtaɪm]	n. 在此期間；與此同時
⊕	meanwhile	[ˈminˌhwaɪl]	adv. 在此期間；與此同時
⊕	mere	[mɪr]	adj. 僅僅的；只不過的
初	meter	[ˈmitɚ]	n. 計量器；儀表；公尺
⊕	minimum	[ˈmɪnəməm]	adj. 最小的；最少的 n. 最小數；最低限度
⊕	minute	[ˈmɪnɪt]	n. 分鐘；一會兒 v. 把～寫進會議紀錄 adj. 微小的；仔細的 （發音：[maɪˈnjut]）
⊕	moderate	[ˈmɑdərɪt]	adj. 中等的；適度的；溫和的
⊕	mortgage	[ˈmɔrgɪdʒ]	v. 抵押 n. 抵押貸款
⊕	needy	[ˈnidɪ]	adj. 貧窮的；需要額外關照的
⊕	nowadays	[ˈnaʊəˌdez]	adv. 現今
⊕	outward	[ˈaʊtwɚd]	adj. 向外的；外面的 adv. 向外

⊕	overhead	[`ovɚ`hɛd]	adj. 在頭頂上方的 n. 經常性開支
⊕	overtake	[͵ovɚ`tek]	v. 追上，趕上；超過
⊕	overweight	[`ovɚ͵wet]	adj. 超重的；肥胖的
⊕	owe	[o]	v. 欠（債等）；把～歸功於
⊕	parallel	[`pærə͵lɛl]	adj. 平行的；相同的 v. 與～平行；比得上 n. 平行線；相似之處
⊕	payment	[`pemənt]	n. 支付；支付款項
⊕	peak	[pik]	n. 最高點；高峰 adj. 高峰的 v. 達到頂峰
⊕	penalty	[`pɛnḷtɪ]	n. 處罰；刑罰；罰款
⊕	percent	[pɚ`sɛnt]	n. 百分之一
初	period	[`pɪrɪəd]	n. 一段時間；時期； 生理期；句號
初	population	[͵pɑpjə`leʃən]	n. 人口
⊕	postal	[`postḷ]	adj. 郵政的
⊕	poverty	[`pɑvɚtɪ]	n. 貧窮；缺乏
⊕	previous	[`privɪəs]	adj. 先前的，以前的
⊕	prime	[praɪm]	adj. 首要的；一流的 n. 全盛時期 v. 使準備好
⊕	primitive	[`prɪmətɪv]	adj. 原始的，早期的

⊕	privilege	[`prɪvḷɪdʒ]	v. 給予特權 n. 特權；優待
⊕	profit	[`prɑfɪt]	v. 營利；獲益 n. 利潤
⊕	profitable	[`prɑfɪtəbḷ]	adj. 可獲利的
⊕	progressive	[prə`grɛsɪv]	adj. 逐漸的；進步的 n. 進步派的人
⊕	proportion	[prə`porʃən]	n. 占比；比率
⊕	prosper	[`prɑspɚ]	v. 繁榮；昌盛
⊕	prosperity	[prɑs`pɛrətɪ]	n. 興旺；繁榮
⊕	prosperous	[`prɑspərəs]	adj. 興旺的；繁榮的
⊕	quote	[kwot]	v. 引用；引述 n. 引文；估價
⊕	rank	[ræŋk]	v. 把～分等；把～評級 n. 等級；階級
⊕	rear	[rɪr]	adj. 後面的；背部的 v. 撫養；飼養 n. 背部；後方
⊕	receiver	[rɪ`sivɚ]	n. 收件人；（電話的）聽筒
⊕	recession	[rɪ`sɛʃən]	n. （經濟）衰退
⊕	relatively	[`rɛlətɪvlɪ]	adv. 相對地；相當
⊕	remote	[rɪ`mot]	adj. 遙遠的；偏僻的
⊕	repeatedly	[rɪ`pitɪdlɪ]	adv. 一再，反覆地
⊕	repetition	[ˌrɛpɪ`tɪʃən]	n. 重複，反覆

中	reward	[rɪ`wɔrd]	v. 酬謝；獎勵 n. 報酬；獎賞
中	riches	[`rɪtʃɪz]	n. 財富；財產
中	robber	[`rabɚ]	n. 搶劫者；強盜
中	robbery	[`rabərɪ]	n. 搶劫
中	route	[rut]	n. 路線；途徑 v. 發送；運送
初	row	[raʊ]	n. 一排；一列
中	sanction	[`sæŋkʃən]	n. 制裁；批准 v. 批准
中	saving	[`sevɪŋ]	n. 存款；積蓄
中	separation	[ˌsɛpə`reʃən]	n. 分開；分離
中	settlement	[`sɛtḷmənt]	n. （結束衝突的）協定； 結算；定居
中	shallow	[`ʃælo]	adj. 淺的；膚淺的
中	shift	[ʃɪft]	v. 轉移；移動 n. 移動
中	shorten	[`ʃɔrtṇ]	v. 使變短，縮短
中	shrink	[ʃrɪŋk]	v. 縮短；變小
中	singular	[`sɪŋgjəlɚ]	adj. 單數的；特別的
中	site	[saɪt]	n. 地點；場所
初	size	[saɪz]	n. 大小；尺寸
中	sometime	[`sʌmˌtaɪm]	adv. 某個時候 adj. 以前的

中	spare	[spɛr]	adj. 額外的；多餘的 v. 饒恕；使免遭 n. 備用品
中	subtract	[səb`trækt]	v. 減，減去
中	suburb	[`sʌbɝb]	n. 郊區
中	summit	[`sʌmɪt]	n. 高峰會；頂峰
中	tax	[tæks]	n. 稅 v. 向～課稅
中	terminal	[`tɝmənl]	adj. 終點的；晚期的 n. 航廈；（火車等的）總站
中	theft	[θɛft]	n. 偷竊；盜竊
中	tremendous	[trɪ`mɛndəs]	adj. 巨大的；極度的；驚人的
初	triangle	[`traɪˌæŋgl̩]	n. 三角形
中	underweight	[`ʌndɚˌwet]	adj. 重量不足的 n. 重量不足
中	upward	[`ʌpwɚd]	adj. 向上的；向高處的 adv. 向上
初	volume	[`vɑljəm]	n. 容量；音量；卷；冊
中	wage	[wedʒ]	n. 薪水；報酬 v. 發動
中	wealthy	[`wɛlθɪ]	adj. 富裕的；豐富的
初	weight	[wet]	n. 重量 v. 加重量於

Chapter 12 Quiz Time

一、請填入正確的對應單字。

01. 方向；指導；發展方向　　　　　　　　（　　）
02. 繼續進行；前進　　　　　　　　　　　（　　）
03. 暫時的；臨時的　　　　　　　　　　　（　　）
04. 許多的；大量的　　　　　　　　　　　（　　）
05. 將～分類　　　　　　　　　　　　　　（　　）

A. proceed　　B. temporary　　C. numerous　　D. classify　　E. direction

二、請選出正確的答案。

01. A _____ amount of time and effort has been put into making a budget plan.

A. temporary
B. primary
C. considerable
D. permanent

02. The service provides _____ support to people with serious money troubles.

A. immediate
B. equivalent
C. occasional
D. costly

03. One of the _____ of travel is the opportunity to experience different cultures and broaden your horizons.

    A. suspensions
    B. balances
    C. extensions
    D. benefits

04. To lose weight effectively and safely, it is important to _____ exercise with a healthy diet.

    A. multiply
    B. accommodate
    C. combine
    D. constitute

05. Unfortunately, we have to _____ the meeting once again due to the COVID-19 pandemic.

    A. estimate
    B. postpone
    C. contribute
    D. locate

本書收錄的核心單字，以套色標示；主題單字相關實用片語及分類單字為黑色字。

台灣廣廈 國際出版集團
Taiwan Mansion International Group

國家圖書館出版品預行編目（CIP）資料

全新！NEW GEPT 全民英檢單字大全【初級&中級】/蔡宜庭著.
-- 初版. -- 新北市：國際學村出版社，2023.06
　面；　公分
ISBN 978-986-454-287-1(平裝)

1.CST: 英語 2.CST: 詞彙

805.1892　　　　　　　　　　　　　　　　112005797

國際學村

全新！NEW GEPT 全民英檢單字大全【初級&中級】

作　　　者／蔡宜庭

編輯中心編輯長／伍峻宏
編輯／徐淳輔
封面設計／林珈伃・內頁排版／菩薩蠻數位文化有限公司
製版・印刷・裝訂／東豪・紘億・秉成

行企研發中心總監／陳冠蒨　　　線上學習中心總監／陳冠蒨
媒體公關組／陳柔彣　　　　　　數位營運組／顏佑婷
綜合業務組／何欣穎　　　　　　企製開發組／江季珊

發　行　人／江媛珍
法律顧問／第一國際法律事務所 余淑杏律師・北辰著作權事務所 蕭雄淋律師
出　　版／台灣廣廈
發　　行／台灣廣廈有聲圖書有限公司
　　　　　地址：新北市235中和區中山路二段359巷7號2樓
　　　　　電話：（886）2-2225-5777・傳真：（886）2-2225-8052
讀者服務信箱／cs@booknews.com.tw

代理印務・全球總經銷／知遠文化事業有限公司
　　　　　地址：新北市222深坑區北深路三段155巷25號5樓
　　　　　電話：（886）2-2664-8800・傳真：（886）2-2664-8801
郵政劃撥／劃撥帳號：18836722
　　　　　劃撥戶名：知遠文化事業有限公司（※單次購書金額未達1000元，請另付70元郵資。）

■出版日期：2023年06月　　ISBN：978-986-454-287-1
　　　　　　2024年07月2刷　　版權所有，未經同意不得重製、轉載、翻印。